우애의 새벽

우애의 새벽을 열며

우리는 올해 마음껏 기뻐할 수 있는 문학의 시대를 열었습니다. 세계가 불협화음으로 가득 차 있을 때 문학이 빛이라는 믿음을 확인시켜 준 영광이었습니다. 우리의 문학이 세계 문학의 새로운 광장이 되었습니다.

여기 우리의 시들이 모여 우애의 불을 밝혔습니다. 불신의 시대를 넘어, 환대의 새벽을 열었습니다. 인류애를 향한 우주적인 공감대에 꽃을 피웠습니다. 우애의 새벽을 기다리며 우리의 시들이 따뜻한 손길이 되었습니다.

2024년 12월
한국시인협회 회장
김수복 올림

프랑스시인협회 2023 시 콩쿠르 수상 작품
Société des Poètes FrançaisConcours de Poésie 2023

번역 황의조

2024 한국시인협회 사화집

우애의 새벽

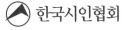 한국시인협회

돌담길 걷다
― 우정 쌓기

강명숙

일상에서 벗어나
호젓한 길 접어들면, 울퉁불퉁
모난 돌들,
패인 곳 맞물려가며
골목길 걸어가고 있다

풍화와 침식으로 마모되어 가며
서로에게 생채기 내던
무모했던 시간들 내려놓고
어깨를 나란히 걸어가고 있다
도달하기 어려운
'우정'이란 추상적 개념에서 벗어나
서로의 버팀목으로 함께 걸어가고 있다
가다가 혹여 무너질세라
마음과 마음 사이 일정한 거리만큼
돌탑 하나씩 쌓으며 간다.

우리는

— 강상기

뜻으로 통하는 침묵끼리 만났다
사방으로 열려 있는 침묵

여기서는 경계선이 없다

흰 벽에 흰 붓으로 사랑한다고 적는
속 깊은 뜻을 우리는 안다

사는 것도 두렵고
죽는 것도 두려워

서로 버팀목이 되는
맹목적 믿음 하나

마주보며
사철 푸르게 늙어 가는 일

사랑

— 강서일

꼬르륵, 그냥 빨려 들어가는 것이다.

일렁이며 반짝이는 파도를 보시라

얼룩진 달을 보더니
그냥,
머리부터 하얗게 부서지는 것이다.

자신도 어찌할 수 없는 중력이다.
힘으로 구부릴 수 있는 광염狂炎은
사랑이 아니다.

오래 전 붉은 혓바닥을 잃어버린
한 마리,
모래사자다.

친구

— 강세화

세월이 친구 하자고 다가왔다.
서로 트고 지내도 괜찮을 나이가 되었다고
말을 걸었다.

이제는 허물없이 어울려도 무방할 거라고 털어놓았다.
공연하게 언짢은 생각하지 말자고 했다.
사소한 일로 등지지 말자고
그랬다.

마주하고 바라보기에 민망했다.
부끄러운 생각이 떠올랐다.
재바르게 내가 먼저 손 내밀 수 있었는데.

반갑기도 하고 미안하기도 하고
그간의 정리를 생각하면
하여간 무슨 말이라도 하기는 해야겠는데
속마음을 들킨 듯하여 쑥스럽다.

항아리
‒ 星宇兄에게

강신용

항아리 곁에 앉으면
청잣빛 고운 하늘이 열리네
날마다
가슴에 새기며
써보고 또
써보는
'세심정혼洗心淨魂'
신앙의 성구 되어
방 안 가득 넘쳐나네
맑은 영혼으로
좋은 시 쓰라고
그대가 보내준
항아리
항아리 곁에 앉으면
파란 그리움이 물결쳐 오네

친구야!

― 강애나

중학교 때 수술한 입천장이 아팠을 때
너의 엄마가 해준 따끈한 밥과 달걀노른자는 사랑이어라
시험이 끝나고 눈 오던 날 러브스토리 영화를 같이 보다
역사 선생님에게 딱 걸렸던 추억을 가졌어라
내가 대학 진학을 한때 포기했을 때
데미안 책을 내게 건네며 희망과 용기를 주었어라
내가 가난한 대학생이 되었을 때 해부학책 갈피에 용돈을 몰래
넣어주던 인정 있는 친구를 가졌어라
너의 일본 집을 방문했던 날은 사진첩에 남은 그리움이어라
고급 식당에서 맛나게 먹고 네 신랑과 도쿄까지
차로 데려다주던 뜨겁고 잊지 못할 우정이어라
순아, 떨어져 있더라도 우리 우정의 추억은 햇살로 돋아나리
너의 머리도 하얀 민들레 씨방이 되었겠지.
씨방을 날리며 네가 웃는 꿈도 나는 자주 꾸는데 너도 그러니
너는 지바켄에서 나는 시드니에서 언제든지 찾아가서
기쁨을 나눌 수 있도록 우리 건강하게 웃으며 살아가자
슬프고 아플 때 서로의 등짐을 함께 질 수 있는 친구가 있어 행복해
너는 아디오스 아미고란 노래를 잘 불렀지
너를 향한 아련한 추억의 멜로디도 아디오스 아미고!

귤꽃 향기

— 강영은

　순아, 네 이름을 부르니 네가 아닌 다른 얼굴이 대답하는구나. 서리 내린 머리칼이며 주름 깊은 이마는 어릴 적 보았던 네 어머니구나. 이렇게 닮은 모습을 지니기까지 먼 길 돌아왔구나.

　우리는 우리를 키워준 마을의 귤처럼 익어 갔을 거야. 노랗게 익기 위해 푸른빛을 무수히 버리면서 낙과 같은 절망과 어떤 때는 희망까지 버리면서 속이 꽉 찬 알맹이로 영글었을 거야.

　이른 새벽 싸하니 밀려오는 귤꽃 향기, 적과摘果의 손길을 기다리던 귤꽃처럼 너와 나는 이미 서로의 슬픔을 등에 지고 가던 친구였구나.

　그때 그 교정은 왜 그리 넓었는지, 교정의 나무들은 왜 그리 키가 컸는지. 고무줄을 끊고 달아난 개구쟁이 세월은 동강 난 시간을 이어주지 않지만

　순아, 푸른 그늘 숨 쉬는 귤나무 아래 옹기종기 앉아 종달새처럼 노래하던 때가 있었음을 잊지 말자. 팽팽하게 당겨졌던 그날의 맑은 눈빛과 푸르렀던 시간을.

시우詩友

─ 강우식

미당未堂 서정주의 시집
〈학이 울고 간 날들의 시〉를 펼치니
몸소 자필로 쓴 시우 강 아무개가 눈에 띄었다.

살아오면서 별별 벗들을
다 사귀었지만 미당에게서
이 말을 받고 나는 감격했다.

스승이 몸소 나를 이렇게 칭한 것은
시의 좋은 동업자라는 무언의 인정 같아서
세상을 다 가진 듯 고마웠다.

지금 서정주는 '진달래 꽃비 오는
서역 삼만리'로 가시고 아니 계시다.
왕유王維의 시구처럼
'서출양관무고인西出陽關無故人' 그가 그립다.

사람

강진규

사람이 한순간에 만나는 것은 인연이다
서로가 따뜻한 사랑 풍요롭게 나누는 일은
사람과 사람 사이에 새로운 길을 내는 일

이어진 길을 따라가 얼굴을 마주보며
함께 웃는 일은 오늘을 즐겁게 하는 일
내일을 향해 행복을 힘차게 부르는 일

만나서 즐겁고 즐거워서 서로 웃으면
오늘은 순간마다 꽃이 피고 새가 운다
지나간 날은 추억이 되고 새 희망의 탑이 된다

박찬석 총장·2

— 강현국

나는 노인입니다.
이 시대의 노인은 무식합니다.

그가 맨발로 몇 억 광년의 銀河를 건너 명왕성 저 너머까지 갔다
가 새벽이슬에 젖은 신발을 신고 오늘도 걷는다마는 정처 없는 이
발길로 대구시 남구 대덕아파트 12층 계단을 오르는 것은 캄캄하
게 빛나는 모순형용이다. 노인은 누구나 어떻게 폼 나게 죽을 것
인가를 걱정합니다. well dying, well dying을 꿈꾸는 그가 어느 날
1m 퍼팅을 놓쳐 3천 원을 잃었다고 가슴을 치는 것 또한 낯선 여
인숙에서의 하룻밤 풋사랑처럼 빈 하늘 가득 덜거덕거리는 모순
형용이다.

내 놀던 옛 동산에 이제와 다시 보니
산은 산이고 물은 물이다.

청춘

고경숙

여름 휴가 땐 애들이 내려온댜?
여적지 안 오는 거 보믄 틀렸지

담장에 쪼그리고 앉은 할머니들
삐걱거리는 무릎 싸안고 볕 쬐고 있습니다.

잊었을까

― 고경옥

누군가를 기억하려 할 때
가만히 눈 감고 귀 기울여
목소리가 들리면 잊은 게 아니란다

이십 년이 넘도록 못 본 옥화
세상을 뜬 가수 김광석이나 휘트니 휴스턴
강물이 뒤척이거나 나비 펄럭이는 소리들은
살짝 눈만 감아도 카랑카랑 귓속에 와 박힌다

내 목소리는 어떤가

지금 눈 감고 귀 기울인 네 귓가에
아직 남아 있을까

내 친구 이시백의 하루

고명수

한 사내가 배낭을 지고 길을 가고 있다
그의 배낭 속에는 어둑한 방이 있다
비좁은 골목길이 있다
맑은 물 한 통 길러 가는 그의 배낭 속에는
언제나 아름다운 비디오테이프가 들어 있다
채리 향기와 라라의 애절한 사랑도 있지만
돼지가 우물에 빠진 날과 넘버 3 같은 치욕도 있다
그의 몸은 깃털처럼 가벼우나 발길은 한없이 무겁다
이 세상은 먼지가 너무 많으며 비가 너무 안 온다
그리고 차들은 너무 빨리 달린다
오늘도 그는 테오도르 아도르노의 '한줌의 도덕'을 읽으며
자전거를 타고 비디오테이프가 든 배낭을 지고
가파른 수목원의 고갯길을 오른다
고개 너머 맑은 물이 흐르는
그의 초원은 어디인가
그의 江은 어디인가

호박죽 한 통

— 고안나

계절이 지나가다 멈춰서버린 듯
더위는 원귀처럼 목을 휘어 감고
축 늘어진 개 혓바닥처럼
나뭇잎들 하향곡선이다
점점 몰락해가는 심신
정신마저 혼미해지는
늦더위가 사람 잡는다

풀숲에 숨어 있던 펑퍼짐한 호박 한 덩이
모기에게 쏘인 팔뚝 벅벅 긁어대며
호박죽 쑤었단다
참나, 가만있어도 염천인데

텃밭 새소리 불러들여 겸상하다는 그 여인
열대야에 지친 펑퍼짐한 햇덩이
숨넘어가는 시늉하며
호박죽 사연 풀어내는 처서 아침
옴마야, 이래도 가을은 올까

눈부처
— 너의 거울 속으로 걸어가다

고영섭

내 그대와 함께 생을 살아가면서

한 번도 눈 속을 보지 못한 채

눈 주위만 바라보며 흘려보냈던

헬 수 없고 셀 수 없는 시간의 강물

내 오늘 처음으로 그대를 보며

눈동자 속 부처를 보는 순간에

너와 내가 사라지는 그 지점에서

동두렷이 떠오르는 우리의 모습.

무명 시인들의 가까운 벗님
− 쓰러진 무명용사들을 위한 시의 탑

고원

애구 누구 ㅎ
애구 누구 ㅍ
애구 누구 ㅌ
애구 누구 ㅋ
애구 누구 ㅊ
애구 누구 ㅈ
애구 누구 ㅇ
애구 누구 ㅅ
애구 누구 ㅂ
애구 누구 ㅁ
애구 누구 ㄹ
애구 누구 ㄷ
애구 누구 ㄴ
애구 누구 ㄱ

애군우국에도
고원 교우투분이다
愛君憂國 哀悼
交友投分 異多

손 잡고 가자

— 고월예

초저녁 서쪽 하늘 개밥바라기
너 닮은 눈 순수한 그 별 속으로 들어간다

파도가 일렁이고 비바람 칠 때
달려와 잡아 주며 함께했던 긴 세월
동아줄보다 더 질긴 보배가 함께 있는
사랑채 불빛들이 수다꽃 피운다

눈꺼풀 내려와 두꺼워진 안경 너머
흰 서리 내리고 어눌할 때마다
죽이 잘 맞는 한 몸처럼
동그랗게 입술 모아 웃음꽃 피워 준다

심술 많은 세월의 강물 아무리 두드려도
추억은 진행형 잡은 손 놓지 말자
봄을 보내지 말고 꽃 피우자 오래오래

나의 지음 知音

— 고은주

어느덧 너의 눈가에도
잔잔히 주름진 물결이 일렁이고
빛살 무너지는 하늘엔
진홍빛 노을이 오고 있구나
더께처럼 층층이
기다랗게 누운 잿빛 구름 떼
멍울진 고통의 빛깔이리라.

고향 같은 너
어쩌다 문득 전화기 너머 들리는
희미한 너의 숨결만 들어도
오늘 하루는 어땠을까…
풀지 못한 말들로 온몸이 근질근질할 때
꽁꽁 싸매어 묵혀둔 은어 떼 봉숭아 꼬투리 터지듯 쏟아져도
언제나 너는 나의 유일한 대나무숲이다.

나무 가꾸기

— 고정애

볕 좋은 곳에서
물을 준다
시비施肥를 한다

아가의 젖니처럼
파릇파릇 돋아나는
떡잎은 희망의 상징

고운 꽃 피워 백리 멀리
그윽한 향기 퍼뜨려 주길
믿으며 심어놓은 백리향 나무

모름지기 교우交友의 나무도
그토록 소중히 가꾸어 가리

산, 전상구

— 곽문연

그는 나비의 비행이 한창인 유월, 이순에 다시 태어났다
인큐베이터 속에서 절반의 웃음이 익어 가고 있었다

천둥이 울고 바위가 울던 그날
꿇어앉은 사람과 사람의 무릎을 지나
손을 모으고 엎드린 내 등을 지나
산 같은 그에게, 숲 같은 그에게
그의 어머니, 유월장미 한 송이를 심장에 심어 주고 가셨다

내가 그를 지켰는가, 그가 나를 지켰는가
거대한 산, 폭풍도 폭우도 이 산에 들면
눈물과 한숨을 호방하게 내려놓고
증오와 사랑도 폭포로 걸러내는 사람

둔내 깊은 산, 백설을 허리에 두른 포근한 산
나는 그의 곁에 메아리로 남는다,
그의 숲, 깊은 품 오랜 벗이다.

뭉클한 가을의 감정

곽인숙

시간을 포식하고 몸을 누이는 대지

차츰 가늘어지는 햇살이 불안을 지탱하려고
끈질기게 제 그림자를 붙잡고 있다

가다 말고 뒤돌아보는 습관에 극진한 슬픔이 묻어 있다
먼 산이 첩첩 맞닿는 곳까지
붉은 상처 같은 그리움이 연소 중이다

살면서 불협이 증폭되기도 하지만
현기증 나도록 몸부림치던
헛꿈은 시간 밖으로 밀려난다

역진화의 기억에 합류하지 못했던 낙엽들도
하나둘 떠날 채비를 한다

붉다는 형용사는 얼마나 위대한 색감인가
희망은 그 많은 실패를 딛고 오른 가능성
입이 큰 가을의 감정이 뭉클하다

달빛동행

달 밝은 밤,
홀로 걸어 본 적 있나요
가로등 없는 시골의 밤길,
산기슭이나 강변을 걸어 보았나요
발자국마다 달빛이 먼저 그늘을 쓸어 주고
불쑥 그만큼 앞서면 어둠에 묻힐세라
한순간 무심하던 공중의 달이 화들짝 따라와
더도 덜도 아닌 그만큼만 따라와
길의 모퉁이부터 열고 있지요
외로움이 외진 어둠을 안고 절룩거리면
스르르 허리 굽혀 뒤꿈치부터 들어올립니다
이때쯤 외로움도
바람과 함께 노래가 됩니다
집까지 따라와 등 떠밀어 주고는
다시 두둥실 떠오르는 달
공중에서, 그만큼의 거리에서,

그대가 그곳에 계셨습니다.

열매

— 구재기

사리에 밝고
맺고 끊음이 확실하다
어긋남이 없이
꼭 맞아 틀림없다
과연 그러하다
그러면서 기다림은
또 다른 기다림을 기다리게 한다.
기다림이
어제를 보내고
오늘을 맞게 한다
기다림의 끝에서
꽃 한 송이 피어나듯이
그러나, 역시
기다림으로 피는 꽃은
이 세상에 오직
하나

열매는 반드시
계절을 기다려 붉지 않는다

물고기와 물의 관계

구회남

아쿠아 카페에 앉아 오래도록 물 안의 물고기를 읽는다
세상에서 눈에 띄는 첫눈을 맞은 것 같은
눈사태가 난 것 같은 예쁜 것을 모아놓았다
종일 뽀뽀만 하는 모습
종일 젖만 빠는 듯 유리창에 붙은 밥을 혀끝으로 빨아먹는 금붕
어까지
다양한 물고기들이 내 앞에서 재롱을 떤다
제발 나만 바라봐 줘
꼬리지느러미를 세 겹이나 하고
종일 내 앞에서 춤을 춘다
날 보고 어쩌라고
나는 어항 속으로 들어갈 수 없다
나는 너의 계곡을 파고들 수는 없어
나는 너의 빈 잔을 채워 줄 수도 없어
어쩌라고
찢어지든 말든 목매달지 않아
그만큼의 필요한 거릴 유지할 뿐
같은 하늘 아래 너 있고, 나 있다는 것이
전부인 우리
시크해서 '수녀나 될 것을'
동시에 말했던가?

세한의 소나무처럼

— 권갑하

쿨룩쿨룩 지금은 눈발이 날리는 시간
슬픔이 내 안의 온기로 맑게 쓸릴 때까지
쓰라린 공복을 안고 벌판을 건너야 할 시간

한순간 벼랑 끝에 서 본 사람은 안다
'완당'을 향한 '상적'의 한결같은 마음*
천지간 아뜩해지는 한 생애의 현기를

한겨울에 푸른빛을 더하는 소나무처럼
냉혹한 세파에도 꿋꿋이 견딜 수 있다면
외롬도 어쩌지 못할 희망은 나의 편이다

---

* 이상적은 완당의 제주 유배 기간 동안 연경에서 책을 구해 보냈고 완당은 「세한도」
로 그 뜻과 정에 답했다.

삼각형 모서리

— 권달웅

삼각형은 모서리가 셋이다
꼭짓점이 송곳 같다
중심부에서 떨어져 있다

외톨이처럼 떨어져 사는 것이
오히려 편안하다
소외되어도 상관없다
묵언으로 대답한다

구석으로 밀려난 것들은
날카롭게 각이 서 있다
중심을 앙숙처럼 노려본다

모서리는 상처가 많다.
모서리는 중심을 노려보지만
구석을 구석답게 한다

잃어버린 신발

― 권순학

가끔 사라짐을 상상한다
가면 벗고
반짝이는 별과 별 사이로

없는 번호라는 말에는 꼭
쉰소리로 날갯짓하는 시소와
불안한 평형이 있다

환절기의 낯선 초대로
신발 하나를 잃었다
재로 묻은 사월 앞에서
오월의 피로 키운 아린 유월처럼 울었다

네모건 세모건 동그라미라 부르기로 한 밤
엉킨 하늘에 기도를 했고
붉은 믿음 위로 푸른 오늘이 돌아왔다

꿈같은 일기엔 날짜를 적지 않았다

그리움·5
− 해운대 바다

권영주

눈보라 헤쳐 걷다
마주한 해운대 바닷가
찻집의 진한 에스프레소가 생각날 때!

청춘의 바람에
눈꽃송이 휘날리는 날

너와 같이 쿵쾅거리는
심장의 울림소리에 젖어드는
눈망울을 마주하며

목마와 숙녀를 낭송하며 걷던
애틋한 여고 시절의 그 약속
그리워진다

친구야, 친구야

― 권옥희

고향의 친구는 그런가 보다
만남보다 먼저 준비된 익숙한 이별
그래서 잔뜩 웅크린 고향 하늘을 품에 안고 가는 길은
거기에 네가 있어 가슴이 먹먹했나 보다

내 눈에 친 거미줄 같은 그리움이었다
서로 다른 곳을 보고 살아도
보고 싶은 얼굴 뭉텅 잘라 베개 밑으로 숨기면
옹이같이 단단해져 가는 그 먼 날들이
늘 욱신거리는 통증으로 내게 왔다

또 보자는 회포의 시간은 짧고
애잔함으로 발목을 잡아끄는 네 눈빛을 못 본 듯 삼키면
내 가슴 여러 갈래에 정 깊은 강물은 흘러가고
참 많은 추억들이 바퀴 자국 몇 개로 나를 따라오는 동안
나는 입이 얼얼하도록
친구야, 친구야 부르고 있었다.

시를 쓴다

― 권이영

나무는 시를 쓴다
시인 줄 모르면서

참새도, 까치도
매미들도 시를 쓴다
시인 줄 모르면서

나뭇가지와 이파리들을 흔들면서, 바람도 시를 쓴다

바람에 흔들리며 보리도 시를

그런 시를 받아 적는 사람을
시인이라고 부른다

아르카디아

— 권이화

불 켜진 낙원상가를 돌며
문득문득 뒤돌아보는 기타의 마음

명륜동 자취방 불빛이 환하다
저 불빛은 읽기 쉬운 악보 한 송이 꽃을 든 모모를 위한 환상곡
모모가 기호와 가호를 다 해 기타 줄을 당길 때

꽃을 들고 앞으로 나아가는 사람
손에 올려놓고 호호 부는 사람

멀리 던져, 산사로 간 너와 수녀원으로 간 너에게서 끊어진
저 악보는 읽기 힘들어
낙원상가에 걸린 기타를 지나간다

한 송이 꽃을 든 모모가 사랑한
환하게 불 밝힌 명륜동 자취방

불이 꺼지면 갈 수 있는
커다란 우리들의 우주

나사못의 재회

— 권정남

공구 통 속 사이좋은 나사못들이
교정을 떠나듯 낯선 곳으로 뿔뿔이 떠났다
서로 뒤돌아볼 여가도 없이

낯선 세상 드릴 소리에 귀 막으며
삶을 이고 나선형 모서리를 몇 바퀴 돌아
무던히 살아온 날들

사십여 년 만의 재회가 서로 낯설다
봄날 교정에서 흩어졌던 친구들
조이고 있던 세월을 드라이버로 풀자
무릎이 녹슨 듯 삐걱이고
벽에 박혀 있던 어깨와 허리가
생의 무게를 견디지 못해 쑤신다고 한다

사십여 년 희석되지 않은
눈빛과 목소리 그녀들의 자존심 그대로다
커피가 식어가도 물 흐르듯 흐르는
나사못들의 눈물 같은 수다가
꽃으로 피어나고 있다.

간청

— 권정순

비단옷 벗고 성채 어둔 지붕을 건너뛰던 여인을
품고 한 사내가 안개 낀 기암 계곡으로 날아가는
영화 속이라면 모를까

예루살렘을 세 번 다녀온 너를 귀히 여겨
주의 깊게 보고 택하셨는지
사랑합니다 그러나… 애원하며 기도하지만
이제 너는 두 발을 늘어뜨리고
신의 어깨에 힘없이 얹혀 있는 듯하다
어쩌면 계곡 물소리 같은 기도에 반하고
천상의 산딸나무처럼 당신 우편에 두려고
보쌈이라도 하시려는가
그러나 신이시여,
아직 새들처럼 우리는 할 얘기가 많고
마음이 가을빛으로 물들어가는 친구를
이 땅에 그냥 내동댕이쳐 주소서.

홍매 진 자리

권천학

홍매 진 자리 썰렁하다
이름마저 붉어 그리도 현란하더니
너 떠난 자리 황량한 바람만 분다

오랜만에 찾아든 고향집 낡은 문턱에
여전히 묻어 있는 수많은 발자국들
고무신 바닥 닳고 닳린 세월의 문신을
아직도 새긴 채 묵묵히
고요한 고요

친구야
먼 길 떠난 줄 이제야 알겠구나
꽃 피웠던 흔적마저 지우고
북적대던 한 시절을 비켜
고요한 고요를 찾아 떠난 너

그런 친구

권택명

취업하여 서울로 떠난
내 하숙집 골목길을 서성이며
눈시울이 젖던 친구

그의 어머니는
나의 어머니
그의 고향은 내 고향처럼 그립고

그의 기쁨은 나의 기쁨이어서
가슴 뛰게 하고
그의 아픔은 내 아픔이어서
간절히 손 모으게 하고

만나면 듀엣으로 동요 메들리를 부르고
수십 년 만에 만나도
바로 어제 헤어진 것 같은 친구

수백 리 떨어져 살아도
가뭇하게 일자 무소식이어도
언제나 내 안에 있는 듯한
영원 속에 함께할 것 같은
그런 친구

가을 소풍

— 권현수

오래전의 제자와
오래전의 친구와
오랜만에 만나서
역사 속 천재가 숨 쉬는
공원으로 갔네

오래전에 그랬던 것처럼
김밥을 먹고 소풍을 하였네
하루에도 몇 번씩 소나기가 내리는
소나기 마을에서는
무지개도 잡아보았지
소나기 너머로 뜨는
무지개를 잡아보았어

오래전처럼
내 마음에 뜨는 무지개가
너의 머리 위에 내려앉는 것도 보았지

오랜만에 가을소풍 하였다네
다산공원에서.

우정

— 권희선

시간이 지나도
그대로를 기억하는
물리적 거리는 있어도
마음의 간격은 없다
마음의 파도가 고요한
있는 존재로 의지가 된다
교만과 자만은 빠지고
배려와 이해가 높은
너와의 우정은 살아가는 숨이다.

목단꽃과 아버지

— 금시아

새빨간 목단꽃 화르르 떨어지면
쿨룩 쿨룩 불면증을 앓았던가요

첫사랑처럼 품고는 했던 목단꽃집
허물어진 담장엔 나비들만 넘나드네요

봄의 숨소리 가파른 고랑고랑에
그저 한 생각만을 심었던

밥이 나오고 대학이 나온다고 오직
땅을 어르고 다독이는 방법밖에는 몰랐던

아버지, 해거름이면

딱정벌레처럼 엎드렸던 하루를 내려놓고는
공룡 같은 그림자를 끌고 들어섰던가요

눈부신 꽃잎들 화르르 떨어집니다
등 굽은 계절이 무성합니다

봄 나무가 여름 숲에게

김가연

너의 숲에 나를 그려다오, 라고 쓰려다

나의 한 잎이 되어다오, 라고 고쳐 쓴다

실핏줄 같은 잎맥이 그려진
느티나무 연한 잎을 함께 넣어 보낸다

흐려지는 맥박이
푸른 한 잎이 되게 해달라고

흘러, 흘러넘쳐서
푸른 불길이 되게 해달라고

아직 무른 말들을 네게 보낸다

워너비|wannabe

김건희

그림을 수집하는 너와
그림을 그리는 내가

나란히 걷는 연화지 둘레길
달팽이 걸음에 저녁노을이 스치고

너와 나 동시에 올려다본 하늘
아직 모네가 완성하지 못한 별을
서로의 눈빛으로 잔잔한 호수 위에 뿌리고

왼손이 한 일을 오른손도 모르게 하는
너는 내가 좋다고
워너비 워너비 나의 손을 잡고

느릿느릿 내려가는 길이면 어때
오르기에 숨찬 비탈길이면 어때
이야기 속 떼어 놓은
원둘레의 보폭을 우리는 서로 닮아 가고

반짝이는 골목길

김경수 (부산)

삶의 가장 행복한 순간에 치명적인 불행이 찾아온다.

울고 싶고 사라지고 싶은 그날

인생을 탓하고 나를 탓해도 해결책이 없다.

가슴 아프고 힘든 그 시점에

우리 우정의 힘이 빛난다.

얼마나 슬프니? 얼마나 아프냐?

같이 울어주고 같이 아파하던 아름다운 꽃들이

아직도 이 세상에는 존재한다.

우정의 힘이 다시 인생을 아름답게 한다.

살아 있을 동안에는 우리는

아름답게 행복하게 눈물 없이 살아야 한다.

가장 슬플 때 우리 어깨를 토닥여주는 우정이

이 세상을 아름답게 하는 노래이다.

가을바람이 불어오고 우정이 따뜻한 이야기를 쓴다.

어린 시절 함께 뛰어놀던 골목길이 추억 속에서 빤짝인다.

세월과 운명으로 인해 상처 난 마음을 우정이 다독여준다.

친구여, 나는 이제 외로운 사막이 아니다.

씨앗 하나

김경수 (서울)

인생의 오솔길을
오금 저리게 걷는다

마른 잎 같은
다툼 일어나면
반지꽃을 선사하고

슬픔이 깊어지면
하얀 모란꽃을 올리는

가난하지만, 어리석지 않은 자유로운 방향으로
가슴팍 드러내 놓는 이해와 오해 사이 씨앗 한 톨 날아와
시와 시인 사이 우정으로 자리 잡았다

아린

김계영

어떠한 떨림에도
흔들리지 않는 소중하고도 귀한 것

여리면서도 단단한 주름 안에
무엇 하나
꼭 품고 싶다

작은 존재라도
숨어 있는 존재라도
눈물의 감정 하나라도
가만가만 살필 줄 아는 애잔한 사랑
엄마처럼 품어주는 따뜻한 사랑

애틋한 마음이든
햇빛 찬란한 그리움이든
사랑과 인내의 조각이 속 깊은 아린

그녀는 외출 중

— 김관옥

귀뚜라미 우는 밤
주기현 친구가 전화를 하였다
집을 떠나 있으니 외롭겠다고,
싱싱한 젊은 꽃 한 송이 보냈으니
빨리 문 열고 그 향기에 취해 보라고
나를 관통시키는 불타는 화살촉을 가진 친구
생소한 그녀를 맞이하려고
카카오톡 문을 열었다
아뿔싸!!
동영상 문은 열리지 않고
뜨겁게 달구어 줄 거라는
야시시한 아가씨는 외출 중이다
서투른 핸드폰 솜씨에게
문자 메시지를 띄웠다

뚜쟁이 노릇 하려거든 확실하게 하라고

홍매화 시편
― 우정

김광순

이른 봄 흰 것들은 몇 걸음 앞서 온다
마디마디 깊은 잠 바람결에 날아와서
마침내 천년 고찰이 홍매화를 피운다

누군가 불러내어 나에게 묻는다면
처마 끝 풍경소리 계룡산에 기대어
살며시 다가오는가, 저 분홍빛 묵언으로

그 하늘 아래 · 8
― 편지 쓰기

김광자

동무야!
서랍 속에 구겨 둔 네 목소리 꺼냈더니
침 묻은 몽당연필에서 덧니가 돋고
양철 필통 속에 '가, 갸, 거, 겨'
언문諺文을 쏟던 소리 씩씩하구나
그리고 생각나는 게
교장 선생님께 '편지 쓰기' 시간에
너랑 나랑 유난히 키가 작아
책상에 팔을 겨우 얹으면
걸상은 어린 궁둥일 자꾸 밀어내
삐뚤삐뚤 흔들거려
뒤통수에 눈 흘기고 서로
머리끄덩일 잡고 많이 울기도 했지

이제 아슴아슴한 세월이
돋보기 알에서 축축해지는
도라지꽃보다 더욱 어른거리는
그 풀벌레들 이름 부른다.

둘레

— 김규은

거기쯤
너 있다는 생각만으로도
마음 놓이는
시린 날의 몸살도
기대에 춥지 않을
따스한 말 애틋한 말
어머니 이불 속인 듯
아버지 헛기침 소린 듯
경종도 울리는
말,
우정
공기 같아
고마움 생각한 적 없이
내가 사는
무한한 둘레
느슨한 듯 헐거워 더듬어 본다.

PC 통신

김금용

이메일 접속으로만 소식을 전하는 친구야
사이버 공간에 갇힌 네 표정 찾느라고
워드 문자 사이에 가둔 네 속마음 찾느라고
내 아이디에 너의 아이디를 맞추고
비밀번호를 꿰맞춰 본다

중의법을 사용했는지
대유법을 깔았는지
너의 대답은 간단히 '잘 지내'
내 질문만 강둑까지 밀려가는 장대비,
명치끝까지 침수된 목마름이
사이버 공간에서 표류한다

여름과 겨울이, 아침과 저녁이 뒤바뀌는
날짜 변경선 너머에 살고 있는 친구야
먹구름 속 뿌연 안개는
오늘도 너의 기상예보인가
새파란 너의 하늘이 그립구나

세월을 방석처럼 깔고 앉아

김기연

흐린 날이면 이십 리 읍내를 관통하는 기적이 앞산 참나무숲을
밀며 마을을 깨우고 아침 먹고 한참 지났건만 아직도 오전일 때
월촌 마을회관 간다
둥그런 허리에 두 손 올리고 땅만 보고 간다
휴우 숨비소리에 온몸으로 돌아보며
점란아, 귀옥아!

어제 듣고 한 얘기 처음인 듯 풀어낸다
한 동네 나고 자란 팔십 년 세월을 방석처럼 깔고 앉아서
또 웃다가 잔다 자다가 깬다
박카스 D 뚜껑 돌려 닫으며 하품처럼 하는 말
니 내 두고 먼저 가면 안 된대이

멀리서부터 기적을 따라오던 빗줄기가 겅중겅중 달려오고

옛날 친구, 지금 친구

김다솜

몇 년 전만 해도 내 친구는 손자손녀였다
친구 많은 사람 부러웠지만 이제 부럽지 않다

나를 사랑해주는 친구가 옆구리를 다쳐서
정비공장에서 오지 않아도 여행을 가야했었다

봄 소풍 오시는 시인님보다 먼저 도착해 향기로운 상림 숲속을
맨발로 걷고 함양박물관 구석기시대 유물을 감상했었다
가고 싶으면 버스와 기차는 물론 택시로

옛날 친구와 지금 친구는 그 자리 있으니까
만날 때 되면 만나고 헤어질 때 헤어지는 것을

오라는 사람 없어도 가고 싶었던 그리운 만해마을
새벽 기차로 서울역 도착 지하철 5호선 내려 환승 3호선
창덕궁 옆 관광버스를 타고 그분을 만나러 갔었다
친구는 바람이며 구름이고 버팀목인 것을

강릉 허균난설헌기념관에서 또 만나자고 한다
그 친구와 갈까. 버스와 기차를 타고 갈까

동동

김대봉

불빛 없는 작고 연한
전깃줄 모여 앉아

빠른 걸음 굴리며 긴긴밤 지새울 때

새가슴
보일 듯 말 듯 고와라
나란히
나란히

용지봉 산신님 공空설법
― 목인牧人*에게 드리는 시

김동원

어깨 좀 펴라 땅 꺼지겠다 한숨 좀 그만 쉬고, 이 사람들아 저 높은 하늘 좀 봐라 아득하고 아득한 저 가야금 소리 들리는 옥빛 가을 하늘 좀 봐라 46억만 년 공空 화두로 영원 공부하는 나도 있는데, 한 3만 년 눕는 것 걷는 것 해 봤다고, 오만상 천지간 고민 다 하는 이 철없는 사람, 어깨 좀 쫙 펴라 생로병사 부귀영화야 우주 겁 돌다 보면 누구나 한 번 만나는 것이니, 근심 걱정일랑 다 털고, 저 둥긋둥긋 흘러가는 구름이나 좀 봐라 간밤 맑은 기운 별빛 받고 세상 묻은 때 다 닦고, 오로지 공空에 누워 무심無心 되어가는 저 흰구름 좀 봐라

급할 것 없다 이 환한 대낮, 저마다 귀한 몸 얻어 나와 한 상床 잘 먹고 제 길 잘 간 사람들 뒤따라, 한 걸음 한 걸음 온 정신 배워 걷다 보면, 다 제 새끼들 끼고 살길 있다 '그래, 뭐가 문제고?' 에잇! 사람들, 한숨 푹 자고 일어나면 또 생기 도는 새 길 나오느니, 그것이 공空 아니더냐!

* 시인 전상렬(경북 경산 출생, 1923~2000) 선생의 호.

그때를 살자

김두녀

관심 갖지 않으면 멀어지는 게 친구들인데
언제 어디서든 늘 그 자리에 어릴 적 친구들
어느 친구는 솟대가 되어 동네 어귀를 지키지만
모교를 대표하는 우뚝 선 미루나무도 있다

흰머리 감추느라 바쁜 친구들아
살면서 접어둔 얘기 펼쳐 보이며 이제는 웃자
어차피 작아진 몸 더 작아지기 전
동요도 부르고 동시 같은 언어로 그때를 살자

아이처럼 좋아하며 살다보면
빼빼 마른 눈 큰 소녀 떠올리겠지
시새움에 발사된 사나운 눈빛들은
강물 위에 모여들어 윤슬로 빛나겠지

우정의 원 속에서

김두한

기억의 바닷속에서
기억처럼 떠오르는 섬이
고요히 모습을 드러내고 있다
손에 손잡은 별들이 은하수를 이루고 있다
모든 시간과 공간을 꿰뚫는 우주의 숨결이
광대한 캔버스 위에
달빛 실로 짠 우정의 원을 그리고 있다
그 원 속에 손잡은 너와 내가 있다
끝없는 밤하늘 아래
서로의 빛이 되어
영원히 반짝이고 있다
기억의 바닷속에서
기억처럼 떠오르는 섬이
고요히 모습을 드러내고 있다

우유니 사막으로 갑니다

― 김리영

날개 꺾인 외눈박이 새가
피로 물든 친구 새의 얼굴을 돌아본다.

그들은 우유니 사막으로 가는 길이었다.
거리의 투명한 방음벽에 부딪혀
수천 갈래 금을 긋고
퍼덕이며 날아온 시간이 쏟아져 내렸다.

우리 한 번 더 날자!
새파란 하늘이 내려와 박힌
호수로 가서 끝없이 치솟아 오르자!
패대기친 새 두 마리가 마지막 눈빛을 나누고

새들의 죽음을 눈치챈 사람들이
짧게 머물고 가는 네거리 신호등 앞,
새는 바람에 깃을 떨며 말한다.
"언젠가 사람들은 날아오지 않는 새들을
기다리게 될 겁니다."

황금회화나무[*]
— 구재기 시인에게

김명수

대청호 주변 작은 집 앞에
오십 년 친구의 우정이 서 있다
서천의 집에서 가지고 와 심어 준 황금빛 우정
행운을 가져온다고 잡귀를 물리친다고
황금회화나무 두 그루를 심었다

호수를 타고 온 바람에 나무는 온몸을 부빈다
내가 우울한 날이면 노오란 잎을 살랑이고
슬픈 얼굴을 하고 있으면
숨겨둔 황금빛 가지를 내민다
그렇게 상처를 치료해 주고 친구가 되어 준다
자주 못 오니 나를 대신하여 친구하라 심어 준
황금회화나무 두 그루
오늘도 대문 밖에서 두 손을 하늘 높이 쳐들고
잘 있느냐고 소중한 시간을 지키고 있다

[*] 대청호 작은 집을 꾸미고 있을 때였다. 부귀를 가져오고 잡귀를 물리친다는 회화나무 두 그루를 오랜 친구인 구재기 시인이 심어주었다. (2015. 4. 10)

비의 협주곡

— 김무영

철거명령이 내린 집에서 울리는 음이
관중 사이로 헤집는다
빗물이 바닥을 채워 가는 선을 그려대면
작은 풍선이 날아오른다
차창에 그려대는 그림이 온통 님이다
어부지리로 잡은 우산살이 휘어져 추락한 종이비행기다
비료 포대를 둘러쓴 농부의 장화 속으로 폭포가 나
쪼르륵거리며 핏줄 사이로 침투한다
어린 새가 날개를 휘젓다 초가에 떨어진다
상량 사이로 떨어지는 빗물이 얼굴을 씻긴다
모난 물방울이 창호지를 강타한다
머리칼이 달라붙은 아이들이 백사장을 내달린다
물새들이 날아올라 비를 자른다
구멍 난 구름 사이로 비 빛 덩이 쏟아 내리고 있다.

우정

김문중

무작정 앞만 보고 왔던 우리 우정이
빈들을 쓸쓸히 지키는
겨울 들녘 먼 별을 우러르는
허수아비가 되어버렸구려
우리 우정의 물을 때로는 스스로
깨지기를 바라는가 보네
묵묵히 다가와 어두운 내 가슴에 주홍빛
등 하나를 항상 켜주던 고○○ 회장님
그대와 난 참 수많은 산과 강을 넘어
울고 웃고 30년을 지나왔는데.
8월의 행사가 그대와 나의 분별을
일깨워 주는 달인가?
너무나 속상하고 한마디로 아무것도 아닌
우리가 되어버렸으니 가슴이 아프다오
세상을 사람을 생긴 그대로 보거나
사랑하기가 얼마나 어려운지를 이제는
알겠어요, 사랑하고 미안하오

데스 브로피Des Brophy의 시선으로

— 김밝은

순진한 입술을 가진 적도 있었지만,
라스베이거스에서 8분 만에 끝나는 드라이브 스루 결혼식을 한 뒤
쉰다섯 시간 만에 안녕을 고할 수도 있고
단번에 눈길을 잡을 펑퍼짐한 탭댄스를 빗속에서 거뜬히 출 수도
있어

얼음판 위를 걸어봐, 신나는 춤사위가 절로 나온다니까
화려한 꽃보다 막 구운 빵이 더 향기로울 수 있다는 걸
멀리서 온 시간을 만나 알게 되기도 하고
편안한 복장으로 친구에게 가는 발걸음이
연애할 때 걸음걸이보다 더 발랄할 수도 있다는,
꿈에도 생각하지 못한 날을 불현듯 잡아채기도 하지

인간은 북두칠성을 통해 세상에 나와 살다가
죽으면 다시 북두칠성으로 돌아가는 존재라는데
어제의 맑은 눈망울이 빛을 잃어가는지
조금씩 낯선 세상을 살아가고 있지만, 기죽을 필요 없어
오늘이 가장 눈부신 날이라는 걸
깨닫지 못하고 있을 뿐,
삶은 여전히 신명 나는 춤판이야!

누군가를 물들인다는 건

─ 김병해

누군가를 물들인다는 건
내가 그 속에 들어서는 것이고
그가 내 안으로 몸 들이는 것이리

어디라 없이 절반쯤 비켜서서
풀잎이 부시게 초록에 스미고
바람이 웅송그린 가지를 스치듯

나의 뜻을 빗대 그의 힘을 돋우고
그의 끝을 늘여 나의 볕을 드리워
상긋한 사랑의 그늘을 늘이는 것이리

애써 중심의 줏대 살갑게 기울여
나의 곁을 주고 그의 틈을 받고
그의 때를 가려 나의 곳을 내미는

해서 누군가를 물들인다는 건
그가 차마 내 흠을 마주하는 것이고
내가 두루 그 흉을 만나는 것이리

망초꽃

— 김보림

가지런한
하얀 이를 드러낸
함박웃음
부르는 듯 손짓하듯
바람결에 흔들리는
꽃 무리

망초가 되어 버린
친구 생각
강 언덕 빈 자리
눈물 방울방울
하얀 망초꽃밭 되었네

능소화처럼

김봉기

오랜만에 맑음이랑 눈이 부시게를 걷다가
능소화를 만난다

태양의 열기와 장마를
깔때기 꽃통으로 빨아들인 능소화는
트럼펫을 높이 들어 가을을 노래한다
그리고는 밟지 못할 레드카펫을 깔아놓는다

높은 담은 너와 나를 갈라놓지만
능소화는 삭막한 시멘트 담벼락마저 받아들이고
담을 타고 올라 얼굴을 내민다
그리고는 시들지 않은 사랑꽃을 통째로
"툭" 던져 놓는다

오늘은 능소화 줄기만큼 함께해 온 동무에게
"툭"
모든 것 받아들인 능소화처럼
"툭"

담

김삼주

계절을 안듯 당신을 안습니다
소리가 흐르는 곳에 우리가 있습니다

내가 모르는 나를
기억하여 추억을 소환해주는 당신
소리 묶어 울고 있을 때
함께 울어주는 당신

하나하나 쌓아 올린 눈빛의 담

잔풍이 나뭇잎을 흔들 때처럼
당신의 위로는 나를 쉬게 합니다
도닥여주는 노을의 등처럼
당신의 미소는 나를 도전하게 합니다

가끔, 마음속에 묻어둔 사연을 건넬 때
심장을 안정시켜주는 말

그래도 돼!

콩나물국밥

— 김삼환

새벽 이른 시간에 작업화 끈을 풀고
속 앓아 끓는 국물 끓는 속을 풀어내는
얼큰한 콩나물국밥 얼얼하게 먹는 아침

이미 죽은 세포가 흐물흐물 살아나서
뜨끈한 감각 하나 혓바늘에 감길 때
콩나물국밥 속에서 어른거린 그림자

시천나루 각시인형

— 김상률

인형 같은 여학생 그 이름 선희
우리 반 교실 문 열고 들어선다
남학생 눈빛이 태양보다 뜨겁다
성적순으로 남학생 여학생 섞어 앉은 지정 좌석
허벅지 꼬집어보니 꿈은 아니다
내 책상 물고 앉은 선희를 홀깃 바라본다

학교 뒤편에 자리 잡은 동물원 인형처럼 생긴 선희만 보면
공작새는 날개 활짝 펼치고 춤사위 선보인다
1학기가 끝나자 다시 선희는 다른 학교로 전학 가고
내 성적은 빗금을 죽죽 긋는다
인형이 살던 집은 시장과 강을 품은 시천마을
시장을 돌다 보면 혹여 인형 발자국 흔적 남아 있을까
어물전을 서성거리는데

얼마간의 시간이 지나 자전거에 몸 싣고 아라뱃길 가는데
나루터 강가에 달맞이꽃 한 송이 피어 있다
선희의 미소가 깃든 각시인형처럼 연못에 든 물처럼
한때 내 안에 고여 있다가 썰물처럼 순식간에 빠져나간 환상꽃

전화, 그 이상한 친화력

— 김상미

전화로 친밀해진 사이는 아무래도 그 이상은 나아가지 않는다. 듣는 이나 말하는 이나 전화기 안에 갇혀 때로는 그릇된 길을, 보이지 않는 오류를 범한다. 느끼고 분별할 포즈 취할 새도 없이 듣고 말하는 제 자신으로 배수진을 쳐야 하므로, 대화의 폭과 깊이는 마치 멈춰 있는 바다처럼 똑같은 표정이 되고 지나치게 입과 귀만 뾰족해진다. 급기야는 다급해진 자기분해, 강조로 인해 친절 이상의 친절, 내용 이상의 내용에 매달려 평탄한 마음, 그 뒤의 평화까지 깨뜨리게 된다. 테크노크라시의 한계? 혹은 그 속에서 울부짖는 삶의 또 다른 목소리? 어쨌든 그 파문들은 가까웠던 그만큼 멀어지고, 채 뿌리내리지 못한 그 이상한 친화력은 예기치 않은 순간, 존재의 어두운 공백 사이로 삼투하여 차갑게 차갑게 썩어간다.

전화선 사이에서 당신과 내가 잠시 머뭇거릴 때, 그 자신 없는 짧은 순간에 보란 듯이.

전우 戰友

— 김상현

월남전 끝나고 생사를 모르던 그를 만났다
기관총 사수였던 그가
역대합실에서 나를 보자 히히 웃었다
40년 만의 해후
그가 나를 찾아 헤맸다고 했다
죽기 전에 만나보고 싶었다고 했다
방탄조끼를 입지 않고
우리는 처음 만났다
정글이 아닌 곳에서
늪지가 아닌 곳에서
우리는 처음 만났다
40년 만에 첫 마디,
살아 있어 줘서 고맙다
그가 말했다
역대합실에서 나도 히히 웃었다.

친구

김생수

그때
그 기차가 멈춰 섰던 정거장으로 가자

그때
그 발걸음이 서성였던 창가로 가자

먼 데 기적소리가
먼 먼 곳으로 우리를 오라 부르고

가랑잎 한 잎 두 잎
가슴에 무늬지던

하모니카 기타 소리 들려오고
빨간 바지 앉아 있던 그 언덕으로 가자

부운浮雲처럼
- 운芸에게

김석

그대 향한 쓸리는 파도
마음은 구름 잡기였던가
연안부두 화톳불 밤처럼
환한 실루엣 운芸*이여

그대가 쓰고 지우면서 만졌던
명주 전족纏足으로 글과 말씀들
'발등이 이따금씩 부어와서요'
보듬어 묶고 자르면서 다듬이 4·6배판
화톳불 芸의 혼불로 일곱 권, 문학전집

옥죈 가슴만, 부산에서 서울로
열릴 듯 닫아야만, 쌍문동과 해운대
입춘 새벽부터 동짓달 긴 밤의 목마름
한밤에서 새벽까지 붙들고 붙들린 채
부운 발등으로 고뇌와 어루만짐 화톳불
그대 한 맘 한 길 일곱 권 얼골** 가을 열매들
한 장 또 한 장 터칠세라, 보듬고 읽었습니다

---

* 芸: 향초 이름 운. 청나라 소설가 심복의 「부생육기」 여자 주인공이다.

** 얼골: 얼굴에는 속나의 얼골이 스며 있다는 노자의 현현玄玄을 우리말로 옮긴 것이다.

장마, 동창생

김석교

주낙에다 멸치 배 통발
그것들 돈 안 된다고 분회장 구워 삶고
고참 눈치 술로 때우며 허청허청
부두노조 입회 십 년, 아직도 준회원인 그의
쥐 오줌 냄새 얼룩진 단칸방
왁자하니 틈나면 노 잡고 붉게 건너던 밤
그 밤 모롱이 돌아 마누라 집 떠나고
어깨심에 등심, 오기 부리던 등 뒤로
음습하게 다가와 빗줄기 가로지르며
살과 뼈 산적처럼 꿰 뜬 지게차
죽은 듯 보낸 병원에서의 몇 년
만신창이 허벅지 사타구니까지 걷어 올리며
여전히 남자는 살았노라 반 푼 내보일 때
꾹 다문 이 사이 스멀거리는 웃음
그 허풍 한쪽, 산재보험금 다른 주머니에 쑤셔 넣고
산지에서 비 젖는 친구
뒤집힌 거북처럼 버둥거리는 친구
비닐장판 위에 흥건한 빗물

노을 우정

— 김석호

들을수록 심상치 않은 밤새 우는 귀뚜리는
새 아침 영롱한 찬 이슬 속삭임
여전히 수없이 아무 영문 모른 채 태어나서
숱한 사연 남긴 채 죽나 보다

羊水가 터져서 아기 울음 들릴 듯 晩秋로 치달리는 가을은
끝내 노을 하나 낳아서 너무 먹먹히 다가와 너무 슬프도록 황홀
한 자태
이를 어쩌랴 어떻게 마침표 찍으랴
날개 없는 발걸음은 고향을 저당 잡힌 뿌리 없는 나무가 되어
정처 없이 허공을 떠도는 나그네가 되었다
시작은 있지만 끝이 없는 허공에서 얼마나 왔는지 도무지 여기가
어딘지
만추의 노을은 한번 자신의 현주소 찾아보라 환희 등댓불 비친다
허겁지겁 꽤 많이 왔는데 지금 여기가 망망대해 한복판인 듯
어느 무인도에 홀로인 듯 깊은 산속 눈먼 노파인 듯 종잡을 수 없다

곧바로 밀려올 어둠 뒷걸음쳐야 할 노을
애타게 마지막 혼신을 바친다

단발머리 우정

김선영 (서울)

어린 날 두고 온
단발머리 점순이
아직도 내 마음속
70년 내내 자라지 않는
사과 볼에 점 하나
단발머리 점순이

우정도 따악 그만하게
초승달만 하게
멈춰 있을까

아니면
아니면 아아
초승달만 하고
여린 상칫잎 같던
우리 점순이

볼록한 볼 눈가에
점 하나 그대로
반달로
만월로
쑥쑥 크고 있을까

우정까지 초승달
반달 넘어
만월 순으로

우애의 새벽   093

잘 지낸 거니

김선영 (여강)

안부를 물었다
지나온 세월의
배경음악이 깔리고
거침없이 타오르는
이야기로 저물어 가는 사이

계절은 풍경처럼 나에게로 와 앉았다

맑은 강물 같은 얼굴이 피어났다

시간보다 더 분주한 나를 놓아주었다

주름진 손은 붉게 물들어
허공으로 잠잠이 흩어졌다

가장 눈부신 시간 속으로

틈

김선옥 (경북)

서로 당기는 사이 찢어진 자리 틈이 생겼다
벌어진 자리는 차츰 커진다
조각조각 덧대고 기워 보지만
뾰족한 부분이 많아 점점 벌어지는 틈

둥근 조각, 네모난 조각, 뾰족한 조각
조각보처럼 이어 보지만
가로 선과 아귀는 늘 어긋난다

옛 친구로 사는 건
포기하고 싶었던 틈 사이에 살짝
조각하나 잘라서 맞추는 일이다

촘촘히 박음질하면 둘이 하나가 되어
당기고 밀어도 벌어지지 않는
그와 나 사이를 꼭꼭 여미는 일이다

둥근 바람이
박음질 위를 다림질하는 일이다

동행同行

— 김선옥 (서울)

여보게 친구, 동행이란 말을 아는가?
험한 길을 혼자 가는 것보다 함께 가는 것이
훨씬 쉽고 수월하네

느리면 느린 대로 빠르면 빠른 대로
발맞춰 함께 가면 아픈 것들은 사라지고
강물처럼 두터운 정이 흐르네

우리 살아오며 얼마나 우쭐대고 이기심에 들떠 지냈는가?
용서하고 이해하는 관용은 버려둔 채
얼마나 미움과 질시의 장벽만을 쌓아왔는가

여보게 친구,
이제 내 안에 가득한 불평과 오만의 먼지 털어내고
쓰레기 같은 분노와 이기심도 모두 쓸어버린 채
뜨거운 은총으로 얼었던 마음을 대펴보세

동행처럼 아름다운 말이 있는가?
노소 구별 없고 남녀 차별 없이
똘똘 뭉치면 삶은 환희요 기쁨이 되네

아픈 것 내려놓고 우리 함께 슬픔을 기쁨으로
절망을 희망으로 바꿔놓으면 황홀한 세상은
분명 활짝 열릴 것이네

선택이

— 김선태

제 이름밖에 못 쓰는
선택이란 아이가 있었다.

그런 녀석이 유일하게
쓸 줄 아는 남의 이름이 있었다.

내 이름 선태였다.

제 이름을 쓰기 전에 저절로
내 이름이 먼저 써지기 때문이다.

그래서일까 녀석과 나는
세상에 둘도 없는 단짝이었다.

그런 선택이가 죽었다.

풀밭

— 김선희 (부산)

저 먼 곳에서 한 줄 바람이 불어오지 않나요
오늘은 별보다 더 많은 풀밭을 걸어요
발밑에 수많은 얼굴들이 웃어요
얼굴 위에 수많은 목숨들이 울어요
기다리다 지친 얼굴들이 바람을 맞고 있어요
바람은 어디서나 일어나고 어디서나 잠자지요
목숨이 강물처럼 흘러가고 휩쓸려가고
모두가 짓밟고 간 저문 저녁에도
따뜻한 위로가 풀밭을 덮어요
아득한 옛날부터 손을 잡고 있었어요
아무도 모르게 흘러가고 있었어요
여기서 저 끝까지, 우리들 세상이 펼쳐져 있어요
소중한 만남이 깨끗한 푸른 눈을 뜨고
넘치는 생명의 꽃대를 키우고 있어요
함께 걸어야 할 길이 아직 끝나지 않는 곳에서
나는 그의 이름을 불러요
긴 시간, 저문 저녁만 걸어온
그의 이름을 불러요

별

김성옥

한 행성이 다른 행성을
걱정하고 위로하는 것이
우정의 범주에 다름아니다

슬픔을 함께 하는 것은
쉬울 수도 평범할 수도 있지만
기쁨을 더 기뻐하는 것이
우정의 가장 큰 덕목이기도 하다

하나의 별이 또 하나의 별을
빛나게 하는 것
함께 기뻐하며 빛나는 것도
우정의 범주에 다름 아니다

겨울 건힐 때까지

김성조

잘 살아라 친구
잠시만 이별하자

우리 살아온 날 조팝꽃처럼 서러워도
우리 살아갈 날 그믐밤처럼 어두워도
길 밖으로 발 내밀지 마라

먹구름 억수 비를 몰고 와도 눈보라 폭풍처럼 창문을 흔들어도
담쟁이넝쿨처럼 몸 붙이고 있어라 되새김질하는 어린 소처럼 밤마
다 차갑게 여위어 가도 슬픔 깨물고 살아 있어라

기억되는 것은 내 안에 있다고, 깊이 사는 것이 오래 사는 것이라
고 어느 봄날의 숨겨진 울음도 있지 않느냐 나뭇잎은 제 살을 으깨
어 맑은 피리를 불고 샘물은 제 슬픔을 녹여 푸른 그늘을 만든다

잘 살아라 친구
잠시만 이별하자
꼭 그렇게 겨울 건힐 때까지만

왕래往來

— 김성호

미움과 원망이 사라져야
희망과 사랑이 피어나고
노년과 장년이 떠나가야
유년과 청년이 다가온다.

영원히 해는 떴다 지면서
떴던 곳으로 돌아가고
지구가 63.5도 기울어
겨울 봄 여름 가을 된다.

바람이 남쪽으로 불다가
북쪽으로 돌아가며
동서남북 순례하며
일던 곳 향하여 꼬리 감춘다.

만물과 현상, 일월성신을 바라보아
뭇사람들이 어떻다고 호소하여도
심신이 그 변화무궁 다 볼 수 없고
귀청 세워도 환청으로 들릴 뿐이다.

겨울나무·7

겨울이 되면
사람들은 자꾸만 옷을
껴입지만

겨울이 되면
나무들은 자꾸만 제 옷을 벗어
추운 대지를 덮어준다

황혼 여행·3

김송배

80회의 가을은 어쩐지 적적하다
친했던 친구의 부음은 자주 들리고
어찌어찌하여 다져졌던 친구들의
안부가 그리워지는 시간들
만나면 서로의 정을 확인하기 위해
따스한 커피나 쓴 술 한 잔으로
그동안 흔들림 없는 정을 나누었지만

아뿔사! 어느 날 요란한 카톡 호출음
그렇게 예고 없이 훅 가버리면 어쩌나
예끼 이 사람!

그립다.

어깨와 어깨

— 김송포

　서로 마주 보고 손을 잡을 때 등이 구부러진다 옆으로 몸을 돌려 나란히 서 보았다 손과 손이 깍지가 끼워졌다 두 어깨가 앞을 향해 있다 옆에서 노래를 부르면 화음이 잘 맞다 춤도 옆에서 움직일 때 동작이 부드러워진다 껴안을 때 손이 허리를 감싸면 위험해진다 어깨와 어깨로 함께 갈 때 길이 열릴 것이다

　앞만 보고 달리는 사상보다
　옆에 다정한 대화가 든든하다는 걸 어깨는 알고 있다

그대 이름 친구 2024 10

김송희

골목길 작은 찻집에 앉아
곱슬머리 유럽풍의 미소년이 살짝 웃으며 놓고 간
노란 찻잔의 커피라떼
밀물이 되어 출렁이는 먼 바다
어디선가 낙엽 한 잎 날아와 그대 얼굴이 보인다

숲길을 걷다가 길을 잃었다
상처투성이의 고목의 깊숙한 나이테를 뚫고
핏줄은 겁을 먹고 아우성이다
되돌아갈 수 없는 천 갈래의 숲길
회색의 안개 속을 헤치고
한 줄기 빛으로 나타나 손을 잡아주는
친구여

절벽 끝에 매달려 하늘 향해 추락하는
날개 없는 나의 슬픔
황혼의 빛이 바다로 가라앉을 때
비에 젖은 벌거숭이를 보았는가
온통 꽃잎으로 포장한 부끄러움
그대는 나의 그림자인 것을…

반딧불

김수복

너를 사랑하기 위해서 떠나는 거야

너를 그리워하기 위해 어둠이 다가오는 거야

이별의 여우에게 홀려서

잊지 못할 얼굴들 찾으러 뛰어다닌다

감나무 아래에서

— 김수정

연둣빛 새잎으로 만나
단풍으로 물들어가는 친구들

산을 오를 때면 서로 끌어주고 밀어주며
빗물 새는 학사學舍에서 밤새워 지도를 그리고
희미한 별자리를 따라 밤하늘을 헤매던
묵은 추억들이 아직도 반질반질하다.

감또개처럼 떨어뜨린 꿈들은
그럴 수밖에 없었다고
그럴 수밖에 없었겠다고
서로의 손등을 토닥여주며

삼십여 년의 햇살과 바람에 삭힌
고운 미소를 나눈다,

흰 꽃이 피는 박태기나무의 절규

── 김승기 (서울)

결국 일시적인 돌연변이란 말이더냐

미처 잎도 나기 전 앙상한 나뭇가지에 다닥다닥
흰쌀튀밥처럼 붙어 있어야 하는 우리의 우정

우정도 사랑의 일종이라는데,
당신들의 입맛에 맞는 사랑처럼 붉게 피지 않은 것이
그렇게도 못마땅하더냐

자연스럽지 못하다는 이유를 핑계 대며
하나의 종種으로 인정하지 못하겠다는,
겨우 하급 품종으로밖에나 취급당해야 하는 사랑이었더냐

봄이라서, 하얗게 영혼 불사르며 꽃 한번 피운 것이
그렇게나 몹쓸 죄악이란 말이더냐

언제쯤에야 어엿한 흰박태기나무로 거듭나서
떳떳하게 우정을 외치며 홀로 우뚝 서는 날 올까

오늘도 두꺼운 절망을 얇게 저미고 있다

아롱이는 자라를 몰고 오고

김승동

내성천 둑방에 허름한 집 한 채 비켜서 있다
문밖에는 나이 든 아롱이
문 안에는 늙은 할배
띄엄띄엄 주고받는 이야기 강물 위에 흩어진다

사랑하는 짝을 못 보내 울부짖던 아롱이
그 아롱이를 못 잊어 이름 붙인 아롱이
견생이나 인생이나 무엇이 다를까
십년을 거두어 온 묵묵한 사랑
손등의 핏줄만큼 굵은 인연이 아리기만 하다

붙잡지 못한 애틋한 날들
오늘 하루도 붙잡아 두지 못할 터
아롱이 슬금슬금 강섶으로 나가 자라를 몰고 온다

말 못하는 아롱이의 보은에
서쪽 하늘에 할배의 눈가에 노을이 고인다
날마다 아롱이는 자라를 몰고 오고
할배는 말없이 자라를 풀어 주고…

파도와 바위

— 김시운

천 년 만 년이 걸릴지라도
파도는 바위의 말을 듣고 싶어
수평선 너머 먼 바다로부터 달려와
하얀 눈빛을 보이고 있다
꿈적 않는 바위
저 무거운 침묵을 어찌 깨우랴
수억 년을 지나도 언제나 그대로
달빛 아래선 말해줄 줄 알았지

하루에도 수번을
바위에 올라 씻고 씻기는
동해의 푸른 파도는
별빛 아래선 얘기해줄 줄 알고
수평선 너머로 가다가 도로 돌아온다
바위와 파도는 서로 그리는 사이
난 모래알로 남아 부서질 때까지
출렁이는 파도
동해를 바라보고 있을 테다

이빈

김 양희

널 보내고 오는 길 너 숨긴 달을 만났다

반쪽을 잃은 하현 네 한쪽처럼 웃었다

별 둘이 어둠 걷으며 그의 뒤를 따랐다

뒷달이 되어버린 널 찾아 두릿거린다

차올라도 이지러져도 보여주지 않는 면

아 멀다 귀잠에 빠진 널 깨워야 하겠는데

옛 친구 김도현

— 김연대

"어디 어떻게 사느냐고
묻고 싶었는데
만난 김에 따라와 보았다
산 너머 산 너머
세상보다
더 좋은 세상
그리며
사는 모습, 내 눈에도 잡히네"
　　　　　기축년 정초 道鉉

굴욕외교 반대하다
모진 고초 당할 때
이빨을 물고 '죽여라'고만 소리쳤던
나의 옛 친구

동행

김 영

어미를 따라다니던
새끼 기러기가
오늘은 혼자서 왔다

새끼의 맨발을
물끄러미 바라보던 농부가
나락 몇 포기를
그냥 둔다

그대와 나

— 김영은

수평선이 아득합니다
아직도 내 꿈이 나부끼는 곳
출렁이는 물결 따라 가까이 흘러가 보기도 하지만
잡은 손 놓고 멀리 달아날 때는
그저 흐린 눈빛 적시며 바라봅니다
허둥지둥 물기 털어대며 따라간들
흔적 없이 지워지는 물안개일 뿐이니까요
자주 흔들리는 그대 마음이
모래펄 한 자락 잡고 관능에 떠는 걸 보며
나는 먼 꿈의 내 자리에서 낮게
그러나 완고한 경계선을 지킵니다
양보할 수 없는 그리움의 끝이니까요
흐린 날 아니어도 좀체 다가갈 수 없이 아득할 때
눈물 같은 갈매기 한두 마리 날려보기도 해요
가면 오고 오면 가는 것이 세상 이치라기에
더 큰 이별 없이 밀렸다 당겼다
영원히 흔들리는 그대와 나의 모습입니다

번행초

— 김영자

꺼안고 함께 피었다
꽃잎 한 장 떨어져 있도록
허락하지 않았다
감추지도 않았다
노란 종소리를 내며
피울수록 가슴이 깊어지는 꽃
종소리를 내지 않고도
딱딱한 돌기가 될 때까지
돌 틈에서 피고 있는 꽃
제주 북쪽 해변 산책길에서
초면으로 만난 번행초는
낯을 가리지 않았다
보랏빛 갯무꽃과 살을 섞으면서
함께 걷는 기술을 넘겨주었다
물기가 부족해도 꽃을 피웠고
바람이 거칠어도
햇당근처럼 웃으면서
누군가를 위해 반짝이는 길을 넘겨주었다

낙화유수

— 김영재

어제는
아흔 스승 모시고 점심 먹고

오늘은
손자 본 후배와 축하주 한잔

내일은
친구 만나서 흐드러진 꽃놀이 가네

개똥밭의 그림자
— 고故 황병승 시인이 오늘 밤 그립다

김영찬

'괜찮아 울지 마 죽을 정도는 아니잖아'

나하고 절친했던 병승이는
엄살 피우기 싫다고 누구한테도 엄살 피우지 않겠다고
그냥 죽었다

등신 새끼 병승이 등짝 기울었다

'괜찮아 걱정하지 마 아직은 안 죽어'라고 나한테
수십 번이나 다짐했었지
뼁신 새꺄, 짜부가 그러라던?

짜부하고 놀더라도 그 애하고 너무 멀리 가지 말라고
느그 엄마가 아닌 나도 그렇게나 여러 번 신신당부
애걸하듯 말렸었지

오직 짜부하고만 내통하던 병승이가 짜부를 데리고
어디로 갔을까
육신의 아버지가 씨 뿌리다 돌아선 개똥밭에
그림자만 피식피식 쟁여놓았다

섬

— 김완하

바닥이 깊다는 것,
물 빠진 뒤에 알았습니다

드러난 갯벌에 서서
사방팔방 흩어지는 게 떼 속에서
다시 차오를 깊이를 봅니다
그 물의 무게를 느낍니다

물 나간 뒤
빈 바닥 위에서
두 섬도 하나임을 알았습니다

날아라 개털들

김왕노

어지간히 삶이 뿌리내렸다고 생각했더니
뿌리는 제자리를 떠나지 말라고 붙여버리는 강력접착제였다.
골목 모퉁이에 좌판 벌린 저 노인
가난이 내린 뿌리여서 저 자리를 떠나지 못하고
약한 바람에도 마른 풀처럼 나부낀다.
나도 너도 개 같은 세월에 뿌리내렸다가 다행히 뿌리 뽑힌
개털이라는 것을, 개털의 혈족 같은 것
아무 곳에도 쓸모없는 개털, 무시당하는 개털이 아니라
가진 것이 없는 개털의 가벼움으로 개털의 자유로
불어오는 바람에 집중하다가 훌쩍 뛰어오르면
너와 내가 누릴 나르는 개털의 시간이라는 것을
우리가 개털로 가벼우므로 나르다가
부딪힌다 해서 상처를 입겠느냐.
상처를 주겠느냐.
개털로 끼리끼리 날아가므로 완성되는 개털의 존재감
함께 하므로 벗어나는 그간 따라다닌 질긴 서러움과 천대
우리는 스스로 안을 비우고 비워서
더 가벼워져서 얻는 개털의 혁명이다.
가벼워지므로 눈부신 구름이고 먼지들이 아닌가.
가벼워지므로 피어나는 유랑의 푸른 꿈이 아닌가.
무거운 꿈을 털어버리고 과적과 과욕을 버리고
그리고 날아라 개털들

우애의 새벽   119

다시 시의 감옥에 갇히다

― 우계又溪 형에게

― 김용국

시의 감옥에서 탈옥했지만
담장은 한 치나 두 치쯤 별것 아니게 도망할 만했다네.

그것도 탈옥수라고 이름도 바꾸고 변장도 하고
시詩를 보면 조금은 불안해 하며 숨어 다녔다네.

세월이 흘러 나도 내가 지은 죄를 잊을 때쯤
공소시효가 지났겠다 싶었는데,

어느 날인가 도서관 서가書架에 내 앳된 얼굴이
아직도 지명수배자로 떡하니 있지 않았겠나. 깜짝 놀랐지.

이렇게 사는 게 좀 피곤도 하고 자수를 하면 선처를 해 준다기에
스스로 탈옥한 시의 감옥으로 찾아갔는데,

우계 형이 엉뚱하게 간수가 되어 시의 수의囚衣를 나에게 입혔다네

활 쏘듯

— 김용하

구부려 봐
궁극이 깊을수록
반격은 커
멀리 사라지는 거야
홧김에 쏘아낸 화살
늦기 전에 거두자

나와 너 사이에
싸움이 잦을수록 정情의 골은 깊어
서로에게 헤어날 수 없는 거야
튕겨져 나간 너의 정이 맞물리기엔
기다림이 길면 잡을 수 없어
이쯤 해서 손잡아주지 않겠니?

할머니와 거위

김용화

햇빛 재글거리는 한낮
인적 끊긴
시골길

유모차를 미는
할머니
굽은 등을

거위 한 마리
뒤뚱대며
따라가고 있다

친구 무덤가에서

김원길

살아 누운 것과 죽어 누운 게 무에 다른가.
친구 녀석 무덤가에 나란히 누워
강아지풀 입에 문 채 눈 감아 본다.
나 일어날 때, 벗이여, 그대도 깨어나게나.

문득, 꽃잎

— 김원욱

꽃집에서 전화를 걸 때

꽃잎이 분칠할 때
꽃잎이 목청껏 노래 부를 때
꽃잎이 요염하게 눈짓할 때 꽃들이
꽃들끼리 꺼이꺼이 울어댈 때

꽃잎도 그리움이 있는가
꽃잎도 기다림을 아나 봐 멀리서, 찰랑거리는 물소리
지귀도地歸島 마주한 고망물처럼 푸르러지나 봐
푸르러서 깊어지나 봐
이 지상 허망한 외침들 죄다 깨우면서

한여름 은하별 빛을 더할 때

이 전화는 없는 번호입니다…

문밖에서 문득, 꽃집을 기웃거릴 때

우정은 영원하다

— 김월준

초등, 중등, 고등, 대학을 통틀어 놓고 봐도
초등학교 동기들만큼 끈끈한 우정이 없다
코흘리개 시절부터 쌓은 우정에는
이해타산이란 놈이 비집고 들어올 틈이 없다
그만큼 순수하다
순수한 우정에는 동기들이 서로 만나면
옛날이야기에 늘 웃음꽃이 활짝 핀다
동기회 모임이 있는 날에는 더욱 그렇다
동기들의 생사안부를 묻고
세상 돌아가는 이야기에 정신이 없다
그만큼
우정은 영원히 꽃핀다

카푸치노

— 김유진

월화수목토토일이
빠르고
숨차게 지나가도
우리는
그 틈을 벌려 카푸치노를 마신다
틈 사이로 커피향이 퍼진다
한 모금 마실 때마다
우리가 앉은 의자만 한 짬이 생긴다
그 안에서 퐁퐁 터지는 거품
점점 커지는 수다
점점 자라는 덜 마른 생각들

벗

— 김윤승

벗이여
너의 가면을 벗어 던져라
너의 가식을 벗어 치워라
실오라기 하나 없이
천둥벌거숭이 같은
다 벗은 꼴이 될 때
참다운 벗이 되리
살껍질까지 벗겨버리고
한 조각 살덩이 염통만 남겨둬야
거짓 없는 벗의 경지에 들어가리

통나무집 비닐 창

김윤자

우정은 통나무로 다듬어져
차곡이 쌓이고
비닐 창은 흘러간 세월을
하얀 목청으로 노래하고 있다.

장작불로 더 깊은 우정을 지필 때
불꽃 따라 춤추는 촛불은
제 홀로 일어서 어둠을 사르고
고운 눈으로
추억의 길목을 서성인다.

영종도 어느 한적한
산 채 오두막
죽마고우의 봄날 꽃 마음이
불판 위에 피어나고

고향 들녘 논두렁에 맴돌던
파아란 동심이 달려와
통나무집 비닐 창을 밀고 있다.

작은 벗에게

— 김윤하

키를 낮추고 눈을 맞추면 서로 말이 많아진다

희끗한 머리칼로 나도 6살이 되어
다녀보지 못한 유치원 수업을 귀동냥으로 듣는다
그 나이에 궁금하기나 했는지 기억도 없는
태양계 우주를 다시 배운다

내 속의 것, 붉은 심장을 꺼내놓기 싫어
손을 뻗으면 딱 그 거리, 손끝에서
새드엔딩만 아니면 돼
외롭지 않을 정도의 거리에서 서성이다
오래전 잊어버린 사랑법

6살 어린 손자를 무릎에 앉히면
골키퍼 가슴으로 숨 막히게 날아든 공같이
어깨에서 손끝까지 사라지는 거리, 햇볕 가득하다

작은 벗을 만나는 즐거움, 나는 더 작아지기로 한다

점걸이

— 김윤환

   그의 아명은 점걸이었다 어린 시절 종아리에 있었던 커다란 점에 어른들이 붙여 준 별명이다 원래의 이름을 두고 점걸아 부르면 몹시 싫어했지만 대답은 놓치지 않았다 점을 따라 불러진 이름, 그 점을 받아들이며 대답했던 소년 점걸이는 점과 함께 사라졌지만 그를 기억하는 모든 이에게 점은 그를 기억하는 한 지점이 되었다

  목청껏 부르짖는 말들에 방점을 찍고
  죽을 만큼 힘들게 모은 것들에 방점을 찍고
  무언가를 마칠 때 또 하나의 점을 찍으며 살아 왔지만
  점점 많아진 점과 흐려져 가는 점
  우리는 점을 알이라고 했고 말없음의 부호라고도 불렀다

  시간의 정점을 지나
  여백이 끝나는 어느 지점에 닿으면
  점이 제 몸은 아니었음을 알게 되지
  삼월에 내리는 눈발이 투명한 점을 찍으며
  시간 밖으로 흘러가는 것을 보게 하지

친구

— 김윤희

친구를 잃었어요
작년 그러께 그그러께 유명한 역병이
멍청한 내 이마까지 와 비등점 최고인
가운데 험한 유리안치遊離安置 중
혼자서는 힘에 부쳐 둘도 없는 친구에게
해서는 안 되는
도수 높은 망발 헛소리 무리수
띄운 탓, 그 무서운 '애인' 어쩌고
그 위에 헐한 윙크까지
그 바람에 원수가 되었어요
그 짓 안했으면 오늘까지 아름다운
친구일 것을

친구예찬

── 김은정

내 친구는 모두 최고의 친구
ㄱ부터 ㅎ까지, A부터 Z까지
최고의 친구가 아닌 친구가 없다.

ㄱ 친구와는 신화를 논하며
함께 신화가 될 대규모 인물이라
늘 소중하고 자랑스러운 최고의 친구

ㅂ 친구는 보험 같은 힘을 펼치며
수시로 궁휼한 나를 성심으로 돕는
고국천왕 을파소 진대법 같은 최고의 친구

ㅈ 친구는 정견부터 정정까지 갖춘
'깨달아 붓다!'라며 찬탄이 저절로 나오는
현생 인류의 사소함을 넘어선 최고의 친구

친구예찬은 종신토록 이행할 과업이다.

동창회

— 김은희

세월을 품고
주름살을 데리고
추억의 향기로 친구를 맞는다

빠알간 입술이 한껏 멋을 부렸고
눈가에 주름이 어색하지 않았다
한 치의 망설임도 없이 깔깔깔 포옹했다

'애들아 우리 학교에 가보자'

교정의 나무는 늙었는지
푸석한 머리칼이 날렸지만
우리는 운동장을 마구 뛰어다녔다
운동장의 소리는 추억으로 묶은 사연을
곱게 늘어놓았고
우정은 익어갔다

친구들과 오래도록 벤치에 앉아
달콤한 추억을 연주했다.

동무생각

— 김의규

봄바람 타고 따뜻한 구름이 북으로 올라간다
그 바람에 민들레, 개나리, 수수꽃다리, 진달래 꽃마리
북녘에도 그런 많은 봄꽃들이 피겠지

봄꽃 언덕에 나만큼 늙은 사내
산나물 날로 씹으며 나처럼 소주를 마실까
백두산 들쭉술일까 평양소주일까

한 번 본 일이 없는 지어먹지 않아 숫된 얼굴*
그가 문득 그립다
마주앉아 술을 나누면 할 말도 많아지겠다

우린 우리끼리만의 얘기를 나누며 키득거릴까
짧은 삶을 헛되이 살아넘기는 저들을 비웃을까
우리끼리만 말이지

---

* 지어먹지 않아 숫된 얼굴: 구상 시인의 표현.

산밭 일기

— 김이대

초막의 하늘이 너무 푸르러서
흰 물감으로 자유라고 썼다

산밭에서 풀을 뽑는다
수박 냄새나는 풀도 뽑고
악착같이 올라오는 바랭이도 뽑고
돌아앉으면 또 잡초다

일찍 간 친구 생각이 난다
열아홉 무렵에 우리는 매일 붙어 다녔다
이문희李文熙의 우기雨期의 시詩를 줄줄 외우고
로마의 휴일 영화를 보고
트레비 분수에 동전을 던지며
케세라세라
그때 우리는 잡초였어

산밭은 내가 지배하는 영토
풋고추가 새파랗게 매달리고
먼 산울림 센 센 센
나는 산밭 나라 임금입니다

감응

— 김인구

고요는 나를 좋아한다.

아무도 없는 텅 빈 마룻바닥에 앉아

온종일 고요와 노닥거린다.

몇 분의 고요는 내 귓바퀴를 간질이고

몇십 분의 고요는 부끄러운 침잠의 나라로

나를 데려다준다.

고요가 길어지고 깊어질수록

찰박이는 사소한 것들의 부유물 모두 가라앉고

깊어지는 고요의 한 뼘, 바닥을 차고 오른다.

고요와 나란히 누워 노닥거리는 동안

나도 고요를 사랑하고 있다는 것을

알았다.

우정

— 김인희

떡갈나무 아래 휘황한 등을 달고
아름다운 이브와 마주 앉아
불빛보다 따스한 술 한 잔 어떠하신가요?
가을비가 내리는데

새빨간 사과를 닮은 이브의 입술
가을비에 젖은 이브의 입술
너른 들녘 차가운 가을비에 젖고 있는 사과
나는 이 가을에 불빛보다 따스한 술을 권할 것이다
가을비 내리는 노란 떡갈나무 아래서
나의 아담에게.

멍게 향

— 김일순

남해南海 간다는 친구에게
몽돌 하나 주워 오라 했더니
멍게 상자 안고 왔다

상자 열어보니
몽돌밭을 쉼 없이 구르던 파도와
멍게를 손질하던 아버지가
바다 내음과 함께 출렁이고 있었다

심부름 다녀온 친구는
몽돌 대신 보물섬이라며
멍게 향으로 겸연쩍게 웃는다

내 친구

김자희

커피를 마주한 너의 사진이 나를 울컥하게 한다.

회색 머리와 하얀 블라우스가 우아했지만 우리는 이제 황혼에 와 있다는 것을 부인할 수 없다는 사실, 너와의 70여 년의 유장한 인연임에도 눈 한 번 흘기지 않고 험한 세상 견디며 여전히 그리워한다는 것, 우리는 지극히 몰개성沒個性한 성격의 소유자인지도 모르겠다.

이제 우리는 기죽은 세포들에게 아침저녁으로 엄청난 영양제를 쏟아부으며 '지난밤도 무사했구나' 안도하며, 아직은 억울하니 '쓰러지면 안 돼'라며 최후까지 버티고 있다.

어쩌면 인생은 지금부터거든, 무거운 짐 보따리 내려놓고 임영웅에게도 차은우에게도 미쳐 보기도 하며 유행가처럼 사는 거야. 엄마도 아내도 아닌 나의 인생을

남태평양 어느 섬 남십자성 아래 와인 한 잔을 마주하고 밤새 첫사랑을 떠올리기도 하며, 남편 욕을 하늘에 별만큼 쏟아놓고, 쌓였던 스트레스를 푸르디푸른 태평양 바다에 수장시키고 귀국했잖아. 다시는 그런 날이 또 오지는 않겠지.

친구들

— 김재천

어릴 적 알던 친구들은 커 가며 연락이 없다
그래도 연락이 닿는 친구는 그나마
내가 연락해야 목소리를 듣는다

나이 먹으니 이제는 병원에 가는 친구가 늘어간다
울먹이며 전화오는 췌장암 말기 친구에게
장로인 친구와 안수기도를 하고 돌아서는 발길이 무겁다

위암, 폐암 걸렸다고 소식이 들려오는 친구들
이제 내가 친구들을 위하여 할 일은 기도뿐
약이 필요없는 친구들을 위한 기도를 드릴 뿐

자주 만나지 못하는데 저승에서는 자주 만날 수 있을까
천국에서 만나는 기약이 왠지 모르게 서글프다
만날 것이다

믿음 하나 세월에 걸어두고 하나하나 얼굴을 떠올린다

우정友情

— **김정운**

한정 없이 세월이 흘러도

그 만큼의 거리에

묵묵히 서로를

지켜보며 가는 우리

요양원의 친구

— 김정원

보고픈 그 친구 말없이
거길 갔네

그리 고웁던 백합 같은 친구야
우린 함께 감사하며 왔는데, 종내
혼자 눈물 삼킨 채–

아흐! 키 잃은 배는
백사장에 혼자 쉬는가

"희야, 네가 눈 감고 빠지던
그 애창곡 보낸다 들어보래이"
"와~, 슬픔이 더 클까 봐
괜찮다 고맙다"

아흐! 어쩜 너의 밝은 웃음끼 찾을고
목마른 영혼에 말할 바 못되고
다만 기도문 한구절.

abun dance
— 풍요란 이름을 가진 백마

김정윤

모딜리아니의 목이 긴 여인을 닮은 우아한 친구가 직접 그린 그림 한 점을 긴 장마 끝에 선물로 주었다 오래전 밀봉된 바다를 배경으로 비장한 흰 포말을 벗 삼아 분홍 갈퀴를 휘날리며 내게로 달려오는 어반은 황홀했다
저물녘이 되어 도착한 어반의 젖은 속눈썹

주먹 쥐고 달려도 따라 잡을 수 없는 시간을 뉘여놓고 희미한 가슴에 모호한 그림자를 의역한 채 나를 염원하는 벗이 되고자 시공을 뛰어 넘어 둥근 무릎을 인화한다

오! 어반이여~ 오! 벗이여 나의 병실에 흰 단말마 같은 숨을 쏟아 부어 병든 뼈에 새겨진 기억의 상형문자를 해독해다오 베네딕도 성인 앞에서 기도하던 아나다시아의 눈물을 닦아서 우리들의 출발점과 종착점의 여정을 지켜봐줘 나의 어반이여~ 풍요의 벗이여 어딘가에 머물고 있을 벼린 삭풍을 수습해다오 그래서 거짓말처럼 벌떡 일어나 바람 속을 오래오래 달리고 싶구나 분홍 갈퀴를 휘날리며

숨바꼭질

— 김정조

소꿉친구들과 나무들 총총한 숲으로 가
농익은 오디, 유혹의 버찌를 따먹었지
초여름 바람은 자유로운 향긋함이었고
땅에는 부지런한 개미가 다니고 개미집이
궁금해 나뭇가지로 땅을 휘적이던 날들
나비처럼 날며 팔랑거리고 놀던
고무줄 놀이, 가로등 불빛 아래
밤 늦도록 공기놀이 하던 아이들
학교 반공호에 전등 들고 들어가
비밀 아지트가 있다고, 열한 살 호기심에
가슴 두근거리며 모험도 즐겼지
한여름밤 평상에 누워 별똥별 바라보며
서로의 꿈을 이야기하다가
문득, 어린 가슴에 맺힌 이슬
심지 박힌 옹이도 용기내어 말했지, 별을
헤던 밤은 별똥별처럼 길어서 잊히지 않네

보고 싶은 친구는 꼭꼭 숨어서 나오지 않고
순정한 우리들 마음은 가을 햇살처럼 환한데
어스름 저녁에 하던 숨바꼭질이 너무 길어졌네

보낼 수는 없다

— 김정환

카톡에 올라온 문자 한 통
"다른 친구 알리지 말고 혼자만 알고 있어라
그리고 너의 기도 바란다"
우정은 좋을 때도 쌓이지만 어려울 때 더 쌓인다

50여 년 전 학창 시절 푸른 꿈을 함께 꾸던 친구
30 수년 동안 오지의 나라에서 의료봉사와 전도로 젊음을 바치고
지금은 요양병원에 근무하던 네가 항암치료를 받고 있다니
하느님도 무심하시지 이제 막 고국에 돌아와 여생을 준비하던 중
인데…
새벽마다 묵주기도에 친구의 빠른 쾌유를 위해 기도를 드린다

헐벗고 굶주리던 나라에서 수많은 생명을 구해낸 네가 아니더냐
친구야 넌 하느님이 꼭 지켜 주실 거야 믿지?
내가 어려울 때 항상 기도해주고 격려해준 덕분에 힘이 되어주었
는데
너의 깊은 믿음과 봉사가 헛되지 않고 나의 기도까지 더해진다면
무엇이 두려운가?
너와 나는 함께한다 그러므로 존재한다
우리들은 존재한다 그러므로 아름답다.

실어증을 앓는 벗에게

— 김종태

갱지 위를 떠도는 속삭임은 마르지 않는 잉크 같았다 허공을 응시하며 길 잃은 고라니처럼 칭얼거리기도 하였다 나무 걸상에 기대어 소리의 주문呪文을 받아 적은 비결祕訣들을 해독하고 있었다 기록들의 틈새로 사라지고 싶다고 한 적이 있었다 밤의 음예陰翳가 짙어갈수록 빛이 반사되는 설계도에서 자신의 흔적을 지워 갈 것이다 언어의 부스러기도 가슴 깊이 멍울처럼 묻힐 것이다 마침내 뒤섞인 시간 속에서 끝 모를 경야經夜를 되풀이할 것이다 겨울의 방에 석양이 드리우는 이내가 스미는 것 같기도 한데 낡은 보일러 소리는 이명耳鳴의 중음신中陰身과 교감하고 있었다

그가 말을 잊은 게 아니라 말이 그를 잊은 게 틀림없을 것이다

아우의 페르시아행

— 김종해

인사동 이모집 불빛이 캄캄하다
술 한 잔 입에 대지 않고 아우는 조용하다
아우 뒤에서 완강하게 암癌은 버틴다
사흘 뒤 이란으로 떠나는 시인들이
인사동 이모집에서 저녁밥을 먹으며
각자 페르시아를 이야기한다
시와 축구가 시인들을 들뜨게 한다
여행 일정을 조율했던 아우는
정작 페르시아 후대 시인들을 만날 수 없다
인사동의 밤은 캄캄하고
시인들은 페르시아 역사와 축구를 꿈꾸며 흩어진다
인사동에서 아우가 강을 건너 귀가한다
세종로를 걸어서 귀가하는 내 머리 위에서
늦은 밤 크고 푸른 별 하나가 흔들린다
푸른 별 하나가 위험하다
나는 스마트폰을 꺼내어 하늘을 향해 셔터를 누른다
하늘에 있던 슬픔 하나가
비로소 내 몸속으로 깊숙이 뛰어든다

바다는 잠들고

김주혜

　건망증이 심한 수자에게 돈을 꾸는 사람은 그날로 횡재한다. 수자는 잊는 것을 술 먹듯이 하기 때문이다. 키를 꽂은 채 차 문을 닫기는 예사이고, 영수증 고지서를 어디에 두었는지 생각해 내는 것은 무리이다. 그러나 얄밉게도 책을 빌려준 일만은 잊지 않는다. 약속도 잊는 법이 없으니 샘이 날 정도로 그를 따르는 친구가 많다. 하늘이 무너져도 자세 하나 흐트러뜨리지 않을 여자, 술을 가장 맛나게 마시고 아름다운 언어에 취하는 여자. 맥주잔에 태평양을 담아 와서 아까운 바다를 다 마시지 못하여 섭섭하다고 눈물을 보이던 그녀. 그러나, 이제 수자는 혼자다. 건망증이 심한 그녀를 아기처럼 돌봐주던 남편에게 잠깐 헤어지는 거니, 먼저 가 있으랬다면서 웃어 보였다. 이쁘게, 편안하게, 그리고 배웅하는 사람 많은 가운데 가볍게 떠난 남편이 자랑스럽다는 수자를 친구로 둔, 나는 행복하다.

친구를 잃다

김지태

물과 거름을 주지 않은 죄
거름과 물을 많이 준 죄
지줏대 설치를 하지 않은 죄
제때 전정을 하지 않은 죄
배수 고랑을 파지 않은 죄
해충과 세균을 방치한 죄
열매를 솎아주지 않은 죄
잡풀을 방조한 죄
햇빛을 차단한 죄
감싸주지 않아 추위에 얼게 한 죄

감나무가 죽었다

내 영혼에 수갑이 채워졌고
가석방 없는 무기징역으로
독방에서 수감 중이다

안녕! 살구꽃

— 김지헌

하지도 지난 초복 날
살구꽃에 이 봄을 다 걸었던 걸까
어떤 그리움이 봄날을 다 훔쳐가기라도 한 듯
심장이 아프다
그녀의 봄날이 그랬다
인간의 존엄을 넘어서는 고통 속에서
마지막 봄이라는 걸 직감하며
어느 날은 살구가 먹고 싶다고 했다
또 하나 소망
온전히 깨어 세상을 직시하며 떠나고 싶다고

아름다운 사람들은
왜 모두 서녘을 향해 가는 걸까
한 영혼의 소멸을 마주하던 순간
나는 말을 잃었다

두 번의 봄이 다녀가는 동안 마치 그녀의 안부인 듯
살구꽃이 환한 미소를 보내주었다

산과 강의 우정

— 김진명

첫 꽃이 흔들리면 산이 깨어나고,
봉우리의 힘과 강의 완만한 흐름으로.
산과 강의 우정은 깊게 피어납니다.

황금빛 여름 햇살 아래,
산의 그림자, 강의 시원한 은혜,
그들은 함께 들판에 넘실넘실 편지를 씁니다.

변화하는 땅을 탐험하고,
떨어지는 나뭇잎과 부드러운 속삭임 속에서
산의 지혜가 강의 길을 인도합니다.

꽝꽝 언 겨울 추위를 견디며,
산과 강의 우정이 얼어붙은 얼음을 녹이고,
따뜻한 봄의 숨결이 돌아오기를 기다립니다.

가늘고 정갈한 자전거에 대하여

김진성

동그란 두 바퀴 외에는
일체의 장식도 없는
앞집 자전거

그런데도
하늘의 금환식같이
매혹적인
앞집 자전거.

저
가늘고 정갈한
자전거를 보고 있으면
한 점 군더더기도 없는
대가의 어떤 시가 떠오른다.

날마다
눈인사로
우정을 나누는
나의 앞집 자전거.

큰 으아리꽃

— 김찬옥

오랜만에 친구에게서 꽃이 전송되었다
자기 마당에 핀 큰 으아리꽃이란다
서른 중반에 이웃에서 만나
친구가 되었고 같이 시인이 되었다
우린 함께라서 인생의 절정, 시의 언저리에서
겁 없이 청춘을 피울 줄도 탕진할 줄도 알았다
생활이 우리를 좀 더 먼 곳으로 갈라놓아도
작약처럼 땅속을 건너는 시간에도 친구라는 구근은 커져만 갔다
야생화를 사랑해서일까
친구는 도시를 벗어나 민통선 마을까지 흘러갔다
"꽃하고 친하면 세상이 쪼까 아름다워져"
철책선을 가까이 두고 살고 있으나
그 누구에게도 경계를 치지 않고
보랏빛 큰 으아리꽃으로 피어 눈앞에 당도했다
슬픈 색을 가졌으나 결코 슬픔을 드러내지 않는 꽃
넉넉한 품이 간절해질 때면
생의 한가운데 비치된 그때의 순간들을 떠올려 본다
친구야 몸은 멀리 있어도
마음은 언제나 그때 그 이웃처럼 가까이 있는 거 알지
내가 죽으면 무덤가에 조팝꽃을 심어주겠다고 약속한 친구

푸치니가 토스카니니에게
- homo commercium[*]

— 김추인

크리스마스 날 FM에서 엿들은 아니리 한 대목이다
　　── 동글동글 굴러가는 상큼 발랄 목소리 ──

푸치니와 토스카니니는 친구였어요 그땐 가장 좋아하는
사람에게 크리스마스 빵을 선물하는 것이 풍습이었죠

무의식중에 푸치니는 토스카니니에게 빵 선물을 보낸 것이 생각
났는데 곰곰 생각하니 다툰 기억이 났어요
　혹시 용서를 비는 것으로 오해하지 않을까 그보다 더 걱정스러운
것은 돌려보내진 않을까 전전긍긍 생각다 못해 전보를 쳤지요

크리스마스 빵 잘못 알고 보냈다 메리 크리스마스 ──
　　── 그랬더니 답신 전보 오기를 ──
크리스마스 빵 잘못 알고 먹었다 메리 크리스마스 ──

푸치니와 토스카니니를 들으며 창밖의 눈발처럼
희죽희죽 자꾸 웃음이 나왔다
나도 그런 친구 하나 있었으면!

---

* 호모 코메르시움: 교류하는 인간.

친구여

오늘도 바람이 분다
잎새가 흔들리고 물결이 일어선다
친구여, 너로 하여 먼산 그리메가 다가오고
뜨거운 태양 아래 풀잎이 살아난다
오직 넉넉함을 위하여
언덕길 달리던 휘파람소리
아득히 귓전을 맴도는데
친구여, 네가 있던 그 자리는
아직도 봄을 다투는 목련꽃
햇볕 따스한 양지 녘이란다
어지럽던 춤사위 사라지고
휘영청 밝은 달이 소나무에 걸리는구나
골마다 내리는 실바람소리
낙타등 어진 봉우리가 맑은 물 되어 흐르나니
친구여, 큰 저자 갈림길에
은행잎 하나 주워들고 꿈결인 듯 좋아하던
낯설게도 반가운 옛적으로 돌아가자
등걸에 잠든 바람소리
쇠북소리 들려오는데.

벗 나무

—— 김택희

무심한 마음으로 나선 산책길
길옆의 나무들 나란히 어깨동무 하고 있다
이른 봄, 잎이 없어 무슨 나무인지 분명하지 않은데
가슴에 또렷이
벗나무라 이름표를 달고 있다
벗나무 벗나무 하다
벗 나무 하고 부르니 정말 벗처럼 정겹다
양 길가에 줄지어 서 있는 벗들
머잖아 말랑해진 바람 따라
여고 때처럼 환한 이 드러내 한바탕 흐드러지겠다
봄 밝히겠다
버찌가 익을 무렵이면 함께 정도 들어
붉게 물들겠다

동행

― 김한진

아름다운 숲길 잔잔한 호숫가라도
혼자서 걷다 보면 때로는 외로움이 밀려와
긴 상념에 빠져들 때도 있다.

두렵고 힘들 때 우연히 만난 말벗
정감 있는 얘기 나누며 걷다 보면
한없이 발걸음이 가벼워진다.

한 번도 가보지 않은 인생길 동행하며
힘들 때 말벗이 건네주는 천금 같은
말 한마디 따뜻한 위안이 되고

길 잃고 방황할 때 너와 내가
동행하는 소중한 말벗이 된다면
아무리 힘들고 어두운 인생길이라도
거뜬히 헤쳐 나갈 수 있으리

당신

― 김헌

달은 고요할 때 뜨지만
눈을 감으면 보이는 얼굴은
오늘도 차갑게 아름답지

열정도 욕망도
어스름에 묻어야 될 그때쯤
둥글어지기도 하고
가벼워지기도 하니
입은 다물 수밖에 없는데
오래오래 침전된 사랑은
우정에 더 어울리기 때문

외롭거나 무너지려 할 때
혹은 빈자리로 채워지며
눈물로 만져질 때
보이지 않던 달이
소리 없이 뜨기 때문이지

친구

— 김현서

꽃인 줄 알았는데
꽃이 아니었다

꽃이 아닌 줄 알았는데
꽃이었다

그 꽃

— 김현숙

여태 이름 모르는 꽃
화정천동로1안길에 이삿짐 풀 때
엎어진 화분에서 실눈 뜨고 내다보던,

그를 세워준 건 햇빛뿐인데
그해 비바람 다 삼키고
보랏빛 구름 꽃밭 저 혼자서 이룬,
내 가을은 바로 그로부터다

귀뚫이* 종일 현絃을 켜는
한 해 어두운 저녁에 이르러
겨울잠 들기 전 통성명하자니까

하루에도 몇 번 산 넘고 물 건너온,
우리가 바로 구빛길 아니냐
그거면 됐지
입맛대로 부르는 이름 뭐 대수냐고

---

* 귀뚜라미.

은빛 손을 흔들며

— 김현신

저 잎새들을 전송한다
그때, 그 눈빛.
사각거리며 불어온 바람 너와 나를 열었다

너의 심장을 불러오고 젖은 침대 위로 강물이 흘러가고 너와 나
의 입술이 흘러가고 하얀 플라스틱 꽃으로 피어나던 밤, 누군가 사
라지는 벌판에서

너와 나는 손을 놓았지 술렁이는 밤이었죠
물고기처럼 헤엄치며 벌판을 누비던 그 시절을

벌판은 알고 있을까

계단과 계단 사이로 너를 버린다
파도와 파도 사이로 너를 버린다

뜻 없는 문장들이 흘러나오던 너의 눈동자는 이제 아득한
거기에,
아직 다 말하지 못한 저 잎새 위에 우정의 달이 뜬다

다래나무를 읽다

김현주

열매가 굵다는 다래를 매실 옆에 심었는데
여지없이 감고 올랐다

억지로 풀어내다가
감아야 사는 간절함이 읽히는데
이십 대에 잠깐 알았던 그녀가
느닷없이 떠 오른 건 덤성덤성 베어 먹은 옥수수처럼
중간중간 숫자가 비어 있는
토지 전집 때문이다

사고로 부모 잃고 동생과 작은 집에 얹혀사는
그녀의 꼬인 심사는
채워진 것 앞에서 한 번씩 꼬이고야 순해지던 눈빛
나란히 꽂힌 전집 두어 권을 기어이 가져가
늘 그녀가 살고 있는 책장

잘 살아 냈을까
꼬여야만 한 생이 완성되는 다래처럼
그렇게라도.

탱자

그해 초가을 순남이가
작은 탱자 한 알 건네며 무지 시고 쓰다
…그래도 한참 지나면 달다

아직 덜 익어 초록 반, 노랑 반인 탱자 한 알 까서
저 한입 나 한입 나누며 찡그리다가 웃다가
…눈물 찔끔거리다가
배고팠던 유년의 길목, 뙹볕 아래서
탱자 한 알로 달래던 갈증, 허기

먼 길 떠나 소식 없는 순남이는 지금
어디서 잘 사는지
쓴맛, 떫은맛 다 지나
달콤한 생의 끝맛 알아가고 있는지
탱자울 같은 세상 헤매다 헤매다
그리운 고향 찾아 오고 있는지

오래된 돌담 비스듬한 순남이네 울타리엔
올해도 하얀 탱자꽃이 피고 탱자가 열리는데

우애의 새벽   163

함께 나는 기러기

김홍섭

바람과 하나 되어
저녁 햇살을 등에 지고
만공滿空을 나는 기러기

우리들 함께하면
바람과 달빛과 어울리며
구만리 먼 길도 멀지 않아

서로 달라도 한 대오隊伍 이루어
추운 동천冬天을 가르며
유유히 구름 타고 시공時空을 나르네

홀로 나는 독수리 도반道伴 되어
아래의 연작燕雀도 우리 친구
저 들판 낱알들은 우리의 축복

자유로이 함께하는 우리들의 날갯짓
허허로운 우주에 계절을 숨쉬며
새벽이슬 맞으며 오늘을 나른다

가을밤 정담情談

김황흠

도통 말 않는 내게

쓰륵쓰륵, 귀뚤귀뚤
밤새 말을 건넨다

지인들 하나, 둘 떠나고
벽지에 홀로 지내는 내게

해마다 찾아와 문 열어보라고
밤새 잇는
풀잎마다 둥글둥글한 우의友誼

걱정 반, 밤새 흘린 눈물이 초롱초롱하다

행복한 왕버들

— 나고음

그녀를 닮았다

물에 뿌리 박은 우람한 왕버들을 품고 있는 주산지
단단한 암석 위에 뜨거운 화산재가 엉겨 붙고
응회암과 퇴적암이 흘려 보내는 물로
저수지는 메마르지 않고 수량은 풍부하다
그 물에 발 담그고 노는 행복한 왕버들

그녀는 깊다

결코 마르지 않는 물이어서
흔들리지 않는 믿음을 스펀지처럼 가슴에 품고
필요할 땐 언제나 내어 준다. 과하지 않게.

반백 년 넘게 흘러온 우리의 강은
언제 만나도 출렁이는 대화로
하루 해는 늘 짧았다

몽촌夢村
— 희토류 도시광산

나금숙

　타인이 원하는 내가 되는 것을 고민하지 않는 새들은 굴뚝 속으로 나 하늘 속으로 거침없이 들어간다 나는 그게 항상 어려워! 답을 안다고 생각했는데 늘 익숙지 않네 신이면서 사람인 그를 잉태한 한 여인을 만날 때 엘리사벳은 태동을 느꼈지 그이를 만날 때 나도 그게 가능할까 섬을 건너다니는 새들도 어느 섬에서는 가슴이 뛸까

　희토류 도시광산에 대해 들을 때 귀가 즐거웠어 폐가전을 모아 희유금속을 캐낸다면 너와 내 속의 구질구질한 슬픔 속에 재생 가능한 기쁨도? 버려진 물건이 태동을 한다면 석면 가슴도 다시 울렁일 수 있겠지

　성문 밖 불당리 적설에 쓰러진 소나무에 균사체가 피어나더군 먹이를 찾아 나선 유기견은 웅덩이에서 혀만 축이다가 석양 숲으로 사라졌어 힘 없는 긴 꼬리의 슬픔 희게 따라오라는 화살표 그림자 무엇이 되어줄까 무엇을 줄까 소리를 빨아들인 구름 위로 산책을 다녀오자 눈도 안 뜬 물총새 큰물을 건너간다

그림자

— 나병춘

어찌 알고서
나의 바로 앞에서 걷다 뛰다

잠시 멈춰 앉아 신발 벗고
뚤레뚤레 두리번거리다

잠자리에 들어서야
비로소 어깨짐 내려놓고
세상 모른 채 코를 곤다

변치 않는 수더분한 침대가 되어
뒤척이던 몸과 마음
어루만지다 잠이 든다

골목길

나태주

토요일 오전
자전거 타고 가는데
씽씽이 타고 가는
한 여자아이를 만났다

어디 가는데?
친구 집에 왔는데
친구가 이사 갔어요
쓸쓸하게 말하는
여자아이의 얼굴이
너무 예뻐서
나도 그만 쓸쓸해졌다

이제 그만 집으로
돌아가렴
아이와 인사하고 나도
가던 길을 갔다.

그대로 두었네

— 남찬순

연락할 일이 있을 것이다
찾아올 일이 있을 것이다.

산속 깊숙이 들어갔다가
도회의 그늘에 묻혔다가
혹은 고향 집에 있다가
손 흔들며 나타날 것 같아,

웃는 목소리 묻어 있는
전화번호를 지우지 않았다.
하늘에서 내려다보며
섭섭해 할까 싶어서.

없어진 것이 아니라
우리는 잠시 헤어진 것.

나도
전화 걸 날이 있을 것이기 때문에.

남해

— 남택성

오래되어 내 거울 같아진 친구가 있다
충주에서 서울로, 서울에서 독일로 간 친구는
한 철씩 찾아와 남해 마을에 산다
불행을 다 돌아온 길이
남해에 와서는 잘도 쉬는 것이다

언덕 위의 집
푸조 나무 숲 너머 바다를 불러오는 창 앞에
어쩌다 친구와 나란히 앉아
붉은 길이 구불거리며 남빛 바다로 가는 걸 본다

이야기를 하나씩 꺼내 먹다가
막 만화 속에서 나온 사람처럼
친구가 입안이 보이도록 환히 웃으면
먼 곳으로 떠나려다 돌아온 사람처럼 슬픈 눈으로
나는 그 웃음에 내 얼굴을 비추어 보는 것이다

가을은 무겁다

— 노두식

지척이며 다가와 마른 무릎에 부딪고
부서져 내리는 가을 빛 벌레 소리

흔들리는 공간 위로 희끄무레 달이 떴다
선뜩 목덜미를 스치며 지나가는 회오會悟

평생 규구* 같기만 했던 사람이
노란 은행잎으로 기우듬하게
어깨 위에 내린다
따습고 간절한 무게이다

내림이 이러한 것은
소홀했던 그리움 때문인가
갈래 진 은행잎 구석구석
누룩 냄새처럼 우울이 드러날 듯하다

마른 눈이 시큰해지는 만남이다
발밑으로 끝도 없이 가라앉는
불콰한 어둠이 달빛보다 더 가벼운 저녁

---

* 일상생활에서 지켜야 할 법도.

동행

노수빈

빨리 가려면 혼자 가면 된다
그러나 외로울 것이다.

멀리 가려면 함께 가야한다
그러면 외롭지 않아
든든할 것이다

마주 잡은 손 놓지 말자
그러면 깜깜한 밤길도
외롭지 않고 두렵지 않을 것이다.

우애의 새벽

온도에 대한 편견

— 노재순

사이와 간극은 주관적이다
저온으로 숙성 중인 토요일 오후

매운탕에 취해버린 술잔들
어라연 강물 소리에 풀어진 우리는
서서히 수위가 높아졌다

이슬 한 방울에도 흔들리는
수은주의 내력과 꼭짓점까지 읽어야
스며들 수 있는 것

규칙을 어긴 건 누구였을까
칠월의 보폭으로 다가오는 너에게
필터 없는 방언이 번져갔다

기울어진 온도는 그리움이다

동강을 돌아보며 뒤척이던 지란은
포실한 가을 햇살 베어 먹는다

오미자차

— 노창수

선배와 K씨가 만나 회포를 주고받고
비 내리는 찻집에 신맛 쓴맛 단맛 흥을 본다
두 사람 거른 스트레스물 오묘한 맛이다

한때는 음료 넘치듯 찬장에서 묵히다가
유리병 속 굳은 벽을 뜨겁게도 녹인다
지나간 앙금 감정이 혀에 붙은 이유들도

오래된 소식

— 노현수

바람 심하고 비 내렸습니다. 사서함엔 칠월 수국처럼 목 떨구는 소식이 있습니다. 나를 따라 온 희디흰 생각들 눕히고 젖은 신발도 벗어 가지런히 놓았습니다. 그곳은 동굴처럼 깊고 어두웠습니다. 습한 동굴 같기도 한, 그러나 개봉하진 않았습니다. 다만 맨발로 혹시 꽃이라도 깰까 봐 가만가만 다가가 그 곁에 누웠습니다. 빗물이 내 몸 어디선가 뚝뚝 떨어지더군요. 바닥을 흘러가는 소리 들려왔습니다. 너무 오래되었습니다. 당신은 누구였습니까? 나의 누구였습니까?

굴레

— **노현숙**

낡은 문을 닫고

뜨거운 태양의

계절을 잃어 버렸다고

굴레와 굴레 사이로

단절의 침묵이 고개 숙이고

세상의 문 사이로

굴레 사이로

살아 있음의 바람이

바람으로 달려가고 있다

동행

— 도인우

한쪽 신발이 앞서면 다른 쪽이 따라간다
왼쪽과 오른쪽이 같은 듯 다른 느낌 거울을 보는 것 같다

신발코가 검어지고 상처가 생기지만
보폭을 맞추며 서로를 다독인다

끈이 풀리면 묶어주고 흙이 묻으면 닦아주며
오른쪽이 먼저 나서면 따라가는 왼쪽

앞쪽이 넘어지면 뒤쪽이 더 아팠을까
'앞을 잘 보고 가' 투덜대는 소리에 '잘 오고 있네' 묵언의 혼잣말
굴곡진 땅 위, 휘청거려도 믿음을 따라간다

돌부리에 걸려 넘어진 날
주저앉아 쉬어 가자며 먼 하늘을 본다

먼저 가겠다는 왼쪽, 흔들리며 방황한다
오래된 만남이 주는 당연함
헐렁거리는 끈을 풀어 빛바랜 색을 묶는다

수평의 거울

— 동시영

서울이 흘러들어 노는 청계천

물 피리가
꽃향기를 불고 있다

사람들 웃음 위에 지는 꽃도 다시 핀다

내 속으로 피어드는 꽃,
네가 오고 있다

수평의 거울,
청계천 물결 위
서로에게 흘러드는 물결이 된다

우정友情

― 류수인

나는 가장 난감하고 괴로울 때
친구여 너를 떠올린다
너도 가장 난감하고 괴로울 때
나를 떠올려다오

떠올리면서 생각해다오

내가 가장 난감하고 괴로울 때
너를 떠올린 이유를.

흐르는 강

— 류종민

나는야 흐르는 강
구름을 제일 좋아합니다
늦여름, 이른 가을, 푸른하늘의
뭉개구름을 제일 좋아합니다
그러나 흐르는 강에
구름은 비칠 수 없어
그와 나는 따로 있지만
바라만 보아도 좋은 하늘의 벗
바로 내 몸입니다
정은 천길 하늘 속 깊이
베어 있습니다

내 오랜 친구들

— 목필균

해묵은 나무같이
함께 나이 먹은 친구는 든든하다

바쁜 시절 다 보내고
내리막길에 손잡고
가고 싶은 곳 동행하는 친구들

누가 은행나무인지
누가 아카시아인지
누가 소나무인지 알아가면서
연륜이 묵은 정 속에 담긴다

오해를 이해로 바꿀 수 있는 나이
소중해서 정답고 정들어서 소중한
나만큼 낡은 친구가

웃어도 알고 울어도 안다

누가 내 발자국을 지웠을까

— 문설

주황빛 노을 가장자리를 걷는다 해변으로 이어진 길에선 어둠도 빛도 섞이지 않는다 축축한 모래를 따라가다 길을 잃고 되돌아 나오다 오래 들여다본다 민낯의 나를 기억의 방식은 느닷없고 그 순간 마주치는 것들은 완벽하지 않다 마음의 무늬를 만들어 혼자만의 궤적을 쌓는다 도무지 알 수 없는 것들의 진실은 불순하고 불온하고 그 빼곡한 핑계로 하늘을 이고 지고 어둠에 지친 몸이 모래밭에 그림자 깔고 누워 뜨지 않은 별을 기다린다 황금별은 늘 희망으로 북적거려 눈의 촉촉함을 불러온다 부서지는 진실보다 먼저 곧게 눈길을 낸다 눈을 감고 길의 발자국을 불러온다 그 길은 바다보다 깊고 구불구불하여 언제나 마음 뒤에서 출렁거린다 어쩌면 나도 푸른 눈을 닮은 별이었을지도 모른다는 생각에 파도처럼 웃는다 그늘에 남아 있는 그림자를 따라가다가 날개가 찢어진 새를 보았다 묻어주려다 그대로 둔 채 몸을 일으켜 주위를 두리번거린다 모래와 발자국 사이의 경계가 모호하다 모호하다는 말은 추상적이라 가리키는 방향을 분실한다 요단강의 푸른 언덕에서 예언자의 금빛 하프는 울지 않는다 가을바람이 분다 수북하던 열정도 어디론가 휩쓸리고 더듬어보는 바닥이 미끄럽다 맨발이다 나를 보여주고 너를 꺼내놓아야 한다고 발자국이 찍혀 있다

회화나무

― 벗·2

― 문수영

　조숙한 봄꽃들이 소나기처럼 지나가고 봄의 끝자락 배꼽이 고개 내민

　어릴 적 가위 바위 보 하던 아카시아 잎인 듯, 어여쁜 꽃잎처럼 새벽이슬 털어내며 인사한다. 밤새 할 얘기가 많이 쌓였는지 몸을 이리저리 팔랑거린다, 함께한 지 20년… 처음 주방 쪽창의 시야를 가릴 때 자르려고 했지… 가지와 잎으로 조성된 넉넉한 품으로 까치, 비둘기, 참새들 모여 반상회라도 하는지 수시로 들락거린다. 쪽창으로 들어오려는 미세먼지 차단해주는, 그 아래 일상의 피로를 풀어주는 시원한 그늘… 어릴 적 친구 옥순이 묵은 세월만큼 정도 녹아 언제든지 웃으며 전화 받는, 아플 때 기댈 수 있는

　비 오고 눈 오는 날이면 우산이 되어주는

쓸개가 아프다

문영하

양파를 까는 희고 야무진 여자가 있다

맵짜고 정갈한 그녀의 손맛이 흰밥 위에 놓인다

양파의 비늘을 벗기는
그녀가 정색하며
— 내 어쩌다 모진 놈에게 쓸개주머니를 잡혔지만
설마 마지막 한 켜는 남겨두겠지요

간절함이
서릿발 위에 서 있는 보리순의 발이다

식당 일에 이골이 난 두 아이 어미가
궤도를 벗어나
딴 세상과 교신 중이다

---

* 친구 차양이의 쾌유를 빌며.

문! 거기 멈춰 서세요

— 문정희

"문! 거기 멈춰 서세요"
발칸반도 작고 오래된 도시
선 앤 스타라는 간판이 걸린 구두 수선소 앞
사진작가 친구가 문을 정조준했다
"당신은 멈춘다는 것이 가능하다고 생각해?"
내가 반박하는 순간
찰칵! 멈춤을 포착했다
"방금 우주를 손안에 넣었소이다"
그가 점성가처럼 오만하게 웃었다
선 앤 스타 사이 문이 서 있다
청동 시계탑 앞 구두 수선소를 배경으로
태양과 별과 달이 떠 있다
"당신은 인간이 최초로 달에 착륙할 때
우주인이 차고 간 문 위치를 알아?"
사진작가의 하얀 치아가 빛났다
달 시계는 지금 몇 시일까
사진작가가 포착한 발칸의 옛 도시가 기우뚱했다
낮달이 찌그러진 구두를 신고 웃고 있었다

우정에 관하여

문창갑

오래 가지고 다니던 수첩 하나 분실한 지 일 년이 지났습니다. 별일 아니라고 생각했습니다. 바쁘게 세상을 굴러다니다 보면 그깟 수첩 하나 잃어버리는 일은 아무것도 아니라고.

그러나 그런 생각은 잘못된 것이었습니다. 오늘처럼 무작정 사람이 그리운 날 내 돌머리 한참을 두드리며 끙끙거렸지만, 수첩 속에 가두어 두었던 사랑하는 이들의 주소와 전화번호 도무지 떠오르지 않습니다.

큰일입니다. 이제 나의 주소와 전화번호 그들이 기억해 주지 않으면 이승에서 다시는 그들을 못 볼 수도 있습니다.

아, 소중하고 소중한 그들과 나의 우정을 낡은 수첩 하나에 의지하고 있었다니!

빌어먹을 인생의 또 다른 인생

— 문창길

너의 머나먼 사랑만큼 싫다 나는 길고 싶지 않아 그리고 나는 머물고 싶지 않아 나는 할 수 없어 죽어도 못 하겠어 세상의 자연 속에 남겨진 전투적 시체와 함께 계속 전진 앞으로 나아가야 해

오늘까지 가까이 머무는 중 정신적으로나 육체적으로나 지쳤어 재능을 채우고 있는 식구들과 내 모든 동료들과 도와주지 않는 내 친구 친구들 믿고 믿어

나들은 지루하게 일해 왔고 사랑해 왔고 모든 거래자와 고객들 그 고객들에게 정말 감사하게 생각한다

거울

문현미

높푸른 하늘에 구름 몇 점 두둥실 떠 있다
가만히 눈 감고 그려 보니

언제 저렇게
잠잠히

눈부신 친구로 만난 적 있었던가

그 친구

― 문효치

무심히 지나다가
발끝에 차인 돌

어느 풍우에 구르다가 다쳤을까
부딪쳐 검게 패인 상처가 눈빛 같다

얼마나 아팠을까
그 고통을 통해
그는 세상을 보고 있다

상처는 눈
내 손에 들린 돌조각에
눈이 살아 있다

둘러보니
비탈의 나무들도 가지 부러진 옹이마다
눈 부릅뜨고 세상을 보고 있다

세월의 우정

민영희

그땐 몰랐다
묵묵히 한 발자국 앞서가는 세월이의 우정을
그는 어제도 오늘도 지금도
내 몸 앞 뒤 옆을 바람같이 감싸며
정오에도 저만치 가는 묵언의 친구
그 우정은 병들고 잠잘 때마저도 헤어진 적 없었고
하물며 아버지 어머니 남편 소꿉친구마저 모두
노을 속으로 던져 넣을 때도.

지금 노을 앞까지 당도하니
저만치 서서 기다려 주는 듯—
세 시간 쯤 남겨놓고 내 등을 밀어 주고 있구나!
태중에서부터 살아낸 세월의 우정인가
마지막 문에 곱게 들어설 수 있게
휘청하면 바쁘게 손잡아 주는 동무
아! 지상에서 배반을 모르는 진정한 우정은
묵묵히 견뎌온 세월이 너였구나!

웃는 남자

— 박덕규

동네 교회의 카페에 앉아 있다가
내 노트북 위로 올라온 개미를 냅킨으로 눌러
종이컵에 넣어 내버린 적이 있었다.
어제 꿈에 컵 바닥에서
발버둥 치며 살아나는 개미가 보였다.
하얀 팔다리를 공중으로 쳐들고 바르르 떠는 아이가 보였다.
마스크를 벗고 모처럼 누런 이 드러내고 웃는 남자가 보였다.

학교 때 말을 못 알아듣는다고 애들한테 두들겨 맞으면서도
웃고 있던 친구가 있었다. 그 친구가
어린 날 물에 빠졌다가 허연 도포 입은 노인에게 구조된 뒤
한쪽 귀 청력을 잃었다는 얘기를 나중에 들었다.
청계천 걷다가 우연히 만난 그 친구와 생맥줏집에 마주 앉았다.
"니도 참, 그때 그래 당하면서도 말도 안 하고 웃기만 하데?"
학폭의 기억을 미간으로 뭉쳐낸 나를 쳐다보며 친구가 말했다.
"내가 그때 니하고는 디게 친하고 싶었던 기라."

김영식

— 박동길

멱 감다가 파도에 휩쓸려
떠내려가는 내 손 잡아준 영식이
부쩍 늘어난 술 냄새는 물고기 비린내 닮았지

민어잡이 다니느라 초등 나온 뒤 학교는 거기까지
마흔 넘어 까지 숫총각으로 사는데
베트남 여자 와서 살더니 한 달 만에 사라진
아내 못 찾고 술만 늘어난

영식이 가슴 썰어낸 횟감
갯냄새 엉클어진 툇마루 앉아 술 마셨지

거친 물살처럼 머리카락 하얘진 사람
소소한 정담 남기고 홀로 어둡던 벗
마음 세우고 사는가 싶더니

집채만 한 파도 속에 들어가
거기 살고 있는

우애의 새벽   193

가오리연

박만진

친구여, 불알친구여!

멀고 먼 나라 우러러 꼬리 긴 가오리 한 마리가 나울나울
하늘 헤엄을 치고 있네

우정꾸러미

박문희

예쁜 가을날 생일이라며 친구가 보내온 책 선물꾸러미

책꽂이에 꽂아두기만 하다 볼을 스치는 소슬바람에 한 권을 손에 드니 잘 숙성된 냄새가 난다

아침저녁 펼쳐보던 이름이었지

너와 나의 페이지 사느라 한참 넘겨보지 못하였구나

예쁜 가을날처럼 물들여 갈 두터운 우정꾸러미.

말리茉莉 셰프

— 박미산

화양연화 시절이 지난 그가 만리향을 품고 내게로 왔다

초록이 물비린내를 풍기던 오월
가지가 휘어지도록 붉은 열매를 매달았다
몸속 깊숙이 파고드는 가을 햇살에도
그는 쉴 새 없이 출렁거리며 칼질했다
몸 곳곳에는 옹이가 박혔다

허리가 꺾이고 가지도 부러졌지만 그의 도마소리는 항상 경쾌했다

뿌리마저도 흔들리는 줄도 모르고
바람이 불고 비가 올 때도*
좌우 구별 없이 새로운 꿈들을 먹여주었다

지금도 그의 넓고 서늘한 그늘 아래
말리서사茉莉書舍**에 몰려들었던 그들과 나처럼
말리꽃이 그의 품에서 뭉게뭉게 피어난다

---

* 박인환의 「세월이 가면」에서 빌려옴.
** 박인환의 서점인 마리서사.

눈물에는 우정이 있었다

박병두

마음이 강을 건너면서, 다시 바다로 왔다.
바다는 숨을 쉬고 있었고,
눈치를 살피고 있었다.
얼마나 많은 눈물을 흘렸을까,
바다는 눈물로 출렁이며
우정의 파도의 원형을 만들었다.
익숙한 철도 레일을 따라 쉼 없이 달렸다.
막다른 작은 섬이었다
섬은 빛바랜 이끼만 채우고
늦게 달려온 나를 보고 울었다.
영혼 할 수 없는 생애, 사랑은 남아 있다고,
죽어 있는 동안도 말했다.
눈물에 우정을 남겨두기까지
세포는 죽었고,
흔적 없이 머리카락은 떠났다.
슬픔의 눈물도 시간에 닦이며
빛으로 바래갔다.
고독한 눈물이 채워지는 동안,
바다는 늘, 다시 시작했다.

돌벗

— 박병원

돌[石]로 맺은 벗

난 석계石溪*,
자넨 석헌石軒**

난, 쉼 없이 흐르는 돌개울
자넨, 개울가 너럭바위 위 종루

졸졸졸 시를 읊어 내리는 맑은 물소리
딩동댕 시에 흥을 돋우는 착한 종소리

우린 지친 마음 다독이는
어울림의 소리

단단해서 변치 않고 영원한

---

* 石溪: 朴炳元의 아호.
** 石軒: 金鍾善의 아호(석계 작호).

형제섬

박상건

전생에 무슨 인연 있었을까
동백꽃 피고 지며 그리움으로 깊어간 바다에
두 개의 섬 어깨 나란히 겯고 있다

조약돌은 파도에게 씻겨 마음 다스리고
파도는 제 가슴 울려 하얀 포말을 흔든다
터지는 함성 참깨처럼 흩날리는 햇살들

이제 행진이다
하늘엔 갈매기, 바다엔 부표들
더 이상 떠돌지도 흔들리지도 말자
눈보라 속 꿈꾸는 복수초처럼
섬 기슭 동백꽃 생꽃 모감지로 떨어져도 이 악물고 살자

산다는 건 두 가슴이 한 마음으로 집을 짓는 것
하 맑은 한려해상 한결같이 출렁이는 섬
오늘도 두 섬 의초롭게 어깨 겯고 있다.

아띠

— 박상옥

  왼쪽으로 기우뚱 오른쪽으로 기우뚱 그림자가 떠들며 침을 팅긴다.

  야 정신 차려, 대기업 총수가 머뭇거리다 망했다. 판사 검사 연예인 시장이 굴러떨어지더라 벼랑에선 걷는 것도 뛰는 것도 안 돼, 납작 엎드려 기는 거야. 사랑은 개뿔, 방에 틀어박혀 어둠만 안아보니, 눈물도 죄뿐인 순결이더라 벼랑 꽃이더라 떠나간 이 자꾸 미투하면 그 자리 금방 벼랑 된다. 제발! 둥글둥글 지구랑 한 몸으로 굴러가자

  가로등이 그림자 둘을 배웅하고 입을 꼭 다문다.

그들

박세희

산뽕나무에 다래넝쿨이
살금살금 기어올랐다

산뽕나무 가지가 찢어지도록
다래는 올망졸망 매달렸다

얽히고설킨 저 수상한 동거
시시비비도 없이 친자확인도 없이

서로의 체온으로 토닥토닥 보듬어
다래는 튼실하게 여물어가고

피도 살도 나누지 않은 그들
우파도 좌파도 아닌 그들

산뽕나무라 부를까?
다래나무라 부를까?

우애의 새벽

3월, 꽃샘추위에

— 박소원

친구가 직장 휴가를 내고
오빠 장례를 치룬 나를 만나러 왔다

낯선 사람들이 오가는
터미널 한가운데서
내 등을 두드리며 그가 우는데
나는 비실비실 웃고 서 있다

그는, 흐려지는 내 미소 속에서
새 잎처럼 파릇한 통증을 꺼내 든다

좋은 날보다 더 많이 가까워지는 죽음의 날들
쏟아지는 꽃샘추위 속으로 말없이 걸었다

올이 풀리는 오래된 스웨터처럼 낡아
목적 없이 걷는데, 그의 눈물이 내 두 눈에 고여 들었다

(울어, 제발)
예전에도 그는 내게 그랬던 것 같다

튤립

— 박수빈

세상에 오면서 다들 잔을 선물 받았지 잔은 아름다워 노랑 분홍 빨강 섞어 보라, 나는 어떤 빛깔일까 주위를 둘러보면 제풀에 제각 각 웅크린 채, 귀대고 듣는 발자국 소리

어쩔 수 없이 그림자를 살폈어 목이 길어진 나는 휘청이는데, 바람은 어떻게 소리를 놓아 보내는지 새도 날고 나면 어떻게 그늘지지 않는지

출렁이는 너에게 기울이다가 주변을 흘린 적 있는 나는 아직 채우는 법을 모르네 비우는 법을 모르네

햇빛 담금주가 아니어도 누구나 생길 때 수억의 꼬리 헤엄 주인공 친구, 꽃샘에도 꽃망울은 심장 소리를 듣기에 이 색 저 색 나누면 연연하기에

때 오고 가듯이 상처가 피우는 송이, 위하여!

늙어버린 비슷한 사람 찾기

— 박수중

듀비비에 영화《무도회의 수첩》을 기억하십니까

인천 자유공원 너머 바다를 내려다보는 언덕
폭격 맞은 빈터 피난 학교에서
지붕도 없는 한쪽 벽에 칠판을 걸고
가마니를 깔고 앉아 공부를 했다
추위에 누비솜옷 벙거지 쓰고 눈이 오면 쉬었는데
밤이면 함포사격 소리가 멀리서 들려왔다

살 찢기는 전쟁통에
피난 학교 짝꿍은 먼저 환도하며 헤어지고
世波에 우연 없는 시간은 바람처럼 흘렀다
하지만 어느 시간은 그냥 지나가지 못하고
주위를 맴돌고 있다
이제는 그 이름조차 잊고
아련히 어린 얼굴의 인상만이 남아 있지만
요즘도 나는 지하철을 타거나 강남역 10번 출구에 서면
우두커니 사방을 둘러본다
혹시 늙어버린 비슷한 사람이 눈에 안 띄나 하고.

봄비 오는데

박수진

그대 떠나고 비가 오네
그대 있을 때 봄비 오더니
그대 없어도 봄비는 오네

오네, 온종일 비가 오네
더는 함께할 수 없으니
지난 일 기억만 쓸쓸한데

빗소리에 그 얼굴 떠올려보는 것은
울기 위해서가 아니라
혼자 견디며 살기 위해서라네

이제 우리 어디서 다시 만나
아름다운 추억 만들어 갈까
오늘, 그날처럼 봄비 오는데

단발머리

박수현

　삼십구 년 만이었다 옛날 영화처럼 서울역 시계탑 앞에서 만난 그 애는 여전히 단발머리였다 가시나들 몇 데리고 소래포구에서 술장사한다 했다 집 나온 갓 스물, 주먹 거센 남자 만나 살다 아들 하나 안고 야반도주했단다 김해, 구미, 서산을 돌던 말없음표 같은 길들이 그 애 손끝에서 깜빡이며 재가 된다 딴 살림 차린 아버지를 찾아갔다가 허탕 치고 돌아올 때도, 단속반에 엄마의 보따리 속 양담배며 초콜릿이 길바닥에 내동댕이쳐질 때도 그 애의 한천寒泉 같던 눈은 흔들리지 않았다 몇 살인데 아직 단발이냐고, 밤새 시험공부하던 때보다 더 깊게 팬 눈을 외면하며 나는 괜스레 핀잔을 놓았다 딸 찾아다니다 넋이 빠진 그 애 엄마의 얼굴이 식은 커피잔 안으로 가라앉았다. 뜬금없이 너 돈 벌게 해 줄까 가시내들한테 일수 놓을래? 라며 총총 일어서는 그 애, 노랑 단발머리를 흔들며 겨울 안갯속으로 희붐하게 사라져갔다 30년 술장사에 정수리까지 술이 출렁인다는 그 애를 눈발을 털어내듯 툭툭, 털어낸다 지하철이 무슨 허기진 짐승처럼 나를 향해 달려오고 있었다

스며드는 빛

— 박수화

달나라 별나라 우주로 먼저 떠난 친구들
그대들 못다 살은 시간마저
알곡으로 여물며 살아내야지
친구들아, 코로나 능선을 넘어 함께
울고 웃고 천지 내 반려 식물된 꽃 친구들아
두툼한 가정의학과 만성 약봉지 받아 들고
익숙하고 낯선 사람들이 북적대는 병원길
보도를 걷고 걸어 집 발코니에 이를 때

공원 가로질러 배낭 둘러매고 숙녀가
유유자적 강아지를 이끌며 때론 정물돼
앤 셜리 연인의 오솔길 가듯 걷던
초록 잠자리 스와로브스키 브로치로 투명하던
3월 한낮 햇발로 부서지는 고요가 나보다
한발 먼저 발코니로 몰려와 춘분 복주머니 열고
그대를 사랑합니다, 영혼에 스며드는 빛 같은
제라늄꽃 천지 위로 축복의 햇살을 쏟아 내리지

신작로

박시걸

포탄이 일구고
탱크가 부리던
전쟁의 소란 위로
길게 내린 아스팔트
색색의 잠자리들이
땡볕에 떠돌던 길

일곱 살 고운 아이
여린 몸 짓이기고
바퀴 달린 신음처럼
검게 뻗던 신작로
둔덕진 생의 복판에
핏줄처럼 파고든 길

버스들이 술렁이는
갈림길 사거리엔
미제 껌 입에 물고
색동옷에 그네 타던
어릴 적 소녀 웃음이
동상처럼 멈춰 있다

나는 행복한 사람

박언휘

아침을 힘차게 열 수 있는 생명을 가진 나는
행복합니다

마음이 괴롭고 힘들 때 함께할 수 있는 친구가 있는 나는
행복합니다

꽃을 쳐다보면 미소로 대답하는 얼굴 하나 있음에 나는
행복합니다

어두운 밤하늘에서도 별들을 초롱초롱하게 잠들게 하지 않는
희망이 있음에 나는 행복합니다

세상을 아름답게 하겠다는 뜻을 품고 함께 갈 수 있는 그대가 있
음에 나는 행복합니다

외롭고 슬플 때 내 손을 잡아주는 그대가 있음에
이 아침 나는, 나는 너무
행복한 사람입니다

그 후로도 우리는

박영구

철부지 초딩 시절 배짱 좋은 엄마들 따라
오지 산골을 떠나 철새처럼 둥지튼 서울살이

머리숱 희끗희끗 뒤늦게 철이 들어
달빛 고운 가을밤에 생각은 하도 많아
친구가 생각나더니 반가운 전화가 걸려 왔다

아이고! 이게 얼마 만인가?
반세기를 뛰어넘어 이제야 돌아보니
지금도 우리는 그 자리에 있었네

그래 세상에 입 맞추다 아득해진 우리 사이
그 후로도 우리는 멀어진 게 아니었지
언제나 말없이 바라보고 있었을 뿐.

동행同行
— 시인의 『혼자 사는 집』*을 기웃거리며

박영배

어느 때나
'구석마다 어김없이 매달아 놓은 물 같은
세월의 반대켠으로 방의 경계를 넘어 세상의 멀찍한 데로
향방을 잡아 달'려가자고 하셨나요 '덩치 큰
몸뚱이의 그림자를 안고 나비가 되어 보려는 꿈으로
때로는 슬퍼하며 때로는 히죽대며 요상하다
참 요상타고 헛웃음뿐인 거울의 모퉁이로 낯설게
비켜 앉'자고 하셨나요 '내가 나를 부르는 소리가 들'리면
'대숲 우는 소리로' 달음질치며 '기왕지사
산자락 넘나드는 일 볼 부비고 입 맞추는 그런저런 일
모두가 빈집 허물기'라고 하셨나요 '원수로 다시 만나면 음험한
웃음 짓기는 싫어 혼자서 소리내어 울고' 싶다고…
'새벽녘이 다가서기 무섭게' 따라나선 먼 산자락 어귀에서
'거듭 손가락을 펴고' 이제 혼자 있고 싶다며
열심히 내젓는 손사래에 막혀 뒤쫓던 발걸음 묻었습니다
'꼭 한 번은 그런 밤이 있으리라'
'빈집에서 다시 빈집을 찾아' 함께 떠나보자던 혜화동로터리
남은 한 바퀴 돌아 나오며 그제사 보였습니다
아, '살아 있는 사람의 죽은 집'뿐이더이다.

---

* 성춘복成春福 시인의 12번째 시집. (1998, 마을)

우정

— 박영하

여고 동창생
지금은 먼곳에 살고 있지만
너와 나의 정은
살아가며 싹이 트였지
하루도 못 보면 못 살 정도로
함께한 시간은
그 누구와도 비교가 안 되었지
그러나
좋은 짝을 만나 떠나는 너를 그리워하며
지금도 잊지 못하며
살아가고 있단다
이 생에 이성보다 더 좋은 사람은 없지만
그래도 네가 좋아 살아가면서
지금도 영영 잊을 수 없단다
잘 살고 있겠지
나도 최선의 노력으로
열심히 살아가고 있단다
언젠가 만날 날을 기약하며
사랑한다 친구야!

우정

— 박영희

문득, 고단한 어느 저녁
레귤러 커피 한 잔을 마주하고
침묵을 나누고 있다

오랫동안 잘 발효된 정 사이로
폭포수도 힘껏 떨어지고
달빛도 쉬엄쉬엄 흐르고
바람도 은근슬쩍 지나가고

허허로운 공간을 적시는 랩소디

시간의 둘레에 기대앉은
그들만의 게임, 혹은 우정.

길동무

— 박옥선

우리를 내려놓고 버스는 돌아갔다
길목을 지키고 있는 간세다리*
지금부터 가야 할 방향을 향해 우두커니 서 있다

영원한 안식을 위해 떠나는 길이다
누구도 입을 열지 않았다
대신 발걸음이 타박타박 터벅터벅 소리로 말했다

앞서가는 그에게 내 발자국 소리가 물었다

돌아서면 안 돼
멈추면 안 돼
그러나 가야 할 길
정지된 시간이 조용히 누워 있다

얼마 전의 일이다

---

* 간세다리: 제주 올레길 방향을 알려주는 조랑말의 모형.

친구

박용재

난 천성이 한갓진 것을 좋아해
좋은 친구가 되기도, 얻기도 어렵다네
대관령 아래 시막詩幕에 앉아 적막함과
마음 주고받으니 이 또한 좋은 친구로다

고마운 친구들

박이도

언제부터인가
나는 나에 관한 소문을 들어 본 적이 없다

세상 친구들은 나를 잊어버렸는가 보다
참으로 고마운 일이다.

학창시절 그 선배

박이영

뻘밭을 나와 보니
무교동이더라

신호대기가 있는

그 줄에 서서
푸르게도 뻘밭을 펼쳐놓았다

사표를 던진 넥타이 맨의 낮술로
최저 임금의 의무를 다한다

어릴 적 곱슬머리 떠오르는데…

쫓기듯 꿈틀거리는

낙지 생이라고

만남은 아직 대기 중이다

차마 들지 못하는

— 박재화

죽지 않으니 만나는구나

쉰 해 전 대림천
둑방 덮은 판잣집들 사이
마른 바람 고였다 흘렀다…
우리 함께 지새던 밤도 구름이 되어
댑바람에 휩쓸리고

그 자취 더듬어 더듬어
마침내 찾았으나
붙잡을 것 붙잡지 못하고
놓을 것 놓지 못한 이녁아

마음도 부릴 곳 없는 어스름
대림천 대신 경기도 외진 산자락
흐린 불빛 아래
찬 두부 한 모
간장을 찍으며
차마 들지 못하는
막걸리 잔

동행

박종해

비 오는 날 비를 맞으며
그대와 같이 술 취해 걸었습니다.
눈 오는 날은 눈을 맞으며
그대와 같이 주막을 찾았습니다.
지금은 비가 와도 눈이 와도
그대를 만날 수 없습니다.
비 오는 날이나
눈 오는 날이면
그대를 생각하며
나 혼자 먼 길을 걸어갑니다.

강가로 오게

— 박찬선

오게, 눈 날리는 강가로 오게
굳은 상념의 조각들이 하얗게 부서져
어지럽게 쏟아지고 있네
가까운 산과 들이 흑백사진같이 옛 풍취를 자아내고
강 건너 집들이 동화 속의 이야기에 포근히 잠겨 있네
눈 오는 소리는 다래 뽀얗게 피어나는 소리
마른 가슴에 결 고운 숨결로 안기네
오게, 눈꽃 피는 강가로 오게
눈을 맞으며 강물도 조용하게 귀를 열고 있네
눈을 받아 눈을 지우면서 아무 일이 없네
흰 나비떼의 군무群舞가 끝나면
다시 하늘 오르기를 꿈꾸네
나무가 눈을 얹혀주고 나무로 있듯이
나도 눈이 되어 그대 머리 위에 앉고 싶네
머릿결의 향내를 맡으며
꿈길 같은 눈길을 걷고 싶네
오게, 그날의 눈이 오는 강가로 오게
무거운 가방도 검은 마스크도 벗어두고
떠났다가 돌아오는 강가로 오게.

오랜 친구

— 박천서

이십 년 친구를 만났다.
반가워서 손을 잡고 안았다.
세월이 한순간에 뜀뛰기를
하며 타임머신을 탄다.

지난 일들이 기억 속에서
물처럼 바람처럼 지났고
반가웠고 감회가 새롭다.
변한 것은 세월뿐

검버섯도 생기고 손에 굵은 살도
묵은 된장 냄새가 난다.
밤을 잊고 과거로 떠났다.
살아 있으니 행복이구나.

큰 산

박판석

내 주변에는
큰 산들이 있습니다
남평에서 온 산
해남에서 온 산
광산에서 온 산
모두 유학으로 고향을 떠나
무등無等의 품속으로 터 잡은 산들입니다

산의 품엔
강아지 꼬리 같은 계곡이 흐르고
따뜻하고 포근한 청라언덕
시냇가 버들강아지 삐비꽃 종달새
아기솔과 무지개 논밭의 참새 외양간 송아지들을
판게아*에 두고 기르면서
주름살에 전 도시의 강물을 횡단합니다

거대한 책가방 하나씩 메고
천산북로 도린 곁에 살고 있는
시의 산을 찾아갑니다
평화의 판게아를 꿈꾸며

---

* 고대의 거대한 육지 '지구 전체'라는 뜻의 그리스어 'pangaia'에서 유래.

성탄절의 일직日直

— 박해미

뜬금없는 몇 송이 눈처럼 그녀가 찾아왔다.
술렁이던 바람들 밖으로 다 빠져나가
휘휘 휘파람으로 은행나무 사이를 맴돌더니

그녀의 손에서 서너 송이 동백꽃이
빨갛게 웃고 있다.

혼자일 때마다 혼자가 아니라던 그녀
삶이란 꺾어 오기 전의 동백나무 가지처럼
홀로 피었다가 스스로 시들어버리는
쓸쓸한 것만은 아니었다.

난로 속 꽃술 같은 푸른 심지를 바라본다.
투두둑 툭, 담쟁이 덩쿨처럼 뻗어 나가는
수만의 붉은 꽃잎 속으로 내가 휘감기고 있다.
나도 누군가의 그녀가 될 수 있다.

남사친

박향숙

어릴 적 고향에서
같이 놀던 여친들은
자주 만날 수가 없네
다만 지금은 간간히 만날 뿐

지역 모임에서 모 상이라도 받으려면
꽃다발이라도 들고 와 주는
오래된 남자 사람 친구 남사친

그라도 있어 우정 나눔이 덜 고픈
그에게 고맙다고 전하며
오래오래 건강하기를 비네

두물머리 국숫집

— 박호은

동심원을 돌며 서로의 계절이 되어주었다
수차례 기차가 지나가는 풍경 앞에서
국물 맛이 진한 잔치국수를 넘기며 네게
후루룩 스며들기도 했는데
어떻게 제초제를 먹은 달개비꽃이 되어
삶의 흔적을 지우고 있었니
한낱 들풀처럼 나부끼면서도
나를 베프라고 엄지를 세우던 네가 아니니
우리는 서로의 끝 어디쯤이었을까
끝없는 평행선의 각도를 조금만 틀었다면
너의 기차는 멈추었을까 친구야

풍경이 사라진 창밖엔 비
는개처럼 서성이는 너의 미소 앞에
울컥 붉어지는 눈
혼자 국수를 먹는 일은 너를 만나는 길이다
유리창에 둥글게 맺히는 눈물과
진한 국물의 입김이 엉겨 함께 흘러내리는
투명한 유리 벽 위에 만나는 두 물
두물머리 국숫집

박속 같은 사람

― 방순미

지난해 저절로 자라 맺었다는
애박 두 개를 문 앞에 두고 갔다.

숙취엔 능이박속탕이라 했더니
올해는 아예 모종을 갖다주었다.

서로 어울려질 듯한
호박 구덩이 옆에 심었다.

구월이면 덩실덩실 열려야 할 박
호박 덩굴에 덮여 보이지 않는다.

호박 줄기처럼 거친 나를 만나
늘 상처가 되지는 않았는지

순아, 마음 닮은
여리고 순한 박

노란 단풍 들쯤에야
안부를 물어 미안해

잘 가시오 그대

— 방지원

잔뜩 찌푸린 봄날 당신의 부음을 듣습니다
좀 더 다정했어야 했는데 미안해요
시 몇 줄 놓고 곁눈질
서로의 가슴도 헤아려보고
시샘 또한 은근했었지요
영정사진 속에서도 시를 읊는 당신
웃는 얼굴이 조금 슬퍼 보여요

뜨겁게 달아올라 활활 타버릴 때까지
당신은 시를 삶처럼 붙들었나요
스승의 나이가 되면 스승처럼 시를 쓸 수 있을 거라고
그대도 허망한 꿈을 꾸었나요
절창의 문장 하나 남기지 못했음을 아쉬워 마세요
시를 몹시 앓던 당신을 묵묵히 배웅합니다
그곳에선 맘에 드는 시를 꼭 쓰십시오.

A형 이면지

— 배옥주

구겨진 메시지의 이면을
읽고 지우고 또 읽는다

센서등은 켜졌다 다시 켜지며
기별을 오버랩 한다

대부분 남에게 맞추려는 성품으로 필요 이상 참거나 상대에게
이용당하는 경우가 많아 인간관계에 스트레스를 많이 받을 수 있음

우리라는 소용을 재생하지 않으려고 두 얼굴의 배후를 견딘다
배웅도 마중도 여기까지
부축하던 슬픔을 거두고 단축번호를 지운다

오래 부대낀 손을 놓아버리는 일은
창이 보이는 흐릿한 담 끝에서 잠깐 망설이는 것

돌아가는 길은 없다
처마를 잃은 우기를 따라 흐르고 흘러
내리는 비는 이면이 젖는다

나는 콩섬이다

배윤주

목줄의 애기 방울이 우거진 잡초 소리를 내면
텅 빈 해안로에 혼자 맴도는 콩섬
강아지풀 숲이 비틀거린다

놀이가 끝났는데도
물 위를 건너간 친구는 다시 돌아오지 않았다

이런 개 같으니라고

벚꽃 목젖이 달빛이 되도록 흠씬 짖고 나서도
멀리 있는 유년의 끝은 오지 않는다

물 위를 건너간 내 짝은 왜 돌아오지 못했을까
무더운 100일 지쳐서 피는 꽃잎의 기일
동네 흰 물가에는 배롱나무 경계를 짓고
잃어버린 이름에 붉은 정적이 덮인다

우리는 삶이란 이유로 울고 마는 섬이다

붕朋

— **백민조**

그대, 나
우리.

그대의 이름
나의 이름이 선명히 박힌, 우리의 동전탑이
허망스레 무너질 때.
만리바다는
격려파도, 소망파도로 우리의 가슴을 쓸어안았었다.

그리고
뭉게구름에 숨어들어가는 담배 연기를
바라보며,
그대와 나,
세월에 빨리어
하야히 변하는 머리털들을 셈놀이하며
서로가 히죽거리기만 하였다.

소리 죽이며.

어느 둘

― 백우선

가끔 만나서는

차도 커피도 아닌

생수를 마신다

서로도 천연으로

마시고 마셔지며

오래 웃고 지내는

푸르른 사이

동무

― 변정숙

서쪽으로 돌아앉은 내 골방은
내내 해가 들지 않는다
기다림만 있는 방
겨울날 오후 네 시의 쇠약한 빛들
거짓말같이 우르르 몰려와 바겐세일을 한다
뒷걸음치는 그늘 베고 누워
아직도 따순 체온
자글자글 내려놓고 잠시 쉬었다 갈 요량인 거다

저물어가는 햇볕을 덮어 보고 입어도 보고
저물어가는 내 심장도 데우면서
습관처럼
그 누군가를 생각한다
이름만 불러도 웃음 번지고
마지막까지 온기 내어주는
늦은 오후의 내 골방 손님같이 은은한 햇살 닮은
그런 사람

내 오랜 동무

빛과 그림자

— 복영미

중학생이 되어 자리 배정 받던 날
흑백사진처럼 명암이 뚜렷한 이마 아래로
비밀이 가득한 눈
난 쟤다 싶었어
엄마 일찍 죽고 눈치로 큰 나는
사람을 꿰뚫어 보는 희한한 아이였거든
긴말 필요 없었어
그야말로 우린 빛과 그림자
그림자 있는 곳에 빛이 있듯
빛이 있는 곳에 그림자가 있듯
명암이 되었지
그땐 왜 그렇게 웃음이 많았던지
하세월 흘러
이제는 웃음보다 눈물이 많은 나이
하나님도 배 아파하실 우정의 보따리
시퍼런 태평양 파도에 젖지도 않고
너는 거기 나는 여기서 또
보따리를 또 풀지

재회

— 서경온

긴 투병을 끝낸 친구와
차茶를 마신다

여기까지 오느라
참 수고 많았네

기도 속의 그 이름
불러보며
다시 잡아보는 손

투명한 고요를 담아
깊어진 눈매로

햇살 글썽이는 유리창
오후의 카페

미소처럼 번지는 평화
아늑하였다.

탁본拓本

— 서대선

네
위로
나를 포개어 보는
먹물에 흠씬 젖어
네 위에 엎어져 보는
팔만대장경
혹은
월인천강지곡 같은
사람.

조각달이 불러내어

— 서상만

모처럼 들른 낯선 고향집
파도소리 숙져 겨우 잠 청하는데
창밖 추녀에 낯익은 조각달
파랗게 이지러진 눈으로
빠끔히 날 내려다보네
"아니 너 몇 년 만이냐"
"여태 안 죽고 살아 있었나벼"
예전같이 바닷바람이나 쐬자며
호들갑을 떠는데
난 코가 찡하다

고작 빈손으로 왔으니

죽은 놈, 상갓집 찾아가기

— 서상택

갑자기, 소리도 없이 단골집이 사라졌다

문 앞에 붙은 흰 종이 한 장
'폐업'
어디로 간다는 이야기도 없다

굳게 잠긴 자물쇠를 돌아가며 만져본다
웅성대고 서 있는 낯익고, 낯선 사람들

눈가에 손차양을 만들어 가게 안을 들여다본다

텅 빈 동굴 같은 불 꺼진 실내
다 뜯겨 속을 드러낸 천장

혀 꼬부라진 노랫소리도 없다

고요하다

나를 받아줄 이름

― 서승석

살아가면서 마음속에 깊이 감출
말이 때때로 있게 마련이다
나는 이미 부모가 안 계시니
형제에게라도 터놓고 싶지만
서로 짐이 되어서는
안 된다는 생각이 앞선다

정말 세상에 내놓지 않고 싶은 말
고맙게 받아주고
힘이 되게 다독여주는 사람
그런 친구가 있다면 행복할 것이다

내 가슴 속 깊이 묻고 있는 말을
전해준다면 고맙게 받아줄
이름들을 나는 적어본다
반가운 얼굴들이 나와서
나를 받아준다
그렇지 고마움이 나를 감싼다

우리는

서정란

오래된 문향이 있다
지우려 해도 지워지지 않는
이야기를 잔뜩 쌓아놓은
풀풀 먼지 날리는 헌책방 같은

때로는 가까이서
때로는 좀 멀리서 째그락 짜그락
궂은날도 화창한 날도 있었지만
그와 나의 방향은 언제나 한 곳

미농지에 스며들 듯
시난고난 스며들어
샤넬 향수보다 더 은은하게 익어가는
우리는!

앵두나무 꽃이 피는 시간

— 서정임

환하다 다닥다닥 붙어 있는 꽃들, 조잘조잘 기억이 피어 나온다

시간이 흘러도 앵두는 앵두다 한 분단 두 분단 나란히 줄지어 앉아 덧셈 뺄셈을 배우던 작은 꽃들이다

기억이 기억을 물고 나온다 제각기 각인된 계절과 그날의 날씨, 기억과 기억이 교차하고 냉탕과 온탕을 부드럽게 오가는 오늘의 기후

뒷자리 앉아 머리카락을 한 번씩 잡아당겼다는 친구는 친구를 향해 눈을 흘기고 명절이면 부잣집으로 몰려가 한 상 차려주는 음식으로 그동안 주린 배를 채웠다는 아이들, 누구나 한 번씩은 사 먹었다는 독사탕

반복에 반복을 거듭해도 해마다 피어나는

서로가 서로의 안부를 묻고 서로가 한 뿌리 한 나무가 되어 꽃을 피우는 우리의 초등학교 동창회, 해가 갈수록 그 시간의 켜가 두텁게 쌓이는

올해도 한바탕 꽃을 피워내고 있는 앵두나무가 환하다

기념일
― 유정숙에게

― **서정춘**

시 공부 10여 년에 쌓인 책 이희승 국어사전 빼고 나머지 한 도라
꾸 판 돈으로 한 여자 모셔 와 서울 청계천 판자촌에 세 들어 살면
서 나는 모과 할 게 너는 능금 해라 언약하며 니뇨나뇨 살아온 지
오늘로 50년 오매 징한 사랑아!

마음을 잇다

― 서주영

마음과 마음을 잇는 시간이 순천을 향한다
엄마의 손길 같은 바람이 분다
이건 쉽사리 개요를 짐작할 만한 바람이다
온몸에 가을빛 물든 고향 친구 11명
열차가 먼 데로 시선을 이어준다
하나둘 옷 벗기 시작하는 나무들이 보인다
옛 얘기로 수런대는 가을 숲이 기차 안에도 있다
문득문득 캄캄하고도 아득한 겨울 숲도 있었다
흔들리는 것들이 서로를 잇게 해주기도 했다
제법 멀리 걸어온 우리의 입김이 하나가 된다
서로의 떠드는 소리도 좀체 거슬리지 않는 나이다
조금은 거칠고 낡아가는 시간이 서로에게 향한다
가을보다 더 깊어진 눈빛이 이어지는 물길이다

밀다원에서

— 서지월

만일에 우리 서지월 시인께서 돌아가신다 해도 우리 시대 마지막 서정시인으로서 서지월 시인의 시는 영원히 남게 될거라고— 지금 팔팔하게 살아서 커피 마시고 있는 나를 곁에 앉혀놓고 시인 정일근 형이 그렇게 소개하니 일곱여덟 명 모인 온 좌중이 웃음바다가 되었었네

여긴 동숭동 대학로의 어느 커피숍 서울의 신문사 문화부 기자 잡지사 여기자도 끼어 있는 자리 나는 대구에서 정일근 형은 부산에서 상경하여 용케 연락 닿아 내 어느 비 피한 다방에서 서해안 해변시인학교 때 내 담임 맡았던 독자와 커피 마시고 있는데 전화 걸려와서 서형, 내 지금 대학로 「밀다원」에 있는데 이리로 오시오 왜 있잖소 김동리 소설에 나오는 「밀다원」 찾으시오

그래서 갔더니만 다들 커피 시켜서 채 마시기도 전에 어딜 가나 어느 자리에서나 정일근 형은 우리 시대 마지막 서정시인 서지월! 그러면서 이날따라 우리 서지월 시인께서 돌아가신다 해도… 시는 영원히 남게 될 거라고—

심각한 듯 그렇지 않은 듯, 참으로 밥 안 먹어도 살맛 나고 지금 죽어도 여한이 없단 말인가

죽어서 더 애절하고 더 사무쳐서 빛나는 김소월같이는 못 된 것 같은데 아니 아직 못 되었는데 세상은 먹물이고 길가 가로수 나무 이파리는 병들어도 우리는 병들지 않았다는 것인지 시는 끝내 인간을 구한다는 그 말인지 나로서는 아직 더 열심히 시 쓰며 살아봐야 할 일이네그려

우리들의 섬

— 서철수

햇빛 반짝이는
바다를 건너 찾아간 섬.

빨간 등대를 맴돌던 갈매기 한 마리
뱃고동 소리에 놀라 날개를 턴다.

노을빛 내려앉은 항구,
고깃배 흰색 깃발이 펄럭일 때
욕지도 고등어회 한 접시 주문했다.

바다포차의 밤은 깊어가고
40년 동안 마음에 숨겼던
친구의 이야기를
꾹꾹 소주잔에 담아 마시던
우리들의 섬.

지금도 욕지도 바다포차 구석 자리에
친구의 눈물 한 방울
남아 있겠지.

내 친구 이분이

서하

앞에서도 이분이, 뒤에서도 이분이

'이분이'라는 친구가 있는데요

여름에도 이분이, 겨울에도 이분이,
회전문이지요

살림 잘하는 이 분이요
우리 엄마 대수술 세 번에 입맛 잃고 사경 헤맬 때
자식도 생각지 못한 호박죽 끓여 주었네요

호호호, 우리 엄마 나날이 기력 찾더니
호박벌처럼 붕붕대네요

긴병에 효자 없다며 붕붕
몸무게 39킬로에 멈춰 선 저울도 붕붕
더한 아픔이 찾아오더라도
더 착해지자며 마음 기울여 붕붕

대낮에도 붕붕
밤중에도 붕붕

다정한 뱃사공

— 석연경

저마다 고독한 성전이다
구름이 자주 서성이는 외딴섬으로
턱이 단단한 뱃사공이 말없이 노를 젓는다

섬 안 절집에는 천년 울음통을 둥글려왔을
깊고 아득한 종이 물결 소리로 울리고
잔물결은 때때로 하늘에 가닿아
은빛 뭉게구름 흐르는 하늘이 된다

나무배가 물소리를 내며
성당 안으로 들어온다
물 위에 성전이 반짝인다

달빛결이 희뿌연 종소리로 내려
적막의 배를 밀어주는 시간
살아 있는 성자가 종을 울린다
도타운 섬이 노를 저어 섬을 감싼다
저마다 다정한 성전이다

실금

— 손옥자

거실 유리창에 금이 갔어

실일 수도 있고 금일 수도 있지
실이 깨진 우리 사이를 이어주는 거라면
금은 그냥 깨지는 거겠지

어쩌면 어느 나무가 놓친 실뿌리일지도 몰라
놓친 건 늘 아름답지
아름다운 건 위험하고 멀리서 바라보아야 해

현재는 여기서 차가운데 초록은 왜 창문 밖에서 나오지?

몸을 불린 날선 금이 '잠깐'이라는 진단을 내렸어
'잠깐'이라서 행복했거나
'잠깐' 위험한 거라면 글쎄…

한겨울 품었던 씨앗의 앙금이 이 화창한 4월
성애 꽃으로 피었다면
우리의 우정은 진화했다고 봐야 할까?

이리 이리 좋은 날
— 산내초등학교 졸업 50주년에 부쳐

손제섭

언제 언제 이카나* 좋은 날이니까 이카제
아가리** 짝짝 벌리고 소주 한 따까리*** 해뿌라
언제 언제 이카겠노 오늘 같은 날 이캐야지
깨춤 추고 막춤 추며 장단 맞춰 뛰어보자
오두방정 떨어가며 한잔 묵고 한판 놀자
이리 이리 좋은 날 꽃 피고 새우는 날
몇 번이나 더 오겠노 빼지 말고 앞장서서
새****빠지게 놀아보자 쾌지나 칭칭 놀아보자
헌 잎 지고 새 잎 나는 날 다시 온다 믿지 말고
이리 이리 좋은날 목청 높여 불러보자
너거***** 없이 못 산다고 귀 멀도록 외쳐보자
긴긴 날 살아남은 너거들 고맙고 반갑다고
칠십에도 팔십에도 거짓말처럼 또 보자고 울며불며 놀아보자

---

* 이렇게 한다는 밀양 사투리.

** 입의 낮춘 말.

*** 뚜껑의 밀양 사투리.

**** 혀의 낮춘 말.

***** 너희의 밀양 사투리.

하나 되어 가기

손종호

흙으로 인간을 창조하신 여호와 하나님은
생육하고 번성하여 땅에 충만하라 하신 후
땅을 정복하라(창세기 1장 28절) 하셨다.
정복이라는 뜻이 참으로 어려웠는데
친구 태호가 세상을 떠난 후
그가 정복한 땅이 얼마나 넓은가를
깨우치게 되었다.
운전 연습 시절
곁에서 조언하던
그가 느리게 가는 앞차 때문에
힘들어 하는 내게 말했다.
— 운전이란 혼자 앞서가는 것이 아니야
함께 가는 거야, 함께!
그게 길을 편안하게 하는 지혜야,
그후 32년이 지나 알게 되었다.
땅의 정복이란
함께 하나가 되는 길임을.

안부를 묻다

— 송미란

우리 마음에 꽃 진 적이 있었던가?

우리 마음에는 꽃 진 날이 없다
단 한 번이라도

여태 꽃이 진 적 없으니
너를 잊은 적도 없지

뻐꾸기 둥지 위로 날아간 새*

송소영

나의 '부롬든'**은 어디에 있을까

오늘도 눈을 껌뻑이며 하루를 산다
식물인간이 된 나는 그저 누워 있을 뿐이다
곧 둥지 위로 날아갈 새처럼
결박당한 채 그새 날기를 잊고 있다
다만 격하게 몸을 비틀며 반항하고 분노할 뿐
그러다 둥지 속에서 눈을 감는다

꿈이었을까 생시였을까
탁 트인 초원, 난 말 등 위에 올라타 있다
고삐를 채치며 한 몸처럼 자유롭게 치달린다
마을도 높은 산도, 그리고 좌절된 싯귀도 휙휙 스쳐갈 뿐
그 누구도 나를 얽어매지 못한다

어리석은 그대여
나의 '부롬든'은 늘 내 곁에 있었다

---

*「뻐꾸기 둥지 위로 날아간 새」: 켄 키지Ken Kesey가 쓴 소설 제목.
** 부롬든: 「뻐꾸기 둥지 위로 날아간 새」에서 주인공 맥머피의 동료.

오늘은 폭풍이 없어서 가장 좋은 날

— 송연숙

40여 년의 시간이 흘렀다는 걸 알았을 땐 깊은 우물을 만난 느낌이었다. 아테네에서 산토리니로 향하는 크루즈 안, 커피잔을 앞에 둔 대학 친구 여섯 명은 퍼내도 고이는 우물 같은 이야기를 퍼 올렸다.

— 너의 찰랑거리는 단발머리를 보면 미쳐 버릴 것 같아
대학 시절 받은 연애편지를 한 친구가 퍼 올리자 에게해는 웃음바다가 되었다. 연애하다 엄마에게 붙잡혀 온 언니는 제 몸에 휘발유를 끼얹어 불을 붙였고, 잡혀 올 때마다 뱃속의 아이가 하나씩 늘어났다는 36도를 넘어가는 이야기에 창밖 더위는 더 후끈거렸다.

흔들리며 항해를 해온 이야기, 없는 사람이 없다.

승진한 친구는 바빠서 또 어떤 친구는 아파서 동행하지 못했다. 우물 마르듯 해가 갈수록 동참하지 못하는 친구들이 늘어날 것이다.

우물에 떨어지는 두레박 소리에 까르륵 넘어가는 파도 소리
오늘은 폭풍이 없어서 가장 좋은 날이다.
블루와 화이트로 색칠한 이상향 같은 언덕이 가까이 보이기 시작했다.

리라가 죽고 나자

— 송진

리라가 죽자 나에게는 기이한 일들이 연이어 벌어졌다: 옷을 입으면 단춧구멍을 채우기도 전에 단추들이 다 부서져 떨어져나가고 온갖 풀벌레들이 입안에서 튀어나왔다. 하루는 길을 걸어가는데 이마 가운데서 뿔이 쑤욱 돋아나더니 팥죽빛 털실을 뿜어대기 시작했다. 길 가던 사람들은 아무렇지도 않게 털실을 뛰어넘으며 늠름하게 걸어갔다. 무당벌레들이 침대 시트 밑에서 우글우글 모여 있었고 수박을 반으로 가르면 생의 한가운데가 튀어나왔다. 어린아이가 아장아장 걸어와 수박 속으로 걸어 들어갔고 욕조에는 수천 개의 귀와 입술들이 둥둥 떠다녔고 한결같이 "푸다닭"을 외쳤다. 핸들을 잡으면 차가 없었고 차를 잡으면 핸들이 없었다 배고픈 발바닥이 푸른 하늘로 변하더니 각얼음이 쏟아졌다

사우디아라비아에서 만난 팔레스타인 친구에게

— 신기섭

패스포트도 없이 떠도는 21세기 말 방황.

지구상 어느 곳,
땅 한 평 없는 네가 결혼한 것은 죄악이다.

8년 전 헤어진 너와 일가붙이를 생각하면서
어제 양고기 대신 순대 곁들인 막걸리를 취하도록 마셨다.

숙취에서 깨어나니 뱃속이 거북살스레 꾸르룩거리더구나.

아멜, 너는 시방도 홍해바다 굽어 보이는 텐트에서
짐승처럼 가족들과 섞여 뒹굴면서
집 없는 그곳 들개처럼 사막의 별빛 밟고 정처 없이 떠다니느냐.

위 창자 어디에도 동화되지 못하고
밤새 뱃속에서 떠도는 막걸리처럼…
아니면
광포한 모래바람에 스스로를 찢어 날려 보냈는가,
아멜, 나의 친구여!

눈깔사탕

— 신미균

주머니 속에 내 눈알보다 더 큰
사탕 두 개를 넣고
며칠 전 싸운 영희네 집
골목까지 갔다가
골목 안
전봇대까지 갔다가
전봇대 뒤에서 두근두근
백일홍 피어 있는
파란 대문을 살짝 보니

영희는 안 보이고 영희네 이삿짐 실은
트럭만 휭, 떠나고 있었다.

그때,
주머니 속에서 꺼내지도 못한 내가
진득진득 녹아 버렸다.

목련우정

— 신병은

꿈이 세월이던 시절이 있었다

나 모르게 한 세월을 다녀간 고향집 목련에게 톡이라도 보내야겠다
먼 우주의 한 나절을 돌아와 잠깐 얼굴 내밀어 준 안부
그리고는 다시 홀연히 떠난,

종심이 되어도 허허로운 나를 다녀간 목련의 뒤태를
봄날 하얗게 받든다

이제는 세월이 꿈이 된다

가을바람

— 신봉균

재 너머 들깨밭에서 바람 분다
들깨밭 흔들거린다
서리태도 움출댄다

올해는 얼마나 수확할 수 있을까
호주머니 가득 볶은 콩 채워
서로 나누던
객지로 떠난 친구들 잘 있는지

콩꼬투리 이파리 사이로
까투리 잽싸게 달겨 드는데

머잖아 혹독한 한파 엄습할진대
아직도 한낮 뜨거운 햇볕 아래 콩도 들깨도
후둑 후드득 닥쳐올
겨울 채비 단근질 서두른다

우애의 새벽 257

헤어질 결심

— 신새벽

너를 향한 나의 눈길이 변하길 거부했던 시간
빼곡하게 지껄였던 잠꼬대
부푼 루머들이 천정에 매달려 붉은 혀를 날름거려도
아니라고 도리질 치던 나였다

믿었던 아니 믿고 싶었던 한계가 무너져 내리고 있었다

손톱을 자르듯 굳어진 심장도 조금씩 자를 수 있다면
너의 잔영들을 모두 잘라 내버리고 싶은

너의 고단한 향기가 악취인 줄 몰랐다
자주 눈물 흘리는 슬픔이 지겨워질 줄은
은목서 향기가 난폭하다고 말하던 너

난 마치 깊은 협곡에 혼자 던져진 듯
깊었던 사유가, 조심스러웠던 나의 말들이
비명을 지르며 소용돌이 속으로 빨려 들어가고 있다

모든 수신들을 차단했다
아주 낮은 포복으로 스며들었던 너와의 소통을
오래전부터 쌓아 올리던 신전이 맥없이 부서지고 있다

모나미*에 대한 기록

— 신영조

모나미 모나미
가득가득 구르는 참 오래된 이름
모가 나지도 않고 미웁지도 않게 길게 누운 일기
도레미도 인절미도 아니지만 씹을수록 구수한 음악

입에 잘 들어온다 머물러 그윽한 침
기록할수록 손에 와 닿는 검은 눈동자
글자를 익히던 일곱 살 손가락의 영혼
종이 위를 걸어 다녔던 친구의 검은 얼굴
유년의 주근깨가 하루 속에 점점이 박히던 날들

내 기록을 모두 지닌 친구는
계절 뒤에 서서 소리 내지 않는 열매
백지 속에서 점점이 걸어 다니는 손길
입술 속에 새겨지는 낙서, 그 까만 쥐똥나무 열매
하얀 날들을 까맣게 점 찍고마는 모나미

돌아서서 머무는 흑백의 그리움

---

* 모나미: '모나미 볼펜' 명칭 또는 불어로 '나의 친구'.

모자

— 신원철

울릉도 해안 전망 좋은 언덕에
가수 이장희 저택을 짓고
정원과 연못
머리 벗겨진 동상까지 앉혀 놓았네
시협 여행길에 들러
사진 찍던 어느 여자 시인 모자가 바람에 날아가더니
아무리 찾아도 보이지 않아
감춘 것 맞지?
그래 당신 살면서 풍상도 많이 겪어
머리 빠지고 당뇨가 심해
서울의 큰 병원 다니신다고?
이 좋은 자리 좋은 집에 왜 혼자 사시나?
당신 노래 참 좋았지,
친구들과 어깨동무하고 많이 불렀어
그러지 말고
모자 감춘 그 여자 시인 어때?

상사별곡相思別曲

— 신중신

나 선걸음에
그대 집 찾아가네.
바람을 불러일으키는 그대 머릿결, 햇덩이를 불끈 솟구쳐 올리는
귀밑 볼, 세상의 모든 꽃들을 함초롬히 이슬 젖게 하는 그대 입김으로
나는 꿈꿀 수 있다네.
손에 잡힐 듯
미끈한 암반이며 물이끼며…
안개 자욱하여 마음속까지 젖게 하는
해질녘의 해조음.
흔들리지 않는 걸음걸이로 즈믄 밤의 노래를… 쏜살같이 내닫는 시
간에 휩쓸려 사라지는 법 없이 하루 품 도와 새날을 맞는 섭리처럼
그대 품속에서만
새벽빛 눈을 바라볼 수 있다네.
문을 열어다오, 그대 문전 지척에 왔느니,
늦을세라 달이 차서
바다가 먼저 빗장을 열라.

먼 곳에 있는 친구여

신표균

하늘 구석구석 우주정거장 생겨나더니
길을 잃었는가
유비쿼터스 세상
굳이 한곳에 몸 맡겨 살 까닭 찾지 못해서인가
만날 수 없는 것은

인터넷 때문인가, 자네 모습
휴대폰 때문인가, 자네 음성
보고 들을 수 없는 것은

내 먼저 길 막다른 곳, 휴대폰 터지지 않는 곳 찾아
거미줄 쳐진 오두막집 들어
석유 등잔 못 찾으면 겨우 반딧불 하나 켜놓고 있을 테니

내비게이션 없이 터벅터벅 걸어서 오게나
턱수염 더부룩한 채, 불쑥

먼 곳에 있는 친구여

빛바랜 종이인형이 걸어 나오고 있어

신향순

창고 구석에
눅눅하게 누워 있던 빛바랜 편지들이 일어났다
가로등 아래 빗줄기가 추억을 소환하는 날
습기에 들뜬 소인을 일으켰다

생일 선물로 건네준 옥이의 편지와 종이인형
낡은 옷을 펄럭이며 걸어 나오고 있는 말들

바래버린 동심이 드레스를 걸쳤다가
어느새 겨울 망토로 번갈아 입고는

자그만 체구의 맞지도 않는 옷들이
어른이 된 계집아이 곁을 맴돌고 있다

쌍꺼풀 짙은 옥이의 얼굴이
헝클어진 머리카락으로 스쳐 지나갔다

날마다 바다를 마시며 살고 있다는 옥이는
푸른 드레스를 끌며 모른 척 지나간다

나의 오랜 벗에게

― 신협

나의 오랜 벗이여
어릴 적 우리 마을
나의 옛집
마당 곁 감나무까지 기억하는
그대 내 사랑, 오랜 벗이여 !
반 백 년 지나도록 그대 이름 부르니
흰 머리카락이 검어지는 듯하도다
한 순간도 잊지 못한 그대 이름

안식처를 내 영원한 안식처을
아 나는 저 달 속에서 찾았소
저 달 속엔 믿음의 그대 얼굴

지금 나 늙어 백두옹이지만
내 마음은 아직 솔밭
그대 곁에 솔바람 불어주리
올 가을 감이 주렁주렁 열리면
그대 위해 홍시를 숨겨두겠네.

대단히 중요한

— 심상옥

두 그루 나무같이
친구가 그렇게 잘 늙어
나란히 서 있게 되면
한복판이 움푹 꺼진
가을 같은 건
멀리 있을 거야

큰 바위같이
친구가 그렇게 잘 늙어
한 사람이라도
잘 지키게 되면
한가운데가 텅 비어 있는
희망 같은 건
버릴 수 있을 거야

이것은
대단히 중요한
우정의 일

밥 먹자 약속을 이 주일 남겨두고
— 고 김충규 시인을 기리며

— **안명옥**

시집이 다 나왔다는 전화 받고
밥 약속을 남겨둔 어스름 무렵
부음 전화를 받고 다리가 후둘거렸다
낙타처럼 살다 간 문우를 만나러 가는 길
눈 속에 모래알이 들어간 듯 뜨겁고 서걱거렸다
영정사진 속 그는 순한 양처럼 편안해 보였다
없는 길을 걸어가며
사막 한가운데 길을 내던 친구의 뒷모습이 지나갔다
어떤 궁핍도 절망도 없는 곳으로 간 것이려니
장례식장을 나오는데 뭉클하게 만져지던 어둠
글썽글썽한 거리의 불빛들
지금쯤 그는 사막을 다 건너고 있을까
아무것도 없는 바닥의 힘으로 아름다운 사막을
친구가 떠나도 여전한 세상,
따끈하고 묵직한 시집을 받고 한동안 밥이 넘어가질 않고
살수록 힘든 나라에서 기적처럼 살면서
서사시집 시리즈를 내보자던 가버린 문우가 그리워지는 밤
좋은 사람과 밥 먹는 게 잘 사는 거라고 중얼거리는데
서사시집 내준다는 출판사는 없다고 원고가 투덜투덜거린다

좋은 친구

안원찬

사십 년 만에 귀향한 긴밤들
도회지 불빛에 쫓겨 밀려온 어둠과 고요 빼곡하다
건너 주막에서 아슴아슴 새어 나오는 불빛만 아련하다
막걸리 마시러 가려면 돌부리에 넘어지거나
곡식 짓뭉개거나 도랑에 빠지기 일쑤
그런 날은 별꽃들이 현란하다
그 꽃들 자박자박 내려와 수런수런 이야기하는 날이면
풀벌레 울음소리 밟힐까 제대로 다니지 못한다
소음 어둠 고요들이 내 몸속 수없이 드나든다
하지만, 끝내 공간 지키는 것은 어둠과 고요라는 것
나뒹굴다 제풀에 지치는 소음 어둠과 고요 이긴 적 없다
최종적 승자는 밤 가시처럼 까슬까슬한
가을 햇살까지 죄다 삼켜버리는 어둠과 고요다
읽거나 쓰거나 생각하게 하는,
나에게는 참 좋은 친구다

비오는 날의 官能

— 안유정

비가 그늘이다
젖은 풀잎이 그늘이다
꽉 찬 안개가 그늘이다

먼 먼 양철 지붕 때리는 소리가 그늘이다
그리움이 그늘이다

그늘마다 드리운, 마음이 관능이다

출렁이는 궁핍, 옹골차다

친구는 봄이다

안익수

입춘역 까페에 앉았다
누구와의 기다림이다
어쩌면
멀리서 온다고 했다
구름을 떠다밀며
바람도 강변과 팔장을 낀다
길 너머
소곤대던 걸음이 문을 연다
누군가
낯익은 인기척이다
봄이
함께 왔다

친구다

바랑산 나비

— 안현심

뻐꾸기 울어댈 무렵이었을까
바랑산 골짜기로 더듬더듬 들어가
보리밭 매며 부른 노래와 디딜방아 찧으며 흥얼거린 소리,
호랑이와 동행한 이야기를 녹음테이프에 담아와
미나리 생절이에 막걸리 한잔 마시며
그날의 채록을 평하곤 했는데

네가 하늘로 가버린 날도 이때쯤이었을까
살포시 찍힌 보조개가 그리워 바랑산 구석구석을 찾아 헤매도
머리카락 한 올 보이지 않았다

하얀 볼에 나부끼던 긴 생머리,

애초에 넌 이승 사람이 아니었을지도 몰라
미나리밭에 잠시 앉았다가
날아간 나비,

내 황홀한
꿈이었을지도 몰라

바닷가 숲의 산벚나무는

― 양수덕

너는 늘 여기에,

여기라고 기분 내는
즐거움 외로움 괴로움을 실은 회전 무대는
지구의 자전 속도를 탄다

사는 일이 이러하고

너는 나의 느낌 안에서 구슬치기를 한다

나의 즐거움을 옳다 하고
외로움 괴로움이 너로 해서 엉터리가 된다

파도의 억장을 쥐어주면
제일가는 선물이라 아끼는
너를

기다린다
일인극이 죽을 쑬 때까지

그것은 바람이었어

─　양창삼

그것은 바람이었어.

가까이 왔다가 소리 없이 가버려.

자국을 남기면 상처가 될까봐

숨죽이며 움직이지.

너무 조심스러운 것 아닌가 싶은데

그것이 배려임을 안 것은 훨씬 지난 다음이었지.

젊어서는 그러지 않았어.

호탕과는 좀 거리가 있지만

자주 찾아와 얘기도 하고

뭔가 더 담아주고 싶은 마음이 있었어.

그것이 종종 짙은 흔적으로 남아

다시 생각하게 하는 힘을 발휘하곤 했지.

그런데 그가 마지막 편지를 남기고 간 다음부터는

아예 깊은 단절로 들어가 숨어버렸어.

왜 그래야 했는지는 도무지 알 수 없었는데

그 이유도 나중에 알게 되었지.

이 나이에 들어서니 조금씩 깨닫게 되더라고.

이제 그는 빛바랜 추억이 되었지만

이따금 찾아와 우리 이름을 부른다. 지금도.

섬

― 여서완

너랑 나랑
생각 트고 지내는 친구 할까?
그게 될까?

섬처럼
조용히 살다가
간혹 틈 비집고 나올 때는
그냥 톡 하나 날리고

섬 하나 찾아왔다

섬에는
검은 안경 쓴 낯선 남자도 있었고
벌레가 갉아먹고 바닷물에 쓸린 나무토막도
수천 년 산호가 남긴 모양도
여러 흔적들이 많았다

우리는 서로의 섬으로
바다 위에 산다

흙으로 베를 짜다

— 여환숙

금오산과 영암산이 남·북을 가로막힌
좁은 골짜기 동·서로 숨통이 트는 북쪽 마을 아래
월명 저수지가 있다.

공중에서 보면 우리나라 지도를 닮아
남북지도로 국정교과서에도 등재된 유서 깊은 곳
삐뚤삐뚤한 좁은 골목을 따라 올라서면
익살스러운 마고 할미가 환하게 웃고 있다

흙으로 베를 짜다
장애인들 꿈 밭이 된 마고촌
사람 냄새와 예술의 혼으로 시습한 격자무늬
나만의 우주로
어두워져야 보이는 生의 갈망들
금오산 큰바람이 나를 할퀼 때
영암산 붉은 노을이 나를 일깨웠다

오늘도, 마법의 손으로 물레를 돌리며
나를 닮은 도자기는 내 인생의 전부라는 마고 할미를
금목서와 은목서가 마고촌 넓은 농장 지킴으로
만리향을 피우고 있다

덕성산에서

오만환

안성평야와 진천들을 발아래 깔았다
마한의 옛땅,
경계지의 전설이 연鳶을 띄운다
구름이 바람에게 묻는다
덕성산
바위도 아니 보이고 돌도 없는데 성城이라니
성聖과 성性이 연애를 하셨나
생각으로 알을 낳는다
병사들은 밥을 어디서 먹고 굴에서 잤을까?
골짜기 비탈에 논밭을 일구고
걱정 없이 살았던 무수동 사람들
큰 느티나무, 저만큼
미모美貌가 벼슬인 우주
공장을 짓겠다며 치마를 들추는데
참아서 곱게 물드는 단풍
바람처럼 도시로 떠났던 친구들
첫눈 내리는 저녁
손 흔들며 이제
돌아온다네

우애의 새벽

友情의 주춧돌

— 오양수

나와 나 자신과의 결투다
지금 이곳 이 순간 하늘 끝, 땅 끝이라도
다다를 것만 같은 치열한 결투다
쉴 새 없는 과거 현재완료진행형이다
이기느냐 지느냐가 아니다
점점 마음을 돋우는 인정미
바라고 원하는 목마름이다
점점 부추겨 다져가는 그러데이션gradation 기법인 예술행위이다
한순간 놓칠 수 없는 부여잡음이다
바둑판 위의 한수면 대마의 사활이 걸린 막중한 판국을
지켜보는 구경꾼의 훈수 또한 고수의 치열한 클라이맥스다
팽팽하게 당긴 시위를 놓을 것인가 말 것인가,
찬스를 노리는 궁수弓手
발끝으로 눈치로 팔꿈치로 슬쩍
넛지nudge를 가할 것인가 말 것인가
신의 판결을 기다리는 그 골든타임
자동조절 장치가 풀린 채 오르가즘에 이르고 마는 그 클라이맥스

악어와 악어새의 그 처절한 상호의존관계
그것이 우정의 숨결이요
자신과의 결투 그것이 우정의 주춧돌

내 눈이 아니라면

오정국

늘고 병들었으나, 이 몸 빌어먹지 않게 하는
등짐, 아직은 내 살가죽이 견딜 만큼, 견뎌서 옮겨지는
소금과 녹차, 차마고도의 달빛들, 오직
하늘과 나는 새와
하늘이 퍼붓는 빗줄기의
벼랑길, 내 발자국소리에 나를 파묻으며 걷는
밤, 나의 주인은 나를 매질하여
늙은 몸을 부려 먹는 저를 질책하지만, 아직은
검은 눈을 껌벅이며 그 마음을 읽는다 내 눈이 아니라면
그도 앞을 볼 수 없으리라* 나는 늙고 병들었으나
그가 내 곁을 떠나지 않는다

---

* 내 눈이 아니라면 그도 앞을 볼 수 없으리라: 독일 바로크 시대의 시인이자 신비주의
  자였던 안겔루스 질레지우스가 한 말로 '그'는 하느님 아버지를 뜻한다.

강릉길

— 오지연

하늘과 햇살 타협하던 날
줄 서는 교통길에 나비 한 쌍 난다

사월의 꽃들과 같이 내 속의
숨어 있던 시간들과 약속할 수 있다면
더 이상 망설일 것 없이
발이 가는 대로 가는 거라 했다

진부령 긴 터널 빠져 나갈 때
팝콘처럼 터진 햇살에 눈을 감았다 뜨는
눈꺼풀 향연에 바다가 열린다

항상 갈증일 때 찾아간 강릉길
철새들 몇 차례 날아 갔다면서
모란꽃 몇 차례 피고 졌다던 오죽헌 길 따라
때를 맞춘 벚꽃 십리 길
잠자던 옛 기억이 일어나서 반긴다

경포대 백사장 모래밭에 설레는
꽃비 간지럼이 타고 있었다

비가 온 후

오충

비가 온 후 상쾌함이 더해지고
만물은 푸릇푸릇 생동감이 더하고

청천벽력 같은 폭우 속의 뇌성처럼
"나 췌장암이래" 땅은 주저앉았고

사막 모래밭에 씻기는 아픔
짜디짠 바닷물에 담근 내 가슴

고작 하늘에 간절한 기도만을
안 됩니다, 내가 본 가장 선한 사람입니다

휘영청 밤하늘에 떠오르는
막걸리 한잔에 붉어진 얼굴

오늘은 빗소리에 추억 삼아
이야기할 수 있는 네가 있는 아침

비가 온 후, 네가 더욱 선명해지는 아침

우정을 발굴하다

― 오현정

궁금해서 날아온다

첫걸음에 날개가 달려
그이가 사는 사무치는 곳
그 땅의 흙을 만져본다

바람을 막는 마음이 나서서
쌓인 먼지 털어주고 얼룩을 닦느라
폭우가 쏟아지는지도 모른다

함께 우산을 쓰고
젖은 발 맞춰 멀리까지 걷는다

오래가는 친구는
고고학자의 영혼의 연구서다

친구

옥경운

빙긋이 웃으며
내미는 네 손
말없이 잡았다.

너는 왼손으로
내 가슴을 툭 치고
나는 네 백 마디의 질책보다
가슴이 더 아프다.

무슨 말이라도 하면
변명이라도 할 것인데,
너는 끝내
아무 말도 하지 않는다.

강대나무

— 우남정

> 지난 밤 꿈속에서 그 친구들이 나에 대해서
> 이야기하는 소리가 들려왔다 "강한 자는 살아
> 남는다" 그러자 나는 자신이 미워졌다*

독한 슬픔은 이런 것이다

목숨 걸었던 시대의 뒷모습을 보는 것이다
끝까지 살아남아 이 꼴 저 꼴 다 보는 것이다
뚝심 있게 살아남아 페미니스트란 소릴 듣는 것이다
전위된 척추에 철심 박고 기울어 가는 것이다
남성호르몬이 점점 많아지는 것이다
고위험군으로 분류되는 것이다
죽어서 천년 고찰의 처마 끝을 곧추는 것이다

박박 우기고 징징 짜고 푸념 늘어놓으며
살아가고 싶다

각황전 홍매의 눈망울이 젖어 있다

비안개에 잠긴 화엄사 인욕忍辱의 방에서 묵어가기로 한다

---

* 베르톨트 브레히트 『살아남은 자의 슬픔』.

웅도[*]

— 우인식

개펄 바지락 캐듯
너럭바위에 앉아
푸른 별빛 오리던
친구 눈망울들

몇십 년 만에 바위에 앉아,

별빛 담던 눈망울
보이지 않지만

물비늘처럼 반짝이는
푸른 별빛 홀로 가슴에 담는
기억의 밤 이슥하다

---

[*] 웅도: 충청남도 서산시 대산읍에 속하는 섬.

五日場

― 우정연

참깨 말가웃 지던 굽은 등허리에
열무 열 단 이고 다니던 손
얹혀 있다

희끗희끗한 머릿결의 두 할머니

봄볕에 물든 볼그족족한 얼굴로
온탕에 통통 불린 하얀 등의 때를
서로서로 밀어준다,

에메랄드 물결

원유존

윤슬이 스민다
산호초 속에서 물고기들이 숨바꼭질했지
닻을 올린 채 살랑거리던 고깃배
어망을 들어 올리던 어부의 등은 구릿빛으로 빛났지
육지와 바다가 한 몸이 되고 바다와 하늘이 뒤엉키며
애증의 바람이 꿈틀대던 시간

해무가 윤슬을 덮고 먹구름이 해안선을 지운다 해도
섬과 섬으로 만나 꿈의 다리를 놓던 에메랄드 물결은 넘실거렸지

어느 날 몰아친 폭풍에 보석빛 배는 침몰하고
조각난 상처들은 떨며 물 위를 떠다녔다
울컥 파도를 토하는 해변 풍어의 깃발들은 찢기고
통곡도 다 못한 설움을 끌어안은 채 절벽은 금이 갔다

어디에도 의지할 곳 없어 시리도록 부서지는 눈물
갯바위도 시퍼런 울음을 토했다
조락의 계절로 멀어져 간 초록의 매혹
너울이 지나고 나면 미소 짓는 수면 위로 너와 나의 이야기는
밀물처럼 햇살로 스며들 거야

친구

— 위형윤

어려서는 부모가 모태이며
길잡이 인도자이시다
친구는 사회로 진출하는
길목이며 또 다른 나 자신이다
아무 조건이 없어야 하고
친구를 이용하려 해서도 안 된다

친구는 나의 괴로움 즐거움
같이 나누는 우정이며
언제든지 만날 수 있어야 하며
만나려는 어떤 목적과 의도
정치적 이용이나
감정을 가져서도 안 된다

색안경을 쓰고
선입견을 가져서도 안 되며
있는 그대로 만날 수 있어야
진정한 친구가 아니겠는가

기억나니

— 유계자

낯익은 목소리 수십 년 만에 전선을 타고 왔다
중학교 때 앞뒤로 앉아
차라투스트라는 이렇게 말했대
생의 한가운데는 이런 거였어 조잘대던

우리는 누군가의 이름을 말하고
기억나니, 기억나니
퍼즐 맞추듯 가라앉은 시간을 건져 서로 앞에 놓아주었다
연탄집하던 애 이름이 뭐였더라
작은아버지랑 살던 눈이 예쁘던 아이

기억나니, 기억나니
두어 시간 캐놓은 이름이 수북한데
웃었다 울었다 폰 속으로 여우비가 내렸다
그래서, 그래서, 그랬구나

캐고 보니
그새 자리에 묻어둘 이름들이 많았다

자야시대의 이정자들아! 한 번이라도 만나고 싶다

유안진

중학교 3학년 때였나? 아이들 이름은 대부분이 ○○자들이었다.

반마다 70명 이상이던 인구폭증시대, 우리 반에는 이정자 이름만 20명쯤 되었던가? 한자漢字는 달랐겠지만, 이름만으로는 도저히 구별할 수 없었는데도, 혼란 없이 잘도 지냈다.

그 많은 이정자들을 별명 붙여 불렀고, 또 이정자들은 자기를 부르는 줄 잘도 알아들었다. 납짝보리이정자, 멀대이정자, 깜상이정자, 꼬맹이정자, 사팔(눈)이정자. 새촘이정자, 양미리이정자, 미꾸리이정자… 왜 이런 별명이 생겼는지는 모르나, 이전 학년의 별명이 따라 올라온 경우도 많았다. 안 좋은 별명에도 화내는 아무도 없었다. 1년 전보다 키가 컸는데도, 꼬맹이 이정자는 그대로 별명이었다

지리 시험이 끝나자마자, 내 옆자리로 우루루 모여들었다, 시험 문제는 "희망봉을 발견한 사람은_____였다". 정답이 아니라, 컨닝한 것이 들통날까봐, 술수를 쓴 걸 자랑하느라 모인 거다.

곁눈질로 슬쩍보니, '바스코 다가마'인 거 같더라
꼭 같이 쓰면 컨닝이 들킬까봐 '다스코 다가마'라고 썼지
나는 네 것을 보고 약간 틀리게 써야 하니까 '가스코 가다마'라고 썼는데
나는 연필 떨어뜨리고는 줍느라고 앞으로 구부리며 슬쩍 보고

'마스고 마가바'라고 썼다!,

  우리는 정답에는 관심 없었다 그저 컨닝하느라 잔꾀 부린 재미를
자랑했을 뿐이다.
  시험문제를 챙겨 나가시던 선생님은 열린 복도 창문으로 기가 찬
다는 듯 잠시 웃고 가셨다.
  누군가 선생님이 다 들으셨다고 하자, 와르르 흩어지느라고 넘어
지고 엎어지기도 했다.

  까르르 까르르 깔깔르르

  우리는 시험 점수에는 관심 없었다. 누가 더 재밌게 컨닝했나를
자랑했을 뿐이다.
  그 순진무구했던 여중 시절 그 많은 자야부대 이정자들은 지금
얼마나 늙었을까?
  이 모양 이대로, 아니 그때 그 모양 그대로, 한 번만이라도 만나
보고 싶다.
  만나서 뭐하게? 그때처럼 웃고 떠들게시리.

북엇국

— 유자효

설악으로 떠난 친구 찾아가 밤새 술을 마시고
아침에 문을 미니 눈이 쌓여 문은 열리지 않고
방 안에 갇힌 채 친구가 끓여 주던 북엇국
"난 북엇국 하난 잘 끓여"
으스대며 벽에 걸어 두었던 북어 한 마리 내려
잘게 뜯어 냄비 물에 넣고 끓인 뒤
파를 숭숭 썰어 넣고는 계란 하나 툭 깨서 넣어
넘치기 직전에 불에서 내려 후후 불며 나눠 먹던 북엇국
밤새 마신 술에 울렁이던 속이며
깨질 것 같던 머리도 은근하게 달래 주던
설악의 친구가 끓여 주던 북엇국
고단한 살림살이, 맺힌 울분도 어루만져 풀어 주던
그 한 몸 말리고 말려 뼈까지 발라내져
마침내는 살점 점점이 뜯겨지고 끓여져
우리네 아픔 만져 주다니
우리네 시름 달래 주다니
그것은 음식이 아니라 약
그것은 음식이 아니라 도道.

만남

유준화

빗방울 하나가 유리창에 내려온다
빗방울 두 개가 유리창에 부딪친다
빗방울 일만 개가 유리창에 떨어진다
빗방울 운석들은 시공을 넘어와
유리창에 매달려서 눈물의 길을 내고
떨어진 것들은 바다로 간다
바다는 그리운 것들끼리 뭉쳐 몸부림친다
너와 내가 참! 못할 짓이다

가을볕

유현숙

볕이 참 좋다, 내일 뭐해?
들도 산도 붉다
올래?
해거름 둑길 끝까지 달리게
자전거 타이어에 공기 빵빵 채웠어
산촌 가을은 짧아
산집은 쉬 어두워지고 추워
저녁엔 장작 패서
벽난로에 불 지펴 불멍 어때?
건너와
입석이라도 타고
새벽의 숲은 가장 숲다운 것 알지?
빨간 장화 신고 노란 꽃더미 사이를 걷자
여뀌도 고마리도 이슬 젖은
들길 걷자
네가 좋아하는 커피 내려놓을게
꼭 와!

스키니

유혜영

입고 꿰맨 듯이 꼭 껴안은 느낌
밀당이 없는 나는 아무 저항도 아니다

밀착은 어미 새와 알과의 간격
나는 멀리 있어도 당신에게 찰싹 붙으려 한다

사이가 없어 관계가 없는 사이
모든 틈새는 바깥에 머물러 환절기를 견딘다

밀착과 밀착 사이 집착이 끼어든다
쉽게 스키니를 벗는 게 아니었을까,
벗겨지는 순간 사이는 명확해진다
이제 밀착은 없고 집착만 남아
당신은 나를 벗지도 껴입지도 못하고 있다

미안하지 않아서 사과하지 않아도 되는
관계는 언제나 소비된다

오늘 밤도 스키니가 신나게 춤을 춘다

시詩에게

― 유희

눈길 닿지 않아도
제자리 지키는
한 포기 풀 같아라

비바람에 떠돌던 사연들
알알이 맺혀 시詩 한 다발
향 깊은 당귀 풀 같아라

컵

— 윤명수

우묵하게 물구나무를 서서라도 기다릴 줄 안다
그의 손을 잡아 줄 때까지
여인의 가슴둘레나 감싸는 그런 컵은 아니다
앉았는지 섰는지 우둠지가 어디인지도 모른다
먹었는지 굶었는지도 모른다
담아야 할 것이 너무 많아 속은 비워 놓는다
비어서 오히려 가득하다
속이 출출할 때는 바람이 배를 채워준다
누구의 입술도 거부하지 않아 심장은 늘 젖어 있다
그는 혼자일 때도 결코 혼자가 아니다
외로워지고 싶어도 외로울 수도 없다
날씨가 끄물거리는 날 소맥은 더욱 제격이다
그래 우리끼리 한 따까리 하자, 그런데
뱃속에만 들어가면 으르렁대며 미쳐버린다
그래도 우리는 둘도 없는 술벗[酒友]이다

고독한 시인의 겨울

— 윤순정

겨울이 깊어갈수록 동굴 속은 따뜻하다
따뜻한 동굴 속엔
석 달 열흘 견뎌 낼
마늘 서너 접이면 족하고
곁에 있지 않아도 영원을 품은 한 사람
기억하는 것만으로도 족하다
겨울이 깊어갈수록
물레를 돌리는 손길이 가볍고 경쾌하다
정월 보름달처럼 잘생긴 항아리 하나
수작秀作으로 뽑을 수 있겠다
어머니 삼아 놓으신 한산 세모시
대바구니에 고봉으로 쌓였고
아버지 삼으신 짚신은
길 떠날 입춘을 기다려 주니
겨울이 깊어갈수록 가슴은 따뜻해지고
가슴으로 부르는 서늘한 노래는
깊고 깊은 동굴의 정적 속에서 홍겹구나

종이비행기

― 윤준경

종이비행기에 열중하던 아이,
비행기는 공중을 휘돌아
내 머리에 꽂히곤 했지

우리는 서울 중학생이 되었고
토요일이면 집으로 가기 위해
이따금 고향행 버스에서 마주치곤 했지

지금도 기억나는
네가 건네준 편지,
'장미여 백합이여 비둘기여 태양이여…
그러나 그 사랑은 이미 사라져 없어지고…'

시가 뭔지도 모를 때 나는
그 시를 닳도록 읽어 외워 버렸지
뭐라고 답도 못 한 채… 세월이 흘러
새삼 답장을 쓰고 싶다

79세 준호야,
지금 내게 종이비행기를 날려주겠니?

매화친구

윤홍조

꽃 지기 전에 놀러 와
이쪽과 저쪽 매화나무에 매어둔
빨랫줄의 빨래가 다 바래지기 전
서둘러 친구에게 전화했다
작년에 담갔던 매실주 잘 익었고
올해도 매화꽃 환하게 피어 있어
꽃 다 지기 전에
놀러와!
펄럭이는 마른 빨래 걷지도 않고
꽃그늘에 앉아 너를 기다리면
툭툭 터지는 꽃망울같이
너는 함박웃음 들어서고
그렇게 너와 마주앉아 주거니 받거니
단내 나는 매실주 향기에 취해
온몸 울불긋 꽃피곤 했었지
그러나 이제 내게
다시금 올 수 없는 너로 하여
내 기다림은 네가 피어올린 꽃그늘에서
불콰하니 홑겹의 꽃으로 피어 있는 것이다

집들이

— 윤효

강화도에 집 짓고 눌러앉은 김지헌 형에게 돛배 한 척 사 주고 싶다. 집들이 선물로는 제격이겠다. 섬에 들었으니 강화대교 초지대교 두 다리는 아예 끊어버리고 바람 좋은 날 바다로 먼바다로 돛을 올리게 해주고 싶다. 바닷새가 물어다 주는 몇 마디 또 몇 마디는 뱃전에 널어놓고 하늘과 맞닿은 바다 끝까지 하염없이 떠가게 하고 싶다. 그러면 어느 날 소금 바람에 맑게 절여진 문장 하나 얻을 수 있으리. 그 반짝이는 절창을 돛폭 가득 펄럭이며 강화 기슭에 다시 닿을 수 있으리. 어쩌다 노을이 너무 붉어 서러운 날에는 강경 포구 고향에도 들러 엉엉 울 수도 있으리. 섬에 집을 짓고 들어앉은 형에게 하얀 돛배 한 척 사 주고 싶다.

지뢰 地籟

윤희수

단단한 빛 어디쯤에서도 지나온 길 어디에서도
소슬하게 소슬하게 흙 열고 얼굴 묻던
빗물에 땅 패이면 모습을 드러내는
사랑은 싹트지 않는다 진흙 속에 덮인다

날아간 새

윤희자

우정이었던 것 같기도 하고
사랑이었던 것 같기도 했던
함께였던 것 같기도 하고
혼자였던 것 같기도 했던
머—언길 날아간 새 보이지 않네
어디에도 없네—없네—없네—
머물던 곳곳마다 사려 깊은 한마디
이 세상 어디에도 꽉찬 그 모습, 없네

어느날 내가 또 그렇게
한 마리 새 되어 날아가는 날
마중 나와줄 당신
우리 서로 몰라보면 어쩌지?
모르고 그냥 지나쳐가면 어쩌지?
"아니, 아니야. 주님이 우리 손 붙잡고 계실 거야."
눈물마저 메마른 허기진 그리움
하늘만 보네
우정이면서 사랑이었던
아—, 당신, 당신

낙반사고가 있던 날의 갱구에서

— 이건청

검은 사람들이었다. 첫 번째 사람이 두 번째 사람을 들쳐 업고 있었다. 무너져 내린 두 번째 사람의 얼굴이 왼쪽으로 기울어져 있었다. 새까만 얼굴이었다. 첫 번째 사람이 걸음을 옮길 때마다, 업힌 사람 까만 손이 흔들리고 있었다. 반쯤 무너진 세 번째 사람이 두 번째 사람을 밀어올리고 있었다. 캡램프를 단 헬멧을 쓰고 있었다. 두 번째 사람을 들쳐업고 걸어 나오는 갱구 쪽 어디선가 앰뷸런스 경적이 기일게 흐르고 있었다.

가시나야! 이 문디 가시나야!

— 이경

핸드폰이 없던 그때 우리는 부산역에서 만나기로 했었다

무슨 사정으로 나는 예정된 기차를 놓치고 다음 기차를 타게 되었는데

내가 탄 기차는 약속된 시간을 네 시간이나 지나서 부산역에 도착했다

때마침 겨울이고 바닷바람이 매섭게 몰아치는 부산역에서

그러나 우리는 당연히 만났다 가시나야! 이 문디 가시나야! 얼싸 안고 팔짝팔짝 뛰었다

연락을 못 해도 그 친구는 내가 다음 기차에서 내릴 것을 알고 있었고 나는 그 친구가 거기서 기다릴 것을 알고 있었다

이런 걸 우정이라고 해야 하는지 모르겠다 가시나야! 이 문디 가시나야!

인숙아, 죽었니? 살았니? 살았거든 어딘가에 살아 있거든

이거 읽으면 꼭 연락하자

여름의 누이

이경선

여름이 누이의 손을 잡고 산골짜기 개울 따라간다

풀도 여치도 쑥부쟁이도 활짝 피어 노랫말 풍성타
노래는 푸른빛 누이는 하얀 얼굴이다

누이는 여름과 점벙점벙 물장구를 친다

물장구질 바람을 실어다 주어 때 없는 산들바람 두 뺨을 보듬고
누이는 한껏 신이 나 첨벙첨벙 머리칼 적시고

꼭 해맑아, 저 노랫말 같기도 하다

여름의 누이는 하얗고
지천의 골짜긴 푸르고

개울가 넓바위에 누워 노랫말 흥얼거린다

슬쩍 비친 팔뚝엔 구름 한 점 지나고 있다

흰 붓
― 석헌石軒*에게

— **이관묵**

계룡산 문필봉이 건너다뵈는 서실에 마른 하늘이 쌓였다
뜰 한구석에 칠십년대 햇볕도 쌓였다
앙상한 겨울나무 붓처럼 움켜쥐고
평생 한 가마 넘는 먹을 갈아 없앤 손목은
이제 비좁은 단풍길하고만 벗한다
바람하고만 벗한다
누런 미성지 열고 먹이 마중 나와 있다
"내 글씨, 그놈들 평생 붓의 혓바닥만 닦느라 고생한 자식들 아니
겠소"
글씨 몽땅 탕진한 붓
하얗게 센 붓
외기러기 울음 낙관으로 찍힌
뭉게구름체 한 폭 소장하고 싶다

---

* 전각 서예가 임재우 선생의 호.

그대, 친구에게

이기호

하냥 있으면 나를 돌이켜보게 해주는 그대
서로에게 길이 되어준 그대
어쩌다 따끔하게 일침을 놓아도 삐치지 않는 그대
행간을 말하지 않아도 알아듣는 그대
비밀을 털어내도 지켜주는 그대

소식 뜸해도 마음 한자리 궁금해 전화하면,
"잘 있나?" "잘 있다."
"너도 잘 있나?" "그래"
그것으로 충분하다

어쩌다 한잔하고 싶을 때 불쑥 생각나는
잘 익은 와인처럼 깊은 정이 붉게 스며드는 그대
사람이 그리울 때 그대가 생각나는 것은 지워지지 않는
사람 냄새 때문
친구, 라고 부르는 이름 하나 있어 좋다
까마득히 세월을 지나도 생각나고 생각날 사람
그대 생각하면 그냥 기분이 좋아진다

괴시리 연리지*

이덕원

팔을
츤츤히 뻗다
아주 오랜 세월의
강을 건너면서
갖은 비바람에도
아니 쓰러지게
끝없이 포옹하는

느티나무의 진한
소나무 사랑이다.

* 경북 영덕군 영해면 괴시리 549-4 소재.

욕실 거울에 풀꽃을 피우는 나의 우정

— 이돈배

풀빛 옥돌에 맑은 물빛을 갈아 물거울을 벽에 걸어두다. 어둠을 뚫고 물방울들이 거울이 되어 흘러내린다. 벽 거울에 흡수하고 남은 투명하게 물방울은 내장의 꿈틀거림을 내 육체의 겉모습을 불투명으로 맴돌았다.

거울이 하는 일은 물방울이 내려오는 통로를 감내하는 나를 감시하는 일이다. 예기豫期되는 희망을 묶어 에피메테우스에게서 선물로 받은 작은 장지문갑을 비쭉이 연다. 황급히 놀라 문을 닫고 한 가닥 예비한 기계들이 동요하는 임무를 유보한다.

불안이 보물상자에서 새어 나와 거울 뒷면에 숨겨놓은 수치羞恥가 기웃거리는 두려움으로, 열리지 않게 칭칭 감은 얼개로 갇혀 지낸 문고리를 잠근다.

물거울을 보며 사랑하는 동심체同心體가 나를 향해 깊이 묻힌 상처를 베어, 물거울을 보며 오늘의 우정을 주고받는 나를 애타게 사랑함을 헤아리며

거울에 튕겨 흘러내리는 물방울을 정성스럽게 닦아내다.

농부의 얼굴

— 이동근

제 얼굴을 태워야
씨가 되는
해바라기의 검은 미소가 환하다.

산그림자 깊이 파여
피아골 구부러진 다랭이논을 닮아가는
오랜 친구의 얼굴

주름진 골 따라
시간이
섬진강으로 흘러가고

씨앗 품고
익어가는 사람의 얼굴은 아늑하다.

공성
― 아내가 친구가 되기까지

이동희

처음 고백할 땐 줄리엣인 줄 알았지
통기타 소야곡에 창문을 열어주던, 그녀를
또 한때는 서 푼짜리 내 인생극의 프리마돈나였지
없던 지붕을 할부로 얹으며 즐겁게 지쳐갔으니
그리고 아들의 엄마가 되자, 낙오천사로 변신
날개옷을 돌려주지 않아도 좋았지
이제는 숨겨두었던 날갯죽지가 돋아나는지
지상에 내려온 내력을 쓰기 시작했지,
아내는, 소설이 되어도 좋을 침묵의 세월을
여백 많은 고독의 빈칸마다 노을빛으로 채워가며
매일이 잔치가 되는 날이 오고야 말았지
끼니마다 펼치는 초원은 되찾은 청춘을 위한
공양, 해갈하려 먹지 말고
오직, 해탈하려 목마르자고 다짐하는
일상이 된 식탁
가을침대가 겨울탁구대로 옮겨가는 계절에 이르자
어떤 화두를 실어 스매싱을 해도
돌아오는 화답은 언제나 티끌 한 점 없는
공성, 있는 듯 없고 없는 듯 있는…

포도 그리고 우정

이둘임

달콤한 기억이 다닥다닥 열려 있습니다
포도가 영글어 가던 여름
방학식 날 교복 입은 채 친구랑 달려간 포도밭
포도 잎사귀 그물 아래
싱그러운 웃음이 알알이 터지고
포도밭은 풋풋한 젊음으로 향기로웠습니다
까맣게 물든 입과 혀를 자랑하고
깔깔거리던 진한 기억은 발효되어 나를 휘감는데
당도가 높던 십 대 소녀들은 다 어디로 갔는지
포도 알사탕처럼 단단했던 우리
이제 당도는 사라지고 주름은 늘어갑니다
가을을 맞이하는 포도를 바라보고
떠난 친구의 이름을 불러봅니다
탱글탱글하던 청포도 시절이 꿈틀거립니다
줄기를 타고 오르는 기억
새콤달콤한 포도 같아
한 알씩 솎아내며 음미해 봅니다

그리운 너울

이명

  구룡령을 넘어가 보자 네가 있을 것만 같은 구룡령 넘어 바다에
가 보자 구룡령은 그대로이고 바다도 그대로인데 그 너머에 너는
없고 이제 경복궁역 1번 출구에는 갈 일이 없어지고 주엽역에도 갈
일이 없고 바다로 돌아와 해변에서 너를 불러보는데 불러도 대답
없는 이름을 불러보는데 불쑥 솟아오르는 물결 너일 것만 같아 바
람은 샛바람 대답 없는 대답이 밀려온다 한 줄의 글이 부풀어 오르
고 몇 줄의 글이 밀려오고 너를 잃어버리고 네가 바다라는 것을 안
다 할 말이 많구나 이럴 줄 알았으면 좀 더 자주 만날 걸 바둑도 좀
더 두고 정신세계에서 마음껏 날아다닐 걸 그 많은 조개들은 다 어
디로 갔나 껍질만 파도에 밀려오네 너는 이제 구룡령을 넘는 바람
이고 기사문 물결이고 어디서나 허공이네 허공에 정신세계 방 하나
생겼네

우정

이명림

신혼의 남자와 여자
시간이 흘러 노부부가 되면
열정적인 사랑은 사라지고
오래된 우정이 된다

돈 모아 안식처도 마련 후
파트너 관계의 우정
죽음이 그들을 갈라놓을 때까지
서로에게 우정을 다짐하는
길고도 짧은 부부의 여정

누구냐!

— **이명열**

서로의 얼굴을 재빠르게 스캔한다

서로 다른 감정들이 날짜를 정해 모이는 자리
삼사 년씩 한자리에서 밥을 벌었으나 가끔 휘청거렸던 시간

위험천만했던 몸짓과 눈빛 합리적 규범을 외면한 채 박하게 겨누
던 월급봉투들

서서히 굳어지는 구운 고기처럼 굳은 얼굴을 들키지 않으려고 술
병의 이마에 고여 있는 시간

한번 물러난 몸이 나로 살고 싶지 않다고 발버둥 치는 날

의리도 우정도 없이 다음 약속을 해야 끝나는
퍼내도 고이는 감정이 있네

다시 맹목의 회비가 출금되었다는 알람이 도착한다

진정 난 몰랐네·2

이명용

그토록 사랑하던 그 사람 떠나가고
영원히 함께하자던 그 사람 가고 없는
등이 휠 것 같은 쓸쓸한 길목에 서서
누구인가 불어주는 휘파람 소리 들으며
달빛 속에 떠오르는 그대 모습 그려 본다

난 나는 이제서야 알았네
벗을 수 없는 사랑의 굴레였음을
진정 난 몰랐네

내 마음 모두 주어 사랑하던 그대여
다시 올 수는 없나요
흐느끼며 그대를 그리는 나를 어떻게 좀 해주오
어서 내게로 돌아와 주오
지나간 슬픔일랑 이젠 잊게 해주오

난 나는 이제서야 알았네
벗을 수 없는 사랑의 굴레였음을
진정 난 몰랐네

미선나무

이미산

모르는 남자 손잡고 도시로 간 열일곱 살

기운 울타리 일으켜 세우는 새벽을 두고
조금 웃어도 무더기로 피어나는 하얀 꽃들을 두고

품에 안고 잠들면 슬픔이 사라진다는
미선아 부르며 달려오는 별들을 남겨두고

뒤돌아보는 눈동자 속엔
곱게 뜸 들여 지어낸 고봉밥

이제는 서로를 모르는 우리가
시간의 주름살을 펼쳐놓을 때

떨리는 손끝을 실족이라 하자 중얼거리는 입술을 그리움이라 하자
끌어안은 어깨를 상투적이라 하자

사방에 흩날리는 밥알들
목구멍이 뜨겁구나

불면不眠, 내 절친

― 이병달

통 기억나지 않는다. 언제 어떻게 친구가 되었는지
때와 장소 분간 않는 내 친구, '헐리우드 키드'였던
철들기 전부터 불 꺼진 '아카데미극장*' 앞을
함께 배회했던 친구, 오랜 절친임이 분명하다!!

벼락치기 시험공부 불침번을 서거나 야간행군할 때
으리으리하게 〈으리〉를 지켜 준 친구
야근하거나 커피, 드링크, 내 속내를
귀신같이 알아채고 곁을 맴돌던 친구

나이 든 지금, 모두 밤잠이 없고
가끔은 서로 성가시고 의리조차 잊어
지하철이나 버스를 탔다가 자주 자릴 떠서
내릴 곳을 지나친 적 많다

오늘 밤은 불여우의 숨넘어가는 수작을
올빼미처럼 뜬눈으로 밝히며
꼴같잖은 빨개미들의 행적을 낱낱이 검색한다
(우리의 우정은 아마 눈감는 날까지 지속될 것이다.)

---

* 아카데미극장: 경북 김천시에 있는 영화관 이름.

우애의 새벽   317

너와 나 사이

이병연

좁쌀은 좁쌀끼리
콩은 콩끼리
틈만 나면 쪼르르 달려가
시린 어깨 감싸주고
하나가 기울면 함께 기울어
등으로 받쳐준다
틈만 나면 부르지 않아도
바람막이 된다

사과는 사과끼리
배는 배끼리
틈만 나면 지척으로 다가가
붙어 있고 싶은 마음
고운 결 다칠까
둥근 받침 머물다
틈이 있어도 조르지 않고
바람길 만든다

잃어버린 반달

이보숙

아침 일찍 서쪽 창을 열었다
푸른 하늘에 하얀 반달이 배처럼 떠가고 있다
어디서부터 온 것일까
추석 지난 지 얼마 되지 않았는데
저렇듯 창백한 모습으로 어디로 가고 있는 것일까
오래전 가난한 내 둥지에 기대려 왔었는데
우리는 콩 반쪽도 나누지 못한 채
어느 날 친구는 가고 없었다
갑자기 나를 침범해온 슬픔,
저 하얀 배 한 척이 싣고 왔다
젊은 어머니를 잃은 지 얼마 되지 않았던 그녀의 아픔을
덜어주지도 못했던 나의 부족했던 배려가
새삼 가슴 쓰리게 아프다
어디서 어떻게 지내고 있는지 소식조차 모르는 내 무능함이
자꾸 치받혀 오른다
초가을 아침 차가운 파아란 하늘로 떠가는 저 반달이
내 친구인 듯 꽉 붙잡고 싶다.

말해, 다 들어줄게

이복자

"지금 뭐 해? 그냥 전화했어."
그냥이라는데 가슴에 뭉클 안기는 말, 좋다.
별거 아닌 일에 마주 웃고
죽을 일도 아닌 슬픔도 같이 울고
생각해 보면 참 웃기는 일, 수십 년을
몸 따로 살아도 마음 함께라서
몸살이라는 말만 들어도 덜컥
한 몸처럼 아파지는, 그런 둘이
딱히 급하게 달려갈 일 없고
멀다 생각해 본 적 없어도
살다가 혹, 하나 없으면 물도 못 넘길 것 같은
나눈 얘기 새 나갈 일 없어
생각만 해도 눈물나게 좋은
내심 털어놓고 나면 더 애틋한, 그런 둘 사이
있다, 오랜 세월 함께 걸어온 길에는
그 흔한 잘난 척도 없이 싫은 소리조차 미소로
지금도 팔짱부터 끼고 노는 껌딱지
조용한 수다쟁이 둘

서로의 빛이 되어

— 이복현

우린 지친 낙타처럼 먼 길을 걸어왔다.
말하지 않아도
꿈벅이는 눈짓 하나로, 너는 내 친구
오아시스 없는 사막에 핀 꽃

목마른 세상, 어둠이 펼쳐진 광야에서
우린 두려움으로 서로를 찾았네
거센 바람 몰아치고 별들도 길을 잃은 가운데
해와 달처럼 서로를 비춰 주었지

고요한 밤에도, 폭풍 몰아치는 험난한 날에도
서로를 바라보며, 시간이 흐르고 세상이 변해도
영원할 것을 다짐했노니

아득히 떠도는 구름 사이에서도
너와 나는 언제나 그 자리에서
밝은 빛으로 서로를 지켜줄 것이라

신기루를 벗어나
거울처럼 맑은, 그 마음으로

그림자의 꽃말은 벗

— 이봄

밤고양이 입에
문 달,
벗에게 나눠 먹여
두근대 쏘다니는
어깨동무 그림자
신들의 선한 발자국
어루핥는 휘파람

다정한 꽃잎마다
스쳤던 옷깃 내음
바람결 그러잡아
번뇌를 닦으면서
둘만의 낙원 제국을
은총으로 무장해

다름과 닮음의 조화

— 이봉하

처음엔 모든 것이 낯설었지
언어와 외모, 문화가
너무 다른 우리
생각처럼 쉽게 다가갈 수 없었지

토라짐과 오해 그리고 소통의 부족,
내가 너보다 낫다는 그 어리석은 생각은
너에게 눈물을 주었지. 그럼에도 손짓 발짓으로
겨우 알아듣고 말하는 사이

오늘은 서로의 눈빛만 봐도
차이를 좁힐 수 있게 되었지
우리와 함께하려 많은 것을 내려놓은 너,
다름 안에서 닮음을 찾아가는 우리

소소한 것에도 웃고 울며
한 곳을 향해 함께 길을 간다는 것은
얼마나 아름다운가!
우정은 사랑의 시작이요 마침이듯.

너여서 참 다행이다

— 이사라

어지러운 잠 속에서도
눈앞에 또렷해지는 얼굴이
너여서 참 다행이다

어쩔 수 없이 가졌던 것들
어쩔 수 없이 쌓았던 것들

다 버리고도 남는 것이 있다면
우리끼리 나눈 온기

우리가 사람이어서
서로의 틈을 알아챈 날부터
연서 첫 문장처럼
그렇게 살았는데

앞서거니 뒤서거니
떠나는 그날까지

이 세상 너와 함께여서 정말 좋았다

長毋相忘
― 玄中에게

이사철

푸른눈의 새가 잠을 깨웠다
송정 바닷바람 쐬고
아흔아홉구비 대관령 넘어온 문자메시지
'長毋相忘'
이 글자를 넣어 새겨야 하는데
깜박했단다
이 글자 없어도 얼마나 좋은가
고향 벗이 집자한 추사체
내 당호인 '我溪'를 푸른빛으로 양각해서
현판 하나 만들어놓았다 한다
마냥 설레고
볼 때마다 흥분되리라
천추에 빛날 장군바우처럼
그대인 듯 곁에 두고
감천서 담아온 물로 세작 한잔 우리리라
아, 성정 곧은 새여!
沙眉齋 위에서, 그대
빛나는 날개로 높이 날아라

아침과 밤의 돌림노래

— 이상남

밤을 밟고 일어서는 환한 기지개
사방으로 꿈틀거리는 빛의 날개
듬성듬성 발자국소리에 번지는 리듬
술렁거리는 아침의 숨소리

멈출 수가 없어
시시때때로 가쁘게 들락거리는 거리의 간주
쓰레기차 사람들 입김 승용차 하품 한숨
오토바이 경적 자전거 트럭 등 가방 아이들 아가들까지

저마다 꿀렁거리며 그리는 그림
유채화 담채화 수채화 엎질러진 먹물로 엉겁결에 휘갈기는 수묵
화까지
각자 다른 그림에 빠져 정점으로 들끓는 한낮의 아우성
내일을 모른다

내일을 위하여
더 더 더 높이 깃발을 펄럭이다 서서히 침묵해가는 눈동자들 사
이로
어둠은 스며든다 까무룩한 의식이 알아서
알아서 밤을 부르는 틈틈이 네가 있어 오늘이 있어

옥문관

— 이상면

서역으로
난
허공의 바다
깊이 푸르러
가는
네 허리 휘감아 돌아
찰랑이는 물결
가슴 적시며
사해를 건넜다면서

허공에
하이힐 내던지고
몸 가벼이
헤어 헤어
은하수
연기로 피어나는
밤
시간도 기억도
모른다면서

벗

─ **이상집**

풍경이
저 홀로
외로워 울지 못하고

바람이 와

같이
울어주는구나

벗이여, 어디로

이상현

큰 파도 타고 망망대해로 나간 건가
큰 파도 타고 뭍으로 들어온 건가

오늘은 대포 한 사발이 목에 걸리고
노란 단무지가 딱딱해서 도무지 씹히질 않는구려

방방곡곡 아리랑 노래 찾아 채집, 방송으로 발표했던
애국심 열정 가득했던 벗이여 어디로 갔는가

이럴 줄 알았으면 소주 곁들여 좋아하던
속초 흑염소탕 집 한 번이라도 더 갈걸

어디든 닿는 곳에서
밝고 편안하게 잘 쉬소서

참, 보고 싶소
벗이여

엇박자

— 이상호

헐벗은 벗은
가난한 내 맘 벗겨
따신 옷을 입혀주는데,

배부른 나는
뚱뚱 몸만 자꾸 불려
추운 비만 내리게 하네.

마음이 통하는 사람

이서은

가까운 가족에게도
털어놓을 수 없는
내밀한 무게의 부끄러운 진실
가감 없이 고백할 수 있는
마음 나눌 내 영혼의 친구는
그 어디에,

가슴이 무너지는 소식에
멀다는 핑계, 바쁘다는 핑계,
늦었다는 핑계도 없이
지체없이 달려가
따스한 손길로
아무 말 없이
웅크린 등만 토닥여줘도
차디찬 슬픔의 무게
새털처럼 가벼워지는
영혼 나눌 내 마음의 친구는
그 어디에 있을까.

우애의 새벽

국립 수목원 옆자락 주엽산 그늘 아래

— 이선열

광릉내 국립수목원을 옆구리에 낀 주엽산 자락
포천시 내촌면 숲속 깊은 우리 농장
사시사철 웅웅이는 산새소리 바람소리 짐승들 숨소리가
나 같은 나무에게 서로서로 형형색색 여러 꽃을 피워줬지요
나무들 키 더 높아지면 하늘도 같이 높아지고
소쩍새와 뜸북새와 나비, 온갖 곤충 노래하며 춤출 때
목숨 있는 저들은 스스로 몸집을 날마다 더 키워주고
자기들 오손도손 함께 사는 주엽산자락 밭까지
하늘에서 두손 같이 모아 햇빛을 잡아 당겨
깻잎, 상추, 고구마, 고추, 당근, 채소, 토마토, 부추… 모두를
산그늘 너비 가슴으로 키워 가득 품어 안아줬어요
나같이 이름 없는 저 풀포기와 나무들이 무심히 꽃 피우고
서로서로 맨발로 밭을 일구어 시름 하나도 없네
아, 오늘따라 산그늘 아래 낮 잠 꿈속에서 더 잘 들려
뜸북이와 소쩍새와 온갖 벌레 울음소리 달디달게

원시遠示

— 이성임

금속성 바람과 시간이 흐르는 문밖에 그를 너무 오래 세워 두었다 식물성 남자의 무릎 위에서 나의 사계가 스쳐 지났다 투명한 유리창 안에서 내가 몽환적 빛의 스펙트럼에 젖어 드는 동안 풍경 밖에서 퇴색되어버린 남자, 그의 가슴에 몇 개가 번개가 꽂혀 있을까 남자가 토성 고리처럼 해체되어가고 있다

밖에 오래 둔 붉은 의자처럼 두 무릎이 바닥을 향해 기운다 다발성 근육통에 균형을 잃은 남자는 바람에 혹독하게 지불되고 곁에서 나의 시선은 자꾸 그를 놓쳤다 기운 척추를 세우려 할수록 무성하게 뻗어 나오는 통증 다발 내 온몸을 휘감는다 27살 반짝이던 그 남자가 무쇠 냄새나는 빛바랜 고지서를 자꾸 내게 토해낸다 금속성 바람과 시간이 흐르는 문밖에 너무 오래 방치한 죄

향기

이수산

삶 속에
감사의 마음이
샘물처럼 솟게 하여
기쁨의 열매를 영글게 하리

감사의 열매
이웃과 나누면
넘치는 사랑의 향기
공유하며 웃고 웃으리

초개 이니스프리

— 이수영

사람들 웅성거림 속에 보인다
볼사리노 모자의 검정
그 모자 아래 번뜩이는 섬광
날카로운 눈빛의 하양이,
그 옛날 함께 먹었던
민물새우 무 지짐이를 숟가락으로 떠먹으며
그 계절은 깊은 가을이었지 기억한다
민물새우와 한 몸으로 들어앉은 그 궁궐 안에서
아무런 말도 없이
그 음식의 맛, 순전한 맛을 즐겼던
보배로운 시간들
격자무늬 창호 문에
회색 그림자 하나 들어앉아 있다
오늘,

눈부신 기억

— 이승필

그대가 나를 떠나가듯
봄이 간다
봄이 이울 듯 그대가 떠난 지 몇 해,
바람에 구름이 흩어지듯 뭉게뭉게 산안개가 스러지고
막 기지개를 켜며 눈을 뜬 팥배나무 가지에 하늘이 걸터앉았다
멀리 바라볼수록 더 사무치게 아련한 기억들
지그시 눈을 감으면 가슴의 파문을 거슬러
은어 떼 튀어 오르는 강이 다가온다
오늘은 그대에게 편지 한 장 쓸 수 있을까?
그리움의 푸른 빛깔 너머 친구라는 이름
오래된 낙서에 살아 있는
우리의 눈부신 기억을 위하여

겨울, 도시에서

이승하

수도 없이 나를 내팽개친 사람들을
이제는 다가가 차례로 껴안고 싶어
끊임없이 칼날 세우는 세상 가운데로
이제는 몸 던져 안기고 싶어
허락하여 주어 내 변함없는 체온을
유골함 속 몇 줌의 재로 남으면
그대들과 나는 만날 수가 없잖아.

공진기 회로

─ 이시경

한쌍의 백조가 호수 위에서 날개를 펴고 춤추듯이
너는 커패시터 나는 인덕터
서로 손잡고 빙글빙글 춤을 춘다
꺼지지 않는 사랑의 춤
끝나지 않는 연인들의 사랑의 세레나데
저항이 없고 서로 호흡이 일치할 때
너에게 보낸 나의 속삭임은 꺼지지 않고 너를 깨워
풀죽은 나에게 되울림 되어 돌아오고
우리 사랑은 가없이 이어지고

너는 소프라노 나는 베이스
너의 좌뇌와 나의 우뇌가 하나가 되어
우리는 서로 영적으로 교통하는 하나의 회로
나에게서는 저주파가 나오고
너에게서는 고주파가 나오고
극우와 극좌가 만나 아득할 때
장막과 조우하고 눈앞이 캄캄할 때
우리 공진주파수로 서로 소통하기로 하자
불협화음이 잦아들 때까지

걸음내기

— 이애리

거북이와 토끼가 걸음내기*를 한다
잔 꾀도 많고 걸음도 빠른 토끼는
달리다 말고 샛길로 빠져서 개구리이랑 논다

느린 걸음의 거북이는
개구리밥을 짊어지고 결승점을 향해 죽어라 달린다
그래 지치지 마라, 거북아
웃자라는 초록빛 벼들이 응원의 박수를 친다

---

* 걸음내기: 달리기의 강원도 사투리.

놓친 듯 놓아야 할

— 이애진

마지막이 될지도 모른다는 말도
마지막으로 꼭 보고 싶다는 말도 하지 말자

유리 조각에 베인 듯한 말로 서로에게 깊은 상처 내지 말고
비록 마지막이 될지라도 끌어안고 등 토닥여 주며
서로의 눈동자에 고인 눈물은 보이지 말자

뜨거운 가슴 떨리는 심장의 요동으로 안녕이란 말을 대신하고
마지막 일지라도 마지막이 아닌 듯
아쉬움의 애달픈 마음 꾹꾹 눌러 참기로 하자

다시는 건너올 수 없는 강을 건너는 네 모습
희미해지면 그때 나도 목놓아 울련다

사랑했노라고 그리울 거라고
못다 한 말 통곡의 독백으로
마지막 안녕을 고하며 잡고 있던 인연의 끈
놓친 듯 놓아주련다

마음을 걸다

— 이양희

온 세상에 다 감추어도
나에게만은 감출 수 없었던 첫 마음을
처음으로 말을 걸 때

그때의 첫마음으로
그때의 첫말처럼
말을 거는 것은 마음을 거는 것

막막한 그대에게 말을 건다
주춤거리는 그대에게 마음을 건다
세상의 많은 나에게 나를 기댄다

나무처럼

이영식

나무는
무주택자
남의 집을 지을 뿐

저 혼자
서지 않고
더불어 숲을 이룬다

친구야
우리도 한 그루
우정을 심어보자

저물녘, 꽃소식

이영신

쟈스민 찻잔에 얼비치는 우리 대화,
저 구름을 지나 저 태양을 지나
삼천대천세계 몇만 겁을 지나서
먼먼 훗날에
어쩌면 나는 당신의 아기
어쩌면 당신은 나의, 나의…
몸을 바꾸며 핏줄도 바꾸며
아, 아, 그 질긴 인연을 어찌하면 좋을까요?
어제는 700년 긴 잠을 자던
아라홍련阿羅紅蓮이 피어났어요.

바람과 들풀
— 그대에게

이영춘

내가 가을 햇살 속에서
흐느끼는 들풀이라면
그대 그 들풀 사이로 흐르는 바람이었네
그대가 아픔으로 흔들리는 파도라면
나 그 파도를 잠재우는 섬이고 싶었네
우리 서로 하늘에서 마주치는 불꽃으로 만나
가을 햇살 속에서도 가슴 적시는
초록 물방울이었네
눈 감으면 눈 속으로 쏟아지는 별들
그건 그대의 이슬방울 같은 흔들림이었네
꿈속에서도 내 우주를 싸고도는 꽃잎
그건 내 푸른 영혼 속으로
소리 없이 다가오는
그대의 심장 뛰는 소리였네

여름을 물들이는 꽃

이오례

흙담집 마당에
모기 연기 매콤하게 퍼지면
봉숭아 꽃잎을 한 움큼 따와
백반을 넣고 꾹꾹 찧어
손톱에 정성껏 우정을 묶는다

친구와 웃음을 마주하고
실로 친친 손가락을 감아줄 때마다
우리의 우정도 단단해졌다

시원한 멍석 위에 누워
별들이 손톱을 지키는 동안
깔깔 웃던 여름밤은
그렇게 순수로 물들어갔지

여름이면, 도심 속 화단에
우정을 안고 피어 있는 봉숭아꽃
곱디고운 자태로 여름내 추억을 물들이는가.

새소리

— 이옥진

새벽 창을 열면 새들의 노래소리
길게 오랫동안 사랑한다는 건
네가 거기 있음을 굳게 믿어
새벽 창을 여는 것
시들한 잎도 기다리며 잘라내지 않고
헛될지라도 힘내기를 기도하고
참 오래도록 머물기를 원한 건 몇몇 해인가
이전에 없었던 청아한 노래
이제 다시 무슨 일이 있어 더 사랑하게 하는가
새벽마다 창 앞에서 간절한 노래하는가
수많은 세월이 밀려왔다가 강물로 흐르고
네 고운 노래가 가슴에 꽃으로 피어나기 위해
가슴마다 울림이 파도치는 동 트기 전
앞서서 광활한 하늘을 날으는 새들
우리는 몸 일으켜 숲으로 다가가는 게
너와 나 사이 뜨겁게 용기 있게
너를 사랑할 수 있는 따뜻해지는 길

61년생 김미자

— 이유정

세월의 부리가 쪼아 놓은 주름이 짙어지고
골마다 고여 있던 기억이 주르르 흐릅니다

거센 바람을 맞으며
힘찬 페달로 샛길을 달리는 동안
야윈 시간 속으로 사라져 버린 사람
관절에서 빠져나온 통증을 밟으며
푸석한 발걸음을 내딛는 곳마다
제비꽃으로 피어나는 얼굴

단어 하나, 숙어 한 줄 씹어 삼키느라
꾸역꾸역 허기를 누르던 시절
따스한 호빵 하나 건네주던 아미의 손
주머니 속에서 언 손을 포개 녹이며
높은 고지에 오르기 위해 안간힘을 쓰던 시절
갈망으로 장전하던 두터운 정은
여전히 빛나고 있는데

그 까만 눈동자에는 아직도 내가 맺혀 있을까요?

친구야

이유환

　친구야, 그렇게 앞만 보고 달려왔으니, 달빛을 많이 마셨겠구나. 뜀박질로 달려와 맨 앞자리에 앉는다고 뜻대로 안 된다는 것 누구보다도 자네는 잘 알고 있었겠지. 그러면서도 산 정상에 먼저 올라가려고 새벽잠 설치며 푸른 안개 속으로 몸을 날렸지.

　그런데 남은 것은 무엇이었나. 대한민국 대통령 훈장을 받았나, 아니면 빛나는 계급장을 어깨에 달기도 했는가? 그 책상 비우고 떠나면 그 누구도 자네를 모른다고 하며 돌아선다는 것을 자네는 잘 알았을 텐데.

　이제는 나무 그늘에 앉아 숨 좀 고르고, 햇살 동무 삼아 산을 오르며 풀꽃을 만나면 풀꽃 향기에 젖어도 보고, 굴참나무를 만나 잠시 눈을 씻어도 보고, 철갑 빛나는 소나무 등에 기대어 뻐꾸기 울음소리도 들어보기도 하고, 낙뢰에 움푹 파인 상처를 끌어안기도 하고, 억년 바위가 무슨 말을 하는지 들어도 보고.

　친구야, 가고 싶은 곳 가지 못하고, 푯대를 향하여 젊음을 마구 던져넣었지. 그렇게 숨 가쁘게 뛰어왔었지. 어디로 가야 할지를 모르고 시간을 퍼 날렸지. 이제, 손을 펴고 달빛 층계를 하나씩 밟으며, 저 멀리서 밀려오는 종소리에 잠겨, 강아지풀들의 노래도 들어보아야지 친구야.

카톡방 우정

— 이은봉

우정의 다른 이름은 그리움
그리움의 다른 이름은 기다림

기다리고 기다리다가
기다림의 이름으로 만든 카톡방

그리워하고 그리워하다가
그리움의 이름으로 만든 카톡방

당신이 애써 만든 카톡방에는
오래된 우정이 들어 있지

…오래된 우정 속에는
따듯한 사랑이 들어 있고

조금씩 사랑을 키워 나가야지
아직도 사랑은 약간 두렵지만!

위기의 친구들

— 이은수

깨진 풍경을 이어붙이기는 어려워 우리는 자유낙하를 시작했어
어쩌면 우정은 우주 정거장의 줄임말일지도 몰라
우린 블랙홀 같은 정거장에 착륙했어
시간 흐름으로 크기가 다른 발자국의 흔적을 하나씩 따라가면서,
과거의 노크는 멋쩍어서 마주 대하지 못하고 있지

그때 손장난이 재밌었지?
길이가 다른 손가락으로 즐거워했는데 지금은 길고 짧아서 서로
를 손가락질하는 중이지

단어가 날아다니다가 문장이 되고 타이밍에 맞춰 이야기가 되어야
하는데 초침이 날카로워져 기다릴 수가 없어졌나봐

두보와 이백처럼—관중과 포숙은
우정, 토해내면 뿌리처럼 단단함이 박혀 오는데,

우리는 다음 우주 정거장에 내리거나 사라지고 추억이 소비된 지
오래야
그런데 말이지,
진짜 세포가 기억하는 단어는 아직 태어나지 않았어

악우嶽友

― 이인복

찬란하게 솟은
사람의 머리를 닮은
그 바위 아래에서
생명의 줄 연결한다
탯줄 같은
후랜드 너트 카라비너…
어깨에 두른 그 장비들
훈장처럼 빛난다
한 피치 한 피치
확보물을 설치하고 회수하며
확신과 믿음에서
교대로 선등을 하며
바위보다 단단한 마음을 나눈다
단풍보다 붉은 열정
오르고 오른다

그린 키위

이인원

몇 주가 지나도록 쉽게 풀리지 않던 멍울
섭섭함이 얼마나 수분함량이 높은 감정인지 미처 모르고
공깃돌인 양 호주머니 속에 굴리고 다녔던 말 한마디

어느 해거름녘 울컥, 눈물이 쏟아졌었는데 어쩌다
돌멩이 속 무른 과육이라도 흘깃 들여다봤던 것일까

너, 라는 빳빳한 페이지와 페이지에 감춰진
섬유질 가지런한 줄거리 차분하게 읽어내지 못했는데

풋내나는 주장들로 빼곡한
결을 내줄 생각 전혀 없는 그린 키위 여섯 개
호주머니에 넣듯 익숙하게 비닐봉지에 담아둔다

숙성이란
각기 다른 체취들 너나없이 섞이기를 기다리는 일
난독에서 정독까지의 괴로움 감내하다 마침내
후각이 마비되어버리는 것, 아니
코를 찌르던 제 취향부터 온전하게 바꿔버리는 것

우정과 사랑

— 이재관

멀리 있어 사뭇
그리운 사람이 있고
가까이 있어 줄곧
보고 싶은 사람 있다

멀리 있어도
그리운 건 우정이고
가까이 있어도
보고 싶은 건 사랑이다

잘 가요 친구여

— 이정님

잘 가요 친구여
우리가 굳게 믿었던 것들은 눈물이었고
강물이었고 이파리였을 뿐
영원히 함께할 우정은 아니었소.

오래 사용한 탓으로 꺾인 무릎 뼈가 서걱대듯
우리 우정은 서로 서걱대고
이렇게 펼치려다가 저렇게 펼쳐져버리는
아트지에 그린 서툰 초벌 그림 같았지

잘 가요 친구여
내년 봄에는 새 두릅을 심어야지
가시가 다문다문한 가지 끝에
봄춘[春] 자 붙여주면 파랗고 탐스런 싹이 올라
풍경이 되고 입맛도 되는 풋계절을 맞으며

누군가 우리들 곁을 떠나고
지금도 우리 곁을 떠나려 하여도
갔다가 다시 오는 봄 속에 살고 싶소.

사진 한 장

이정자

너와 찍은 사진을 걸어 둔 날
내 마음도 없어 걸어 놓았다
활짝 웃는 두 사람으로 인해
금새 벽이 환해졌다
몇 번이고 열어 보이던 네 마음이
내 생으로 걸어 들어오던 날을 생각했다
만발한 벚꽃 뒤로 숨어버린
서로의 마음이 갑자기 궁금해졌다
무언의 약속조차 하지 않은 시간이
사진 속에 탈속한 웃음을 지어 보였다
사진 한 장
오래도록 내 마음에 걸어 두기로 했다

우정의 봉분

— ## 이정현

오전 11시,
비를 데리고 공원묘지로 친구 만나러 간다
산 채로 묻고 도망쳤던 그때 일을, 비는 알고 있어
비와 함께 찾아낸 우정의 봉분 앞에서 '병자야' 부르니
참말, 그 애가 나온다

아마 내가 이사 온 첫날이었을 거야
이름만 병자이지 도시적 시점으로 나를 확 끌어당겼을 때
나는 숨 막히게 빨리, 수줍음을 씻어냈다

같은 골목 안에서, 똑같은 옷 입고
떡볶이 먹으며, 그렇게 빨갛게 매웁게 우정 익혔는데
나 져줄걸
처음처럼 웃기만 할걸

좋았던 기억이 하나씩 들 때마다 한 삽씩 떠지는 봉분
이제 밋밋해진 우정의 봉분 위에
다시 하양꽃 피워내고 싶어, 나 지금 꽃 사러 간다.

그림자
– 우정으로

이정화 (대구)

너가 잘 사는지 보고 있다, 늘

그날 너의 관 밑바닥에
가장 먼저 내가 드러누울 것이기 때문
푸른 바다 위 흩날린다면
길잡이 흰나비로 팔랑
산에 심는다면
나무 실뿌리 곁 한줌 흙으로 보태어

내가 너에게
앞서 관여하지 않았기에
서로의 존재
끝까지 수긍할 수 있었을까

해
달
저토록 거침없는 깜짝임 아래서

우애의 새벽

어제를 클릭하다

— 이지율

클릭, 클릭, 클릭
살평상 위에 놀던 그들에 앵글을 맞춘다

대바람 불어 오고
첫 달거리가 부끄럽던 모습들이 보인다

싱싱한 줄기로, 감성의 잎으로
민트향 브블 쏘아 올리던 우리는 풍경이었지

온실의 바깥 흩어진 서로들
쓴맛 매운맛 바람 잔을 들고 회전문 돌고 돌았을 우리

아무것도 아닌 것을 아무것처럼 움켜쥐고
제 몸 부딪쳐 우는 파도처럼 아프기도 하면서

해를 건지 달을 건져
상아탑 쌓고
점점이 스쳐 가는 끝나지 않은 끝의 여백

노인들

이지호

비닐로 봉해져 있던 겨울 창문에도
물이 오르는 철, 가로수마저 봄옷으로 차려입고 있다
하물며 발가진 것들, 치매며 중풍이며
술병까지도 다 불러내는 봄
고만고만한 노인 셋이 마을버스에 오른다
마치 그림자나 입을 법한 옷의 노인들을 거둬 담은 시골버스
덜컹거리는 저 느린 속도에도 늙어 가는 것이 있다
왁자한 소리만 치자면 만원버스다
흰소리 가득 실은 마을버스 안
노인들의 신발에 흙이 묻어 있다
평생 그림자처럼 달라붙은 흙
그냥 지나치는 정류장처럼 가까운 친구는 다 떠났다
잠시 정지된 풍경은 이런저런 그림자로 꽉 차 있고
마을의 빈집처럼 드문드문 비어 있는 좌석
요란하게 흔들리는 저 손잡이를 잡을 수 있는 근력이 이제 없다

가벼운 발걸음 더 멀리 간다
주저함 없는 흙 묻은 신발
그래도 셋이서 같이 가는 봄날 나들이다

아이스 아메리카노

— 이진숙

얼음 조각 위로
뜨거운 에스프레소 흘러내린다
한 세상이 무너지고
또 한 세상이 다가와
그윽하게 서로를 응시하는
오늘의 대련에
얼음 조각들은 어깨를 겯고 스크럼을 짠다
초등학교 운동장처럼 와글와글 끓다가
고독처럼 저물어간다
그래, 난 얼음 조각이야
절절하게 싸우다가
또다시 고요 속으로 침잠하는
에스프레소를 기다리는

동행

이진욱

아내와 사별한 친구와 밤새 술잔 속을 걸었다

차박차박 내리는 비가
깊은 잔을 채우는 소리만큼 가까웠다

비는 눈물을 가리고
빗소리는 울음을 먹었다

목련꽃 아래 친구 머리가 하얗게 셌다

어깨동무

— 이창식

들꽃 향, 따라오듯 깊이 서로 스미다.
보리빛 모습으로 오래도록 함께 나누다.
자꾸 바라만 봐도 애인보다 눈부시다.
불알이 빨개지도록 깨벗고 논 결과다.
우린 고수처럼 수담으로 바둑판을 누리다.
다시 오징어게임 해도 번갈아 독한 술래다.
여기저기 출몰하는 삼류들을 때려 눕히다.
발바닥이 군살 돋도록 조개밭을 누빈 결과다.
맹방리, 그 이름에는 우정지도가 오줌싸개로
자주 꿈 속 운동회 신발로 해안선에 걸리다.

동무 동무 씨동무 보리가 나도록 씨동무 어깨 걸고 씨동무 발맞춰 씨동무 어디까지 왔나 씨동무 동네 장승까지 왔나 씨동무 만국기 보이나 씨동무 마중물 살치기도 하나 씨동무 별무지개 딱지치기도 하나 씨동무 휴전선 지우나 씨동무 물장구 치나 씨동무 큰대문 아직 멀었나 길동무.

아픈 봄·2

— 이채민

봄눈 내리는 날

말을 잃은 사람들과
지난至難한 야곱의 찬양과
며칠째 이어진 불면의 새벽이
상실의 시간을 달린다

견딜 만한 고통을 안고 달린다

심해보다 깊고 고요한
동산추모공원
종일 하얀 색만 덧칠하는 봄의 속살에
사람들은 견딜 만한 고통을 묻는다

눈꽃이 봉분처럼 쌓이는 지상에서
아름다운 것들은
오래 머물지 않는 습성을 가지고
먼 길을 간다

그녀가 영원 속으로 갔다

우애의 새벽

국민학교

이철경

겨울이 다가올 무렵,
운동장에 흰 눈이 푹푹 내리고
4교시가 오기도 전,
교실 가득히 데워지는 밥 내음

난로에 갈탄을 넣고
양은 도시락을 번갈아 올려놓지만
새까맣게 타는 일도 부지기수

산골 아이들은 가져온
고구마 감자를 구우며
우리의 겨울은
수업보다 추억 쌓기에
눈 내리는 줄 몰랐네

마가린을 두른 도시락 밑,
김치와 계란말이는 누구의 것도 아닌
우리 모두의 추억
눈이 팡팡 내리고 운동장 동무들은
눈송이처럼 동글동글해졌다네.

은가락지와 그림자

이춘원

먼 길 돌아와
그대가 그리운 날
둘러봐도 걸걸한 목소리 들리지 않고
종로 거리에 스산한 바람만이네

먼저 간다는 소식도 없이
홀연히 떠나간 매정한 사람아
미안하고 미안하다
힘에 겨워 하소연할 때 고분고분 들어주지 못하고
어설픈 논리로 반박만 하던 것
용서하게나

이제, 그대는 간 곳 없고
겨울 어느 날 끼워주던 은가락지
따스하던 체온 그대로 남아 있네
늘 자신만만하던 모습 어디로 갔는지
먼 길 돌아와 그곳에 섰는데
맴도는 그림자 하나
혹여나 그대 아닌가 뒤돌아보니
가로수 잎새에 바람만 이네그려

강물

이태수

이 언덕에서 강물을 바라보니
가버린 날들이 다시 돌아오는 것 같다
떠난 지 오래된 네 모습이
윤슬같이 흐르는 물결 위에 반짝이고
함께하던 날들이 선연하게
강을 거슬러 물살 헤치면서 다가온다
간절하면 이럴 수도 있는 걸까

얼마나 간절했길래 꿈속에서만
먼 옛날 그 시절 그대로 만나던 너를
강물을 바라보며 만나는지
세월이 물같이 흘러도 내 가슴속에는
그 먼 옛날들도 네 모습도
잊히지 않는 그 시절에 머물러 있는지
강물을 지그시 그러안아 본다

너와 함께할 거야

— 이한재

너는 세상에서 가장 빛나는 별이었지,
가슴속에 따스한 햇살을 품고,
어둠 속에서도 희망의 길을 밝혀주던,
너의 웃음은 모든 슬픔을 씻어내었지.

너의 삶은 쏟아지는 축복이었고,
가장 힘든 순간에도 포기하지 않았던,
친구여, 너의 발자국을 따라
나도 너처럼 씩씩하게 살 것을 다짐해.

매일의 작은 기적을 감사하며,
척박한 환경을 이겨내고 피어낸 들꽃처럼,
나는 오늘도 삶의 아름다움을 느끼고,
너의 기억 속에서 행복을 찾아낼 거야.

우리가 나누었던 추억은 영원하고,
너의 소중함을 잊지 않을게.
어디에 있든 너와 함께하고 싶어,
내 마음 속에 너는 늘 살아 있으니.

가을 저녁연기
− 헤어진 친구를 위하여

이해리

돌아보니 혼자구나
곧장 가려니 텅 빈 하늘,
실오라기 산길

가더라도 흩어지더라도
무언가 한 번은 따뜻이
어루만지고 가야겠구나

불같이 살았으나
따뜻이는 살았는지

뼈를 풀어 살을 풀어
쓸쓸 하늘 빈 들판
둘러봐야겠구나

곧장 가려니 텅 빈 하늘,
실오라기 산길

타인에 대한 태도

— 이향란

타인은 내 안에 있고
나로부터 시작된다

내가 내게 길들여져 나와의 타협이 순조로워질 때
타인은 타액처럼 내안 깊숙이 흘러 들어온다

깨진 몸 곳곳에 난 창으로
내가 타인이 되거나 타인이 내가 된 모습을 기웃거리다 보면

너라는 말은 줄곧 미끄러져 나로 들어앉고
나라는 말은 가만히 있어도 샘이 솟아 네가 된다

내가 먹이고 입히며 업어 키운 사람
내가 갈고 닦아 일으켜 세운 사람

이처럼 내가 나를 계속 씻어 맑아진다면
타인은 내 안에 길게 드러누워
나와 같은 얼굴과 표정으로 겹을 이룰 것이다

한강 큰 다리 아래서

— 이향아

서울이 어딘가도 모르고 왔을 때
흑석동 친구 집에 얹혀 지낼 때
아침저녁 한 번씩 한강을 건넜다
강을 건널 때면 거룩한 어떤 손이 이끄는 것처럼
가슴이 이상하게 두근거려서
나는 날마다 세례를 받으면서 한강을 건넜다
한강 모래밭에서 삶은 달걀을 벗기면서
"나 곧 이민 가—" 친구가 울먹이며 말했다
흐린 하늘에서 바람이 몰리고 모래가 날렸다
'이민?' 나는 큰숨을 한참이나 들이쉬다 물었다
노량진에서 용산으로 한강을 가로지르며
만원 버스들이 뒤뚱거리며 쉴 새 없이 지나가고
시간이 지나가고 우리들의 언약이 지나가고
정지해 있는 것은 아무것도 없었다
한강 다리가 이제는 스물다섯도 넘는다던가
내년 봄에 친구가 오면 꼭 그 모래밭으로 가야지
흑석동 초입이지만 지금은 어떻게 변했는지
제대로 끼어 앉을 모래밭이나 남았는지 모르겠다

의식의 흐름

이현명

눈부신 햇살과 반짝이는 초록 잎의 어울림
그 성분은 호감과 의리

가까이 있어도
멀리 있어도 불안하지 않다

목숨이 오가는 포화 속에서도
꿈같은 평화 속에서도

믿음의 포옹으로 두 팔 벌려
꽃피우는 그대와 나의 찐 우윳빛 흐름

그 여름 끝

— 이현서

어제의 슬픔으로부터 모였다가 흩어지는 바람
구겨진 마음의 장력이 일몰의 옷자락을 길게 펼칩니다
목백일홍 흐드러진 전망 좋은 카페
창밖에는 내가 버린 꽃들의 붉은 전언이 쏟아지고
둥글게 몸을 접은 시간들이 헐렁해진 무릎을 맞대고
공허를 만지작거리며 애써 불화한 날들을 건너옵니다
어둠의 모퉁이를 돌아온 허기가 파란 손금을 읽습니다
비스듬히 기울인 채, 고개를 끄덕이기도 하면서
어긋나던 운명까지 공유한 채
서로에게 거처를 내어주는 마음의 자장을 따라가면
붉은 일몰이 되어 주르륵 흘러내리는 모래의 여자들*
기대고 스며들다 먹먹한 가슴으로
백 년을 흘러도 돌아오지 않을 청춘의 수몰 지구에서
못내 당신의 안부를 수소문하는데, 고해성사를 하듯
후드득 떨어지는 비밀의 문장이 아득히 뿌리의 시간들을 어루만
집니다
속수무책 괜스레 눈가에 고이는 눈물
경계를 허물 듯 세상은 온통 어둠으로 가득합니다
서쪽 하늘에 물먹은 별 하나 막 돋아나고 있습니다

---

* 아베 코보의 소설.

초록 우정

이홍구

달빛 그림자 속 손잡고 걷는 나그네
조용히 말은 없어도 서로 행복한 마음

회색 바람 불어와도 몸이 따뜻한 것은
함께 걷는 그들만의 정겨운 숨결이겠지

저만치 걸어도 피곤을 모르는 나그네
언제나 곁에서 함께하는 언어들

성난 파도에 시달려 몽돌로 뒹굴어도
재갈대는 소리 빛에 우정이 익어 갑니다.

폭염 속에서 우리는 야채쌈을 만들어 먹었다

— 이화영

　목백일홍이 수다를 떤다면 꽃잎이 많은 한여름일 것이다 우리는 거실 그림자에 눈을 주며 당근 피망·오이·게살·숙주·아보카도를 손질했다 일손을 맞추려고 서로를 곁눈질하며 가벼운 대화를 이어 갔다 타원형의 초록색 과일을 반으로 자른 후 씨에 칼을 박아 제거하는 그녀의 손이 웃고 있다 가끔 칼질을 하면서 누군가를 겨냥하며 욕을 뱉어낼 때 폭염도 끌끌끌 여우 웃음소리를 내는 듯했다 여우 웃음소리는 사람을 홀린다지 나이 든 여자나 젊은 여자나 낮은 소리로 끌끌끌 웃을 때 그녀는 그렇게 말하곤 했다. 그녀가 하는 욕은 과즙처럼 입안에서 팡팡 터졌다. 가끔 그녀의 욕이 기다려지는 이유이다 그녀는 말수가 적고 움직임은 동물적이다 직각 쟁반에 주황·노랑·초록·하양 야채가 정갈하게 놓여 있다 그녀가 만들어준 아침 주스가 아직 위에 머물러 있다. 커피를 내려주고 가까운 마켓에 다녀온 그녀가 물소리를 내기 시작한 하루다 그녀의 집 현관 앞에 오래된 목백일홍이 있다 현관문을 열 때마다 그녀는 간지럼을 잊지 않았다 목백일홍 매끈한 잔근육이 부르르 떨었다 얘 봐라 허리 비트는 거 좀 봐 끌끌끌 수천의 꽃송이가 휘파람을 보내왔다 긴 여름 막막한 모서리에서 그녀는 움츠리며 울었다 소리 없이 울었다 라이스페이퍼를 뜨거운 물에 담가 흰 접시에 펼쳐 놓고 야채쌈을 돌돌 말면서 이렇게 이뻤음 좋겠어 감히 손대지 못할 정도로 그녀는 말했다 이렇게 맛났으면 좋겠어 감히 손대지 못할 정도로, 한여름 목백일홍 서사를 그녀는 야무지게 말아 쌈 싸 먹었다

소실점

이희선

누가, 간밤 마른 나뭇가지에다

하얀 서리꽃을 피워 놓고 갔을까

그의 입김 같기도, 속삭임 같기도 한

관목들이 숨죽여 서리꽃을 꽉 붙들고 있다

손댈 수도 내밀 수도 없는 아득한 거리

엊만남이 피워 낸 시한부 사랑을 붙잡지도 못하고

나는 싸늘한 이별을 감지하고 있다

순간! 내 눈앞에서 바람처럼 사라지는

그를 넋 놓고 바라보고만 있다.

오래된 친구

— 이희정

애자라는 이름의 친구가
천리길을 달려서 내게로 왔다
오던 길에 비를 만났는지
어깨도 축축하고 다리도 젖어 있다
별 탈 없이 상경을 했다는 것이
우선은 안심이고 희망이다

꺼림칙한 바람을 정리하고 나면
말투만 맴도는 사랑처럼
내 수고로움 없이도 느껴지는
오랜만의 편안함이고 달큰함이다

저수지 너머 작은 학교에서
덩달아 쏘다니던 우리들의 추억이
지금에야 고른 숨을 쉬고 있는 것도
어찌 생각하면
너와 나 지키고 살았던
세월이고 언약이었을 것이야

우정의 유효기간

임덕기

서로 신뢰할 수 없는 세상에서
달면 삼키고 쓰면 뱉는 세상에서

관포지교 우정은 이미 화석화되었다

힘든 일에 말없이 다독여주거나
좋은 일에 기뻐해주는 친구
그늘에 잠겨 있을 때 곁에 있어주는 친구

마음을 나눌 수 있는 소박한 친구

자신이 좋은 친구가 되어야 할 텐데
찾고 바라기만 하다가 시간이 흘러간다

주변에 아픈 친구들과 떠나간 친구들
우정의 유효기간이 끝나가고 있다

빛나는 햇살은 이미 스러지고
이제 노을 속에 날이 저물어간다

지음知音

― 임솔내

오십 년 지기들이
내 작은 전시회를 보러
남산골로 나를 찾았다
윤선이는 둥글어서 좋았고
경아는 동그래서 좋았다

우리 셋은 늙은 예쁨으로
끝 겨울 햇살이 난사하는
한옥마을 뜰을
따시게 거닐었다
벗은 이랬다

눈 내리는 밤에

— 임승천

서울역
밤 열 시 사십이 분
차 한 잔의 바다에 내리던 눈

김 시인
정 교수
그리고 나

떠난 김 시인 모습 뒤로
내려오는 지하철 계단
눈은 축복처럼 내리고

우리 만남은
새로운 노래를 위해
함박눈으로 다시 내리고

시간은
반짝이는 눈빛으로 빛나고 있다

목련에게

— 임연태

오천 년 어둡던 동굴이 밝아지는데
오천 년이 필요한 것은 아니지.
횃불을 밝히는 순간
5천 년의 어둠이 사라지고
동굴이 밝아지듯 너는 그렇게 왔지.
들여다볼수록 빠져드는 동굴의 깊이
세상의 모든 밝음과 향기와 설렘이
내 안쪽을 가득 채웠네.
한 하늘 아래 함께 살아 있음이 좋고
하루해가 뜨고 지는 것조차 콩닥콩닥 감사했지.
오늘 아침 후두둑—
너의 한 생生이 처연하게 흩어지고
세상은 텅 비었으니
잔상에 스민 향기를 붙잡고
나는 다시 오천 생의 윤회를
견뎌야 하겠네.

우리의 전생前生은

임완숙

여보게 친구
바람 부는 인사동 거리를
어깨를 겯고 말없이 걷는 그대와 나

우리의 전생前生은
누더기 납의 걸치고 바람 따라 물 따라
두루 떠돌던 눈 푸른 납자衲子였으리
그 인연 서로 이끌려
인사동 옛 거리 옛 향기 어루는 깊은 눈길에 젖어
맑은 찻잔 속 솔잎 향기로 녹아드는 바람이 되었으리.

구름이 모였다 흩어지고 흩어졌다 다시 모이듯
기약할 수 없는 또 다른 어느 생에서
우리 다시 새로운 도반으로 만나 도道를 이룰 수 있을까
부질없는 노래도 부르며

메마른 바람 쓸쓸한 날에
더욱 새록새록 그대 내 친구여

쉴 곳

임윤식

벽제화장터 주차장에
오늘도 차가 가득하다

분골하는 기계 소리가 싸늘하다
곱게 빻아진 가루를
종이딱지 접듯 항아리에 넣는다
무거운 짐 태워버렸으니
얼마나 가볍고 개운할까

동화경모공원 추모관 ○○○○호
원 없이 돌아다니고 실컷 떠들다
이제야 마음잡고 묵언수행 들어갔는지
도대체 말이 없는 그 녀석

내 친구의 작은 방

간직했던 말

— 임재춘

바람이 살짝 어깨를 감싸고
노을은 구름 속으로 들어갔다
불빛이 하나둘 켜지는
브루클린 다리
빗방울이 먼저 동동거렸다
멀리 너의 얼굴이 그려졌다
빗줄기가 굵게 선을 긋고
길은 악보가 되었다
붉은 바닥이 물을 흠뻑 머금어
미끄러지며 스며들었다

꼭 끝까지 걸어봐봐, 그 말 떠올리며
어두워진 밤하늘을 바라보았다
별빛들이 눈물 글썽이며
빗줄기 속을 따라왔다
너와의 약속이 환하게 젖었다

눈을 뜨는 순간

— 임종본

눈을 뜨는 순간 찰나에
생각나는 사람
온 인류가 흐트러져도
그 자리에 그대로 있을 것만 같은

그 친구가 죽을 병에 걸리고
2020년 내내 투쟁한
암의 결정체
그것은 마침내 그의 곁을 떠났다

살아만 달라고
힘들지만, 꼭 견뎌내야 한다고
춘하추동 한 우물을 팠던 시간
고난의 순간을 벗어던지고 일어났다

친구

— 임지현

시가 내 안에 있는 것인지
내가 시 안에 있는 것인지
함께 있는 동안은
빈 구석 없이 차 있는 것 같아
시와 떨어져 있으면 너무
허전할 것 같다.

그를 벗어나면
너무 초라하게 작아져서
그지없이 내가 싫어진다.

수만 가지로 일어나는 미묘한 느낌들
잠재된 무의식의 세계
수많은 사유의 파동치는 너울
없어서는 아니 될
참 친구로다.

내 친구 프리스카

— 임희숙

내 친구 프리스카는 비올리스트
하얀 포메리언 강아지와 함께 살았네
그녀가 비올라의 활을 집어 들면
귀를 세우고 달려와 쪼그리고 앉는다네
오직 강아지만 자신의 비올라 소리를 알아듣는다고
백아와 종자기가 된 것처럼 자랑했었지
우리는 소리를 아는 강아지와 현악기의 울림통을 얘기했지만
이십 년이 지나도록 만나지는 못했네

세월이 가고 소년들은 어른이 되어갔다네
소리를 아는 포메리언 강아지는 가버린 지 오래
이제는 늙어가는 연주자만 남아 낡은 현을 문지르고 있다고
쓸쓸한 목소리로 웃던 내 친구 프리스카
우리는 그러고도 또 십 년을 만나지 못했네

어둠이 더 어둡게 초승달 곁으로 몰려가는 저녁
낡은 비올라가 저 혼자 울고
반백의 비올리스트가 툇마루에 걸터앉은
연필로 그린 엽서가 내게 왔다네
악기 소리가 들리는 아름다운 부고장

사과 같은 벗에게

— 장기숙

사과를 깎는다
예리한 칼날이 도려낸 모습을 보며
문득 너의 얼굴이 떠올랐어
붉은 옷을 벗는 순간
하얀 속살을 드러내며 호들갑스럽게 웃던
너의 모습이 사과를 닮았다 했지

서로 향이 다르고 맛이 달라도
넌 나에게 선물이라고
머리를 맞대고 춤추던 꿈들을
종알종알 매달아 놓고 웃곤 했는데
하나의 의자가 부서진 날
왜 나는 버려진 껍질처럼
초라해 보이는걸까
바보처럼 향내를 맡는다

배꽃 같은 청순한 그리움이
사과 빛처럼 깜박거린다

친구

— **장석영**

친구는
존재의 집이다
등불이고
휴식처다

그리고
인생에서 조언자다

뜨거운 만남과
뜨거운 헤어짐을
같이 살아가는
뜨거운 눈물이다

서로 만났다가
헤어져 가야 하는
운명이다
보이지 않는
미래의 먼 여행길을

시선

장수라

숲속에 들어서니 당신이 불렀다 알프스산맥 같은 등을 엎드리며 업어 주겠다고 했다 새들이 일제히 지저귀기 시작했다 미루나무 잎 부딪히는 소리가 쏟아지는 총격 같았다 가슴을 두들기는 이름, 울림 없는 부두와 없는 도시가 출렁였다 어떤 대답을 할지 몰라서 돌탑 사이 빨간 야생화에 겨우 시선을 두고 있었다 다른 어떤 곳보다 늦게 아침 해가 뜨는 곳 생선 가운데 토막 같은 석양이 하늘 중간에 걸리던 동네였다 서쪽 하늘 끝으로 사라져 가는 강가에서 갈댓잎을 한 움큼씩 훑어 던지며 놀았다 길다랗게 드러누운 나무 한 그루가 멀리 흘러가고 있었다 아침마다 강과 계곡을 열어젖히며 깨어나는 눈먼 자들의 도시 모든 것들이 가라앉아 오로지 당신의 집만이 우뚝 서 있는 곳 꿈은 사냥꾼처럼 드물게 다가와 매일 밤 들짐승이 되어 찾아간다

아스퍼거증후군

― 장수현

나는 능선에 오르면 시야가 닿지 못하는
그 너머의 공간에 유혹을 받는다
하지만 나의 시야는 너와 함께 한 그 너머의
추억을 감당하지 못해 기진한 채 허덕된다
골짜기를 헤매며 이별하던 낮달도 성호를 그으면
네가 떠난 바람도 서리도 얼고 능선마저 얼었다
너에게 따라주던 술 한잔에 설음이 스며들 때
간밤의 꿈도 그날이 다가서면
철창에 갇힌 자폐성 증후군이 또 나타난다

소나기

장순금

판도라의 상자 속에서 새나온 것들이
공중에서 머리를 풀었다
온통 시커먼 먹구름, 먹구름들이었다
터질 듯 꺼멓게 웅크린 하늘이
마침내
파열음을 내며 땅으로 쏟아냈다
장대비 먹구름 한 판
천둥을 앞세워 깨끗이 씻어냈다
머리 푼 공중을 시원하게 쓸어냈다

바다의 꽃

— 장영님

오륙도 등대 와서 처음 알았네
세계 최초의 불탑 등대는
그리스 아폴론 신화의 탑이었다지
봉화여서 룩카스 산정에 설치된
불탑 위에서 활활 불꽃이 막 피었다지
향기 같은 연기가 풀풀 날렸다지
세계 7대 불가사의인 이집트 파로스 등대
알렉산드리아 파로스 섬에 뿌리를 내렸다지
옥탑 상부 불빛은
50km 밖 해상에서도 볼 수 있었다지
예나 지금이나
항해자의 친구가 되어 주는
바다의 꽃은
화기애애한 것이네
불, 火
꽃, 花
같은 부모를 둔 남매지간처럼
동기간처럼!

어울림

— 장인무

책을 똑바로 세우려면 바로 서질 않는다
다른 책들을 양옆에 끼워 넣어야 그제야 바로 선다

책 속에 수많은 문장도 서로 경계를 넘어
어우러지고 기대어 스토리가 되었듯
슬픔은 기쁨에
절망은 희망에
잃음은 만남에
미움은 사랑에

그대의 옆자리를 보라
누군가 무엇인가 있을 것이다
미생물이든 미물이든
우리가 의도하지 않아도 어느새 서로 기대고 있다
혹여 부족할지라도
혹은 넘칠지라도 우리는

네가 있어 내가 존재하는 것이 아닐까!

원평리에서

— 장진숙

춘천 영경이네 별장 2박 3일 주말여행은
언제나 그렇듯 웃고 떠들고 산책하며 지낸
무릉도원의 시간이었다.

세월이 갈수록 씨줄과 날줄의 질긴 인연에
서로서로 감탄하고 감사하고 칭찬하게 되는
사랑스러운 존재들

열여섯 살 적 꽃샘추위에 꽁꽁 얼어붙은 운동장에서
1학년 5반 동기로 만나 반백 년을
함께 울고 웃고 공감하며 오순도순 둥글둥글
늙어 가는 친구들

그새 아홉의 동기 멀리 보내고 나니
점점 더 애틋하고 소중해진다
쪽빛 아침노을보다 더 고와 보이고
세상 어느 꽃보다도 이뻐 보인다

못다한, 友情이란 이름의 슬픈 꽃

전경배

6·25 피난 시절 가난이 무엇인지 몰랐고
무엇을 먹고, 입고 살았는지 까마득하다
중학교 1학년 한겨울 양말을 신지 않고 학교에 갔는데
짝 친구가 두 켤레 신고 와 벗어 주며 눈빛으로 신으라 청했다

소년은 술 독아를 하는 부잣집 아들이었다. 그 이듬해 봄
부랴부랴 서울로 이사하면서 인사도 없이 그와 이별하였다.

세월이 흘러 그는 서울로 유학, 명문 대학 졸업 후
집안의 대업을 이어 큰 사업가로 변신하였다.
만날 날을 기다리던 어느 날 TV 뉴스에서
그가 큰 변을 당해 사망한 사실을 알고 충격으로 절망했다

'소년과 양말' 평생 고마운 인사 한마디 못한 채
우정이란 슬픈 꽃은 피우지 못하고 지고 말았으니

그 몇 년 후, 새벽 열차를 타고 고인의 아들 결혼식에
참석하여 미망인과 조우, 인사를 나누고 울면서, 상경하였다.

모두 어디로 갔을까

— 전병석

감꽃처럼
세월이 떨어진 외딴 마당에

눈을 꼭 감고
무궁화꽃이 피었습니다

술래는 감나무
돌아설 수 없습니다

배를 곯아 감꽃에 걸려 넘어지던
친구들은 동구 밖 하늘에 숨었습니다

이번에는 당신이 술래

무궁화꽃이 피었습니다
눈물을 꼭 감습니다

머리가 보이게 숨은 외로움을
찾았어도 당신은
술래집으로 돌아갈 수 없습니다

우정의 변곡점

어느 날 웃음기 사라진
서편 하늘의 울컥한 내 인생 돌아보니

유유히 흐르던 강물은
작은 가슴에 넘쳐
감당하기 벅찬 사이가 되고

점차, 버거워지더니
우정이란 무늬만 남긴 채
속사람은 점점 투명 인간이 되었다

친밀감이 쌓이고
정이 쌓이면 마음에 근육이 생긴다는데
우정에도 변곡점이 있는 걸까?

어디쯤 가슴의 허물 부려놓을 수 있을까

겨울의 목소리

― 전순영

번들거리는 빌딩들이 앞서거니 뒤서거니 정중정중 걸어가고 있다
저 강 건너에는
누가 더 키다리인지, 누가 더 뚱보인지 몸을 흔들면서 날리면서

겨울이 빨간 땀을 몇 년 동안 쏟아 배불리 먹이며 다독이며
쌓아 올린 몸뚱이가
우뚝우뚝 올라서자
겨울은 재떨이에 수북이 떨어진 담뱃재로 버려졌다
부둣가에는 한 무리 겨울이 옹기종기 모여들어 초조한 눈빛으로
무엇인가를 기다리고 있다

여름이 와도 우리는 겨울…
오늘은 햇볕이 와줄까?

그들이 기다리는 것은
정착된 배에 들어가서 숨 쉬는 돌을 내리기도 싣기도
남아 있는 돌의 체취를 얼음으로 얼음처럼 반짝이게 닦아내야 하는
얼어붙은 위장을 데우려면 그마저도 일자리는 없지 않은가
일을 구하지 못한 겨울이 고개 떨구고

그를 바라보는 겨울의 목소리는 더욱 찬바람으로 날리는데
눈을 감고 거칠게 내달리는 강물은
겨울이 더욱 얼어붙거나 말거나 나 몰라라 뺑소니만 치고 있다

코스모스

— 정경미

가을이면 찾아오는 너는
이슬 머금은 고운 친구다.
등굣길 신작로에 줄지어 서서
방금 세수한 얼굴로 나를 반기는 너는
햇살 닮은 해맑은 친구다

한낮 뙤약볕 아래서도
한 잎 한 잎 웃고 있는 너는
우주 정거장의 지킴이다
빨강버스 지나가자
흙 먼지 덮어쓴 네 눈망울
별빛 닮은 친구다

먼 훗날 지구 밖으로 날아간 너는
나의 북극성 되어 줄
길잡이 친구다

맞장구

— 정경진

오작교 핑계 삼아 매년 음력 칠월칠석
의무처럼 만나는 견우와 직녀처럼
차려진 밥, 커피 축내면서
근질근질한 입 눈 귀 자물쇠 열고
레이저처럼 쏘아대는 물 건너온 이야기
물 건너간 이야기 주고받으며 맞장구 친다
축제 시작 전 밤하늘에 쏘아대는 오색 폭죽
축제 끝난 후 다시 수놓는 폭죽 꽃 이벤트처럼
불꽃 튀는 입담과 함께 꽃피는 우리의 우정
바람 부는 풍랑 속 흔들리는 배 지키는
든든한 노가 된다

갤러리 눈NOOn
― 김혜식에게

― 정미소

충남 공주에 사는 친구가 갤러리를 차렸다.
꽃향기 풀풀 날리며
단숨에 달려 온 전시실에 음악이 흐른다.

앤디워홀이 실크스크린 기법으로 복제한
마릴린 먼로의 단풍 든 머릿결을 바라보면서
훅, 하고 달려드는 다색판화의 필름을 닦는
잉크 냄새가 진동한다.

어둑한 미술대학 강의실에서
검은 뿔테안경 너머 조각도를 사각거리던
친구의 작업용 앞치마에 물들인
핏빛 젊음이 떠올라

앤디 워홀의 다색판화 같은 세계를 불러들여
삶이 지루한 날엔
은발에 단풍 물도 들이면서

신나게 살아라, 너 답 게 살아라.

폐그물을 위한 멜로디

— 정민나

바닷가 길 카페 할머니는 갯벌에 방치된 폐그물이 오래되었다고 불평하신다. 간혹 돌멩이를 음악으로 변형시킬 수 있는 친구가 있다고 하더라도

중앙의 큰 블랙홀에 삼켜지는 어떤 은하는 먼지나 가스 구름이 없어 더 이상 별을 생성하지 못한다. 지구 바깥은 죽어 있는 사물들, 그게 보편 원리인데

우리 친구들은 나이를 먹을수록 더 단정해진다. 경제적으로 잘사는 친구, 돈을 벌지 못했으나 자기 가치관이 또렷해진 친구, 협량한 성채가 늘어날수록 우리는 덜 만난다.

말끔히 구획 정리된 바다는 더 이상 상상력을 낳지 않는다. 딱 잘라 자기만의 경계 안에서 우리는 더 이상 우정을 수태하지 않는다. 위기일 때 뒤돌아볼까. 우생학적 개량인이 된 우리가

길을 다 간 자동차를 일부러 바다에 빠뜨리듯. 시간이 흘러 바다에 육화된 쇠붙이 자동차가 물고기 집이 되듯 정연한 시간 너머

비린내 나는 폐그물에 다채로운 빛이 걸려 반짝이는 그윽한 저 풍경을

소행성 뗏목을 타고

— 정복선

장마가 시작되었다
2024년 7월 1일 월요일
저 나무에 빨간 열매들이 열렸었던가?
빈 잎새들을 폭 적시며 비가 내린다
가장 적막한 시간은 편백나무 향기로 내게 오듯이
네게로 가서 차 한 잔 마시고 싶다

네가 커피를 내리는 동안
저녁바다 저쪽, 노을을 바라보며
그동안 너무 적조積阻했노라고 말도 못하고,
우리를 가로막는 땅과 섬들
거미줄이 온몸 붙들었으나, 곧 흩어질 나비 날개들!

어쩌라고?
네 슬픔이 너무 가파르니,
내 눈짓이 이 산골마을과 그 갯마을을 가득 채우니,

저기 소행성 뗏목에 나란히 앉아 물장구나 쳤으면!

에필로그

— 정빈

어디서 왔는지 새 한 마리, 베란다 창틀에 앉아 있다
지저귀는 소리에 또 한 마리 날아든다
짝을 부르는 그들만의 허밍인 듯
조잘대며 잠시 머물다 날아간다

우리의 허밍은 소리 없이 스며드는 커피 한 잔의 향기

마주하고 앉으면
꾹 다문 입술이 써 내려간 비밀 속에서
나를 너를 만나고, 읽어가며
우리가 되어가던 그날도 오늘처럼

늘 곁으로 불어오는 푸른 바람이다

시간을 잃어버린 계절이 문득 가을 문턱에 서면
마음에 쟁여둔 고백, 깊어가는 그 쓸쓸한 표정은
누군가에게 슬쩍 읽히고 스쳐가 버릴
커피 잔에서 출렁이는 우리들의 스토리

아직 저장하지 못한 미래의 에필로그

친구 홍상표에게

— 정성수

쓸쓸한 친구여
주변을 둘러보시라
지구인들의 일생은 모두 다
눈물겨운 위인전偉人傳이 아니냐

수크령

— 정성완

"오늘* 자네로부터
예순 번째 전화를 받았네
이건 기적이 아닐 수 없네"

내 삶의 꽃봉오리를 맺어준 몇 분 계시다
산책로에서 수크령** 앞에 멈추어 선다
퇴색되어가는 마음 다시 꽁꽁 묶는다

아직도 피우지 못한 봉오리를 다독이면서

---

* 2020년 5월 15일.
** 결초보은結草報恩의 한자성어를 만들어낸 풀.

연, 꽃송이

— 정숙

너와 나의 가슴속에는 아직 무지갯빛 송어가
펄떡거리고 있다 굳게 믿고 있는데
넌 어디로 숨어버렸는가
여름 태양처럼 헐떡거리느라 종일 땀 흘리다가
잠시 서해 바다에서 몸 씻고 있는가

내일 아침이면 분명 환하게 웃으며
뜨겁게 날 포옹하겠지
별리란 말 뒤 멀리 숨었다고
고소하게 웃고 있어도
그리움이란 정인은 결코 떠나가지 못한다는 것
네가 심어주고 갔으니
기다림은, 하루에 몇 번씩 꽃으로 피었다가
일평생 지고 또 피어나는 것을

부부란 연, 꽃송이 넌
아직도 애증에 흔들리며 생과 사, 그들과
손잡고 울다가 웃고 있는가

편지

— 정숙자

그리운 사람끼리 쓰는 편지엔
한마디 말 없이도
서로가 알지
줄임표
쉼표 하나
들어 있어도
그것이 사랑인 줄
서로가 알지

그리운 사람끼리 받는 편지엔
한마디 말 없이도
서로가 알지
줄임표
쉼표 하나
들어 있어도
그것이 사랑인 줄
서로가 알지

내일의 비명

— 정시마

핸드폰 속으로 들려오는 벼락 치는 목청 전깃줄이 출렁거렸지
우리 집에 오지 마 오지 마~~~
우리 집?
골목 천둥 속 먹구름은 비를 몰아쳤지
거짓말처럼 요란했던 비 눈으로 바뀌고 고요해진 하늘
우정이의 집 실내 안방과 거실로 쓰러져 가던 거품 물던 눈사람
오랜 우정이라도 보여 줄 수 없었다지
그러니 오면 안 돼 오지 마~~~
하얀 뼈로 뭉친 눈사람 끌어안고 산발에 맨발이었지
함박눈으로 바위조차 녹아내릴 지경이었지
사람들은 눈 내리는 봄 누군가는
하얗게 옷 입고 춤추는 무용수의 무대라고 말을 하지
훨훨 하늘가 흔적 없이 사라지는
어제의 일곱 시 이십 분보다 더 길고 높은 목청
낡은 벽 속 오래 묵은 비명이라 해두지
눈 내리는 저녁
우정이와의 약속으로 도다리쑥국 먹었어도
금 간 곳 없는 촘촘한 우정이래도 하얀 비명은 시작되었겠지
먼 길 보낸 텅 빈 자리 흔적 없이 눈사람은 사라지고
우리도 내일의 설원 건너갈 준비를 해야지

노혜봉 시인을 기리며

─ 정영숙

이른의 나이에 그는 죽음을 예고하고 있었다

월계관도 시들고 사랑을 속삭이던 목소리도 온데간데없는
오직 맨발의 죽음만이 남은 무대를 보면서
"해골 구멍을 들여다보던 진지한 눈동자는
이제 어디에 숨었나"*라고 그는 한탄한다
그때 그가 쓴 시를 읽고 전율이 일었었다
그가 죽음 앞으로 한 발자국씩 떼고 있다는 걸

그가 쓴 시 한 구절이 부질없음을 알면서
죽을 때까지 펜을 놓지 않았던 것은 왜일까
응급실 들어가기 며칠 전까지도
그가 쓴 시들을 고칠 게 없냐고 봐달라던 그
죽을 때까지 목숨처럼 붙들고 놓지 않았던 시

데드마스크를 맨발로 묵묵히 따라가던 뒷모습은
연기로 사라져도, 그가 닳고 닳도록 쓰던 광촉은
우리들 가슴에 해처럼 붉게 빛나고 있지 않은가

하늘나라로 날아간 바보새 그대여!
이제 얼음절벽 없는 곳에서 지상에서 못다한 아리따운 말들
비취빛 구름 위, 순백의 설원 위 맘껏 펼쳐놓으시길

---

*2011년 시집 『봄빛절벽』에 실린 시 「피테르 반 데르 빌리허의 그림을 보며」 중에서.
노혜봉 시인은 2024년 1월 25일 소천함.

우정 같은 사랑

― 정웅규

연애가 끝난 그는
쏜살 같은 택시 속 연인에게
지갑 속 현금을 송두리째
빼앗겨도
헤어질 생각보다
소문으로 듣던
여전히 낭만적인
우정은 어느 결에
자취도 없는데
아직도 그는
사랑을 생각하고,
교미를 시도하는
수컷 사마귀는
조심스럽게 접근하다가
되려 머리를 집어삼키는 암컷을 향해
사랑해
사마귀 짝짓기처럼
반나절 진행된 우정 같은 사랑

푸른 우정

정정례

상자를 열자 줄줄이 곶감
꾸러미 속에서 배터지게 웃고 있다
고향의 하늘 햇빛 바람을 함께 몰고 온 것들

우리는 기억하지
담장 위로 붉게 타던 가을볕을
간짓대 끝에 대롱거리던 웃음소리를
한 입씩 베어 물던 하얀 속니를

우린 모르지 종달새가 얼마나 높이 나는지
땡감이 단감이 되는 이유를

다시 만져 보았네 그녀의 웃음소리를
택배 상자를 앞에 놓고 한참을 불렀네
꾸러미 마다 쌓여 있는 친구 얼굴을

나는 알지
올해도 내년에도 감나무 아래 우두커니
단발머리 계집애가 서 있는 이유를
그 환한 미소를

짝

정채원

너는 나를 몰라
고2 때 짝꿍이었던 Y가
술만 마시면 하는 소리다

대학 재학 중 3번이나 자살시도를 했고
이혼을 한 조각가
안에서 밖으로 붙여가는 방식도
밖에서 안으로 깎아내는 방식도
나는 그녀의 조소를 좋아하지만

은행장 딸이었던 그녀가
적산가옥 2층에 세 들어 살던 나를
가정방문 오던 담임을 따돌리려 엉뚱한 골목을 맴돌던 나를

너는 나를 몰라
나도 나를 몰라

일주일에 한 번꼴 통화한다

고무줄놀이·3

— 정치산

내 엉덩이가 빨개서 백두산은 높고 뉴스는 신파.
내 엉덩이가 빨개서 나는 화를 내고 너는 웃는다.
네가 뱉은 사과씨 엉덩이에서 점점 더 빨개진다.

동행, 아름다운

— 정호정

버려진 병뚜껑으로 외벽을 장식한 집

병따개에 물린 상처 안은 채
격자무늬 빗살무늬, 우물살도 만들고
다문다문 고운 꽃도 피웠다

동행하던 우리는 동시에 멈추어 섰다
서로에게 상처 주고 상처받았으므로

색깔이 판이(判異)한 우리는
깊은 마음 바탕에 화해의 글을 썼다
나는 너에게 너는 나에게
지워지지 않을 매직펜으로 눌러썼다

다음은 마주 보며 빙긋 웃은 일

혼합색은 단색보다 아름다웠다.

빈방

조갑조

서랍 속에서 나오지 못하는 웃음, 울부짖지도, 꺼내 달라고도 말하지 못하는 사진 한 장

유리창 밖에는 흰 국화 한 송이 저네들 말을 흘리고, 검은 액자 속의 눈빛은 방 안팎을 훑는다

종일 방문이 열리지 않는다 서랍 속 사진은 여전히 거기서 심장이 멎어 있고 액자 속 눈빛은 더 먼 곳을 내다본다

창밖에는 흰 국화의 받침 없는 말들이 살점 먹힌 초승달처럼 희미해진다

그리고는 아무 일도 일어나지 않는다

봄날

— 조민호

엄마와 아들이 온다
여자의 다리는 한쪽이 길어
허공을 툭 차며 걷는다
어린 아들의 걸음도
엄마를 흉내 내며 걷고 있다

엄마의 모습을 흉내 내는
비장애 어린 아들의 행동

그 모습 보니
가슴 찡하다
하늘을 보니
구름도 새 떼 모양을 만들며
무리 지어 날아가고 있다

개나리꽃 피고 풋봉오리
만개한 꽃을 닮아가고 있다

우애의 새벽 417

친구에게

− 소네트 輓歌

─ 조부경

지난 3년 팬데믹

친구는 식음을 전폐하고 생을 마감하다.

이 세상 내가 없을 걸 알리는 부고

마음을 반쯤 연 빠롤로 대꾸한다.

답장을 원치 않는 빠롤 상투적인 이모티콘 말줄임

상주는 떡을 앞에 두고 그간의 일상을 넋두리처럼 잇는다

담낭에 이상이 있었고 대체 치료 요법을 하였고

신유 은사자 할렐루야 아줌마의 빠롤에 의지했었고

저 푸른 초원 위에 그림 같은 집을 짓고

가족이 다함께 모여 살았고

38년 결혼생활을 마치며

안 하고, 못하고, 미안하고, 후회하고 살았다

아마도 좋은 기억과 고마움만 가져갔을 거라고

자책을 더는 원치 않을 거라고

위로의 마음을 말로 전한다.

진즉 알았으면 원 없이 회포나 풀었을 것을,

그리워라 시골길

조석구

멀리 뻗어나간 길을 보면
누군가가 그냥 그립다

저녁놀 붉게 물든 길을 보면
옛사랑이 생각나 눈물겹다

바람 부는 언덕에 홀로 선 소나무
그대는 생각이 깊고 따뜻했지

대들보와 서까래를 떠받치는 기둥이었지
내 마음속 어둠 그 별빛이었지

술벗

― 조성림

벌써 50년이 가깝네
탄광 학교
아니, 석양의 주점에서 수시로 만났으니
모든 것이 술의 세계라
그는 때때로 이웃에게 친구라 소개했지만
사실 띠동갑이었으니 그럴 수는 없겠다
아무렴 수학을 하고 시 나부랭이도 모르던 나에게
무슨 술잔을 떠먹여 주듯 명주실처럼 이어지던 편지로
시의 지평도 넓어졌으리
시는 그리하여 나의 지고한 세계가 되었고
삶을 처절하게 파헤치는 노래였겠다
잔에 대양을 부으며
횡설수설 여기까지 흘러왔으니
이 운명의 강을 무어라 이름 지어야 할까
밤새 석탄의 불을 태우듯
이 까마득한 태고의 날에
나의 불꽃은 걸어가고 있는 것이다
아련하고 눈물겹기까지 한
그 시간을 매만져보며

겨울밤

조성순

오줌보 터질세라.
잠지 잡고 통시 가는 길
밤하늘 초롱초롱
별들 깨어 있습니다.
장대로 건드리면
우수수 내리실 것 같아
말똥말똥
별들과 얘기하느라
가던 길, 잊었습니다.

숲

— 조승래

가끔씩 딱따구리 찾아와
외로운 신갈나무 어깨 두드리다 가고

밤이면 얇은 잎사귀 위에서
오색호랑나비
잠자다가 간다

어딘들 아픔이야 없으랴
때로는 수렁처럼 깊은 슬픔도
숲에 오면 금방 초록빛이다

서로의 안부를 전하며
오늘도 나무는 나무끼리
숲을 이루고 산다

수평

— 조영란

우리는 서로 원수도 아닌데 외나무다리에서 만났다
있잖아, 난 생각 중이야
너를 밀치고 갈지 너를 피해서 되돌아갈지
여기가 우리의 벼랑이라면
서로를 밀쳐낼 것처럼 불안하다면
그것은 이미 떨어진 것이나 다름없는 것
이런 나와는 달리
너는 악수가 뭔지도 모르면서 손을 내미는 사람이었다
덥석 손잡을 생각은 없지만 손바닥 온기는 탐났다
끌어당길지 끌려갈지
잡아보면 안다는 이치를 모른 체하려는 나에게 너는
우리 잠시 그냥 이대로 있기로 하자
명령도 부탁도 아니지만
기를 쓰고 다리를 건너봐야 별것 없을 거야
출렁이는 강물 한가운데였다
아직도 외나무다리에 서 있다
서로 떠밀지만 않으면 영원히 그대로일 것 같은
우리 사이에 있는 거리가
서로를 붙잡아주는 끈이었다는 사실을 나는 믿을 수 없었다

대추나무

조영순

모자라는 단맛이기는 하지만
우리는 마루 끝에 걸터앉아
갈색 반점 번져가는 열매로 익어간다

아릿하고 불안한 한 생애를
따뜻하여 달고 독이 없다는
생대추 몇 알 안주삼아
둥근 달이 가지에 걸릴 때까지
서로에게 차가운 술 부어준다

잠시 부드럽고 따뜻한 말들을
받아주며, 기대어 가며
오래된 마음을 읽는 차고 맑은 밤
얇아질 대로 얇아진 마음 안쪽을 쓰다듬어
마주 볼 수 있는 몇 날을 가늠한다

지금은 목마른 이 밤을 다 알지 못해도 좋아라
달큰하고 은밀한 과즙을 나누기까지는
깊고 고요한 우정,
풀벌레들의 울음바다를 건너야 할 테니

해후

― 조은설

우리, 눈시울 뜨거운 계절에 만났지

속눈썹이 길면 수줍음도 많다던가
귓불 곱게 물들여
배롱나무 꽃가지 같던 너
그때 알았지
부끄러움의 빛깔이 분홍인 것을

네가 떠난 그 날도 오늘처럼
속눈썹 사잇길엔 뻐꾸기 울고
멀리 손금을 돌아
한줄기 맑은 그리움이 흐르는데

친구야, 너는 언제 시공을 건너
카톡 시린 창가에서 나를 기다렸니?

너와 나,
눈빛 포개지는 곳마다
배롱나무 꽃가지 불타고 있네

마음

몇 년 소식 없이 지냈다. 전화가 왔다. 오늘 네 생일이지 축하해 하는 그녀. 그때 나는 얼결에 고맙다 네 생일 때 밥 살게 했다. 두어 달이 지나고 내가 전화했다 생일이지 밥 살게? 하니, 동생이 밥 산데, 절에 가야 해, 한다. 서너 달이 지나고 전화가 왔다. 내 생일 때 밥 사준다 했지? 내일 사줘. 하는 게 아닌가. 그래 너는 뭐가 먹고 싶은데? 만둣국이 먹고 싶어. 벙글 웃는 얼굴이 전화기 안에서 느껴졌다. 8월이 끝나갈 즈음 목으로 흐르는 땀줄기를 느끼며 조계사 앞에서 만났다. 땀이 밴 벙거지를 쓰고 웃고 있는 그녀는 살이 조금 쪄 있었다. 인사동 모자 파는 상점 앞에 이르러서는 같이 만난 금자가 새 모자 하나 사자, 하니 그녀는 벙글벙글 웃었다. 우리는 땀이 밴 그녀 머리에 이 모자 저 모자 씌워보며 벙거지를 사고, 땀받이 손수건도 사서 목에 걸어주었다. 그녀는 만둣국이며 빙설이며 오랜만에 먹는다고 벙글벙글했다. 종로5가 광장시장에도 갔다. 금자가 빈대떡 사서 담아주는 검은 비닐봉지를 추억인 양 들고 하하 호호 하며 시장을 누볐다. 지하철역 앞에서 잘 가! 하며 웃고 있는 우리에게 그녀가 말했다. 오늘 너희 밥 사준 것 고마운데 나 돈 만 원만 줘! 잘사는 아들 덕에 카드 가지고 다니는 그녀의 입에서 나온 말에 우리는 그만 싱크홀에 빠진 듯….

창선도

— 조정애

친구야
배를 타고 창선에 가자
양철지붕이 붉게 녹슬어 있어도
담부랑마다 이야기가 살아 있구나
졸음에 겨운 예배당 종소리 사이로
섬마을 처녀가 오순도순
마음을 전해오는 긴 골목 끝
앵두나무 샘 가로 찾아가서
첨벙이는 두레박소리 좀 들어보자
친구야
배를 타고 창선에 가자
처음 밟는 흙이 구름처럼 포근하고
남새밭 푸른 잎사귀가 한참 싱그럽구나
중천에 뜬 해도 낮잠을 자다가는
남해 섬 끝 오두막을 찾아가서
갯가에 황혼 불러들이고
갓 잡아 올린 고기로 매운탕 끓여
주거니 받거니 석양 속에 어울려 보자.

우정友情

— 조준

　한 달 만에 반 토막도 조금 안 되게 납작빵이었어 미니바나나만 한 게 심장이 뛰었어 진풍경이었지 곧 이어 마을버스가 빠르게 들어오고 있었어 난 마을버스를 힐끗 노려보았지 어느 것도 놓치지 않게 몰입해야 했거든 다급하게 휴대폰 카메라 매달린 손이 저 너머 상수원의 마음처럼 흔들리는 거야 아침이 되기 전 토르티야 빵을 싼 얇은 백지가 찢어질지도 몰라서 말이지 한 달 만에 반 토막도 조금 안 되게 납작빵이 되어버렸어 앗,

샤갈과 눈길을 걷는 동안

— 조희

자작나무 몇 그루가 입안으로 들어왔다. 우리가 눈길을 걷는 동안 발자국이 그림자 없이 제 무게만큼 찍으면서 따라왔다. 초록 얼굴의 남자가 나무 사이로 가끔 보였다가 사라졌다.

나무껍질에 씌워진 글귀가 씹혔다. 발목 잘린 선율이 숲속으로 불어왔다. 눈이 나뭇가지에 쌓이는 것을 바라보며 샤갈이 말했다.

눈은 사랑의 비늘이야. 샤갈이 흰색 코트 주머니에서 동전 몇 개를 꺼내어 하늘로 던졌다. 동전이 눈 위에 떨어졌고 초록 얼굴의 남자가 얼굴과 뒤통수를 보이며 동전 속에 있었다.

샤갈은 동전 같은 눈으로 나를 바라보았다. 샤갈의 머리 위로 염소가 날아다니거나 수탉이 거꾸로 서 있기도 했다. 샤갈의 눈동자에 눈이 내렸다.

우리가 마을에 도착했을 때 눈이 그쳤다. 뒤꿈치가 화끈거렸다. 자작나무 몇 그루를 삼켰을 뿐인데 입술 사이로 자작자작 불꽃이 튀었다.

샤갈이 가까이 다가섰다. 내 입술을 열고 울음을 꺼냈다. 샤갈의 손에는 검은 숯이 있었다. 어디선가 동전이 쨍그랑 떨어졌다. 초록 얼굴의 남자가 동전 속에서 일어섰다. 첫 문장이 지워졌다.

태풍의 눈 속으로 들어가다

주경림

법당 안에서는 '삭발의식'이 진행 중인데
은수사 앞마당, 수령 600년 청실배나무가 울고 서 있다

무명초가 한 움큼씩 베어져
파르스름한 머리의 김 행자로 새로 태어난다
도톰한 잎사귀들을 뒤척이는 청실배나무 울음소리에
지레 겁먹은 아기 주먹만 한 돌배들이 우수수…

그가 그렇게 자기 길을 떠나가도록
앞마당에서 두 손 모아 축복의 발원을 세우는데도
마음 자락 갈피마다 새어나오는 눈물

참으려 해도 이내 눈시울이 붉어져
앞마당에 떨어진 연둣빛 돌배들만 쳐다본다

냇물

한 번 흘러간 물은
돌아오지 않는다

해가 질 무렵
냇물을 만나러 냇가에 간다

사람들은 저마다
하루의 일과를 마치고
집으로 돌아오는 시간

하릴없이 냇가로 가서
물결을 본다

물소리는 점점 커지고
사위는 점점 어두워진다

호흡과 호흡 사이
낮과 밤 사이

먼먼 저승길
우정을 두고 떠난 친구를 생각한다

우애의 새벽

거기는, 여름

— 주선미

입술 꽉 깨문 자목련 그늘을 벗어나면
여름이 도착해 있었다
서쪽 하늘이 내려앉은 골짜기는
도깨비불이 번득였고
안마당 화톳불 연기는
옥수수밭으로
매캐하게 번지고 있었는데
불속에서 감자는 포실포실 익어가고
막걸리에 젖은 아버지 코 고는 소리에
멍석이 들썩거렸다
향나무 울타리에
다닥다닥 붙어 있었던 풍뎅이를
한주먹 쓸어 쥔 아이
밤하늘 별도 가슴속 꿈도 한주먹 쓸어 담고 싶었을 테지

그 마당에 여름이 한창이겠다

화개장터

— 주한태

하동 할매 막걸리 한 사발
구례 할배 재첩국 한 그릇
보골보골 매운탕이 섬진강을 삼킨다

너도 한 잔
나도 한 잔

영감네 너털웃음 장판을 녹인다

강 넘어 따뜻한 온기 나비 날개에 싣고
산사 종소리 아지랑이 싣고 동네를 누빈다

하동 할배
오늘 잘 놀았니더 내일 또 보입시데이
구례 할머니
알았땅게 잘 놀았지어 내일 또 보드랑께

경상도와 전라도
허공에 뜬 구름처럼 겹쳐 흐른다

탈

— 지연희

우리는 무화과 열매를 줍기 위하여
잃어버린 시간 속으로
동분서주 달려가고 있었다
푸르른 청춘의 깃발을 휘날리며
그날은 폭풍의 함성이 쉬지 않았으며,
수면 위를 솟아오르는 한 마리 물고기처럼
경이로운 일탈의 꿈으로 출렁거렸다
나는 어둠의 늪 깊은 너의 몸살을 다독이지 못하고
뒤돌아 올 수 없는 금단의 발자국이
견고한 너와 나의 우정을 갈라놓았다
숨을 내려놓은 목각 인형의 침묵처럼,
간밤 전신줄에 걸려 울던 바람이
비파를 연주하고 있다
발치에서 머리끝까지
대나무 숲 빗금을 긋는 햇살처럼

너는 우수수 무너져
사라진 허공이다

윤동주
― 다시 하늘과 바람과 별과 시 앞에서

― 지영환

1.

늦게서야 영화 동주를 보았네

그의 시만큼이나 맑은 눈동자를 뒤늦게 만났네

그의 동지이자 벗인 송몽규의 이름도 이제야 들었네

서재 한켠에 꽂아둔 시인 윤동주의 시집을 다시 꺼냈네

그리고 보니 그의 첫 시집도 늦게 도착한 시들을 묶어낸 것임을
알았네

하늘과 바람과 별과 시도 늦게 도착해야만 맑은 것들이 있네

2.

추모 집회의 기록은 시집에는 없네

"삼년 전 일본 복강 형무소에서 옥사한 윤동주 군과 송몽규 군을
추도하고자 고인의 모교 연희전문 문과 졸업생들은 오는 16일 오
후 한 시 시내 소공동 플라워 그릴에서 추념회를 열기로 했다. 동창
들의 참석을 바라고 있다."

― 동아일보 1947년 2월 15일 기사 중

금낭화 앉았던 자리

— 진란

어느 길을 따라 왔나
호랑나비 앉았다 날아간 길목
어쩌다 보니 갈래머리 묶은 여학생들
까르르르 붉은 목젖 넘어간다
그 웃음의 무게로 흘러간 안부와
오래 잊고 있던 얼굴들이
조롱조롱 피어 있다
숙희, 정자, 옥희, 주순이, 금옥이

허공에 말갛게 씻은 바람을 끌어안으면
한 이불에 발 넣고 화음을 넣던 두 개의 작은 별*
저 별과 저 별의 거리는 더 멀어져
지금 어디쯤 매달려 있는 걸까

---

*두 개의 작은 별: 윤형주의 노래.

친구여

진명희

마주 본다는 것은
어느 한쪽 기울어짐이 없다는 것이다

해와 달이
고요히 자리를 비껴가듯

작은 미소로도
넉넉해지는 마음,

꽃샘추위에
옷깃 여미어 주는

친구여,

햇살 가득
뜰에 담는다

버섯

— 차성환

가죽 소파에 앉아 있던 친구가 버섯으로 변해버렸다 먹어버릴 수 있지만 참기로 한다 친구가 독버섯이면 나는 죽을 수도 있다 내가 버섯을 먹으면 친구는 영영 다시 돌아올 수 없다 나는 죽기도 싫고 친구를 잃기도 싫다 내 마음을 아는지 모르는지 버섯은 말이 없다 조용하다 나는 버섯을 먹고 싶지만 조용히 참는 중이다 조용한 버섯 너도 시끄러울 때가 있었지 너는 더 훌륭한 존재가 된 것 같다 버섯을 오래 보고 있으면 나도 버섯이 될 수 있겠다는 생각이 든다 버섯버섯 소리치면 버섯이 될 수 있을까 버섯이 친구로 돌아오길 기다리는 중이다 내 몸에서 버섯 냄새가 난다 버섯의 순간이다 버섯을 생각하며 한 마리의 큰 버섯이 된다 이 침묵과 냄새가 좋다

우둔한 나무 웃음

— 차영한

 붉은 양철지붕이 앞을 가리는 앞마당에서 어둠이 옷 벗는 것을 보고 있습니다. 그러나 등 뒤에서 빛나는 태양을 보았을 때 소스라치게 악! 하고 놀랍니다. 현관을 내려와 대문을 향하는 시간 틈새에 얼룩진 어둠들이 꽃나무 밑으로 숨기 때문입니다. 태양이 내 등 뒤를 살필 줄은 몰랐습니다. 외통적인 눈을 믿는다는 것은 가시광선이라고 하지만 삶 자체의 미학을 읽는다는 신뢰 또한 가로막기 때문입니다. 그러니까 마음 또한 믿기지 않는 때가 더러 있었기 때문만은 아닙니다. 그곳에는 움직임이 존재하는 한 미혹에 빠지는 것은 오히려 눈들끼리 공모해 저지른 마음이 앞서고 있기 때문입니다. 어이! 그때 태양이 바로 머리 위에서도 빛나기 시작하고 앞뒷집 뒤창만 보다 집 앞 유리창이 내 가랑이를 촬영하는 것을 잊고 있었습니다. 숨바꼭질 같은 아름다운 동화가 될 수 없는 꼬리를 숨기지 못하고 웃고 있습니다. 그것도 아침 해가 떠오를 때 나를 변형시키지 못한 체크 블라종 쇼, 쇼만 반복되는 까닭입니다.

친구

— 차옥혜

만나면 웃음과 눈물을 번갈아 쏟으며
나 있음을 기쁘게 하고
어둡던 내 뜰에
햇빛 쏟아지게 하는 사람아
모난 나를 감싸
나를 향기 있게 하는 사람아
너는 나를 곱게 물들이는
봉숭아 꽃잎이다.

시, 그와 함께

— 채들

그를 머리 위에 모시고 산 적 있네

그러다가 등에 지고 다녔네
무거웠네

이러려고 그를 만난 게 아닌데
아닌데 싶어,

평생 손잡고 같이 가자고 했네

그런데 오늘은 약속도 흘러
그냥 손 놓고 같이 가자고 했네

배롱나무 꽃 붉다
− 집 22

채재순

열세 살 적 만남 이어갈 수 있었던 건
편지를 즐겨 쓰던 네 덕분이었지
결혼, 이혼, 큰 병으로 말라가던 너

문득 찾아간 내게 대숲을 보여줬지
담담하게 그간의 일들을 펼치며
이젠 용서해야겠다는 말을 듣던 밤
네 집 창으로 떨어지는
빗방울 울림 쳐내느라 뒤척이던

넉 달 뒤 듣게 된 소식
전 남편의 무릎 베고 눈 감았다는
그 집 앞에 서서
어깨 두드리는 기척에 돌아보니
배롱나무 꽃 붉다

우정이 사는 우체국

— 최관수

나는 일주일에 한번은 우체국에 들러
행운으로 여민 소포와 편지를 부친다.
오늘 아침과 같은 이 창광한 날에는
가까운 사람들의 생일이었으면 좋겠다.
어려움을 뚫고 혼란을 견디고 병마를 이긴
인내로 붙잡은 인연의 치맛자락 끝처럼
이 모든 것을 극복하고 만난 오늘 아침

나에게도 찾아온 이 봄날의 찬연한 햇살
부챗살로 내려 꽂히는 이 햇살 사이에서
나는 철없이 엎드려 우정을 줍고 싶다.
옆자리에 있던 우정을 안으로 밀어 주며
계산대에 마지막까지 서 있는 우정을 닮고 싶다.

아직까지 살아 있는 섬세한 우정의 촉을 세워
우정을 심어 자라는 그 우정의 가장자리라도
함께 하고 있다면 햇살 한줌은 나에게 다가 오리
나는 우체국에서 우정을 부치고 싶다.
말라깽이 우체부의 연서를 키워 준
파블로 네루다의 진실의 우표를 붙이고 싶다.

이별

— **최금녀**

아껴두었던
봄베이 사파이어 진 크라운 로얄을 꺼낼 때

잊었다고 말하고 싶을 때

어깨를 펼 때보다 더 구부릴 때

시의 바깥보다
시인의 안이 더 잘 들여다보일 때.

60년생 비정규직 공씨

최대순

땅도 뜨겁게 달아올라
공중으로 올라선 날지 못하는 새
하늘과 가장 가까운 곳에 머물러도
한없이 바닥을 기는 처지

전신주 아득한 곳에
한 올 탈색된 끈에 매달려
며칠을 견디지 못할 양식의 부피만을 거두며
휘파람을 불고 있다

잠자리 날갯짓에도
돌아갈 바람개비를 달고
생명줄 벗어나 훨훨 날아오르는 꿈
꿈은 다시 꿈으로

60년생 비정규직 전선공
시린 이슬 달라붙는 뾰족한 비탈로
몸을 던진다 또다시

인왕제색도*

— 이병연에게

—

최도선

오랜만에 비가 그쳐 동창을 열었더니
물안개 사이사이 암봉들이 드러나고
인왕의 둥긋한 자태 장대하게 다가왔네
운무에 둘러싸인 소나무의 청청한 빛
바위를 돌아들며 콸콸대는 물소리를
묵직한 먹물로 빚어 그대에게 보내나니
긴긴날 우리 여기 머무를 수 있으리까

인생은 스쳐 가도 우정은 영혼의 꽃
붓끝에 부활의 서사 서녁 빛을 담았다네

---

* 겸재 정선이 벗 이병연이 병석에 있다는 소식을 듣고 쾌유를 기원하며 이 시를 지어
위로차 보냈고, 이병연이 기쁘게 받았으나 며칠 뒤 세상을 떠났다고 전함.

우정이라는 그릇

— 최동현

해 질 녘 산그늘 길에 든든한 지팡이다.
시시껄렁한 수다
무겁지 않은 농담이라도
점잖게 담아줄 수 있는 그릇

못생긴 그릇
때 묻은 그릇
우그러진 그릇은
그런대로 가까이할 수 있겠으나

깨진 그릇
새는 그릇
삐딱한 그릇은
되도록 멀리 두는 것이 좋겠다.

외롭지 않은 그릇 있겠는가.
그가 나의 그릇이 되듯이
내가 그의 그릇이 된다

넉넉한 그릇에 저녁밥을 지으며
마르지 않은 열린 마음으로 길을 간다

나는 너의 항아리를 잊어

— 최문자

새벽 3시
채소밭처럼 고요했다
시를 쓰다 항아리의 어떤 한 점을 바라본다
말기 암으로 죽은 친구는 이 이상한 항아리의 반짝임을 사랑했지
말랑말랑한 것 말고 굳혀진 것들에게
해줄 말이 있다고 했다
이 항아리를 어떻게 할까
함빡 웃는 얼굴뼈 같은 이 느낌을
나는 항아리를 잊어
5분마다 가슴을 찢겠다던 친구의 말 나는 잊어
발버둥칠 발이 없어진다는 그 발도 잊어
여전히 살아남은 친구의 무릎 두 개도 잊어
소리 안 나게
깊이 잊어
구근류가 된 둥근 두개골을 잊어
무엇 하나 지킨 적 없이 어슬렁거리던
매번 배부른
거의 나쁜
어떤 항아리를 잊어

추억의 수학여행

— 최복주

흔들바위에서 찍은 사진 한 장
가슴에 안고 설악산을 간다
고교 졸업 사십 년 만에
희끗희끗한 머리칼
까마귀 지나간 눈가
그 사이에 엉기는 긴가민가한 기억들
내 삶의 여정처럼
혹은 그네들의 삶처럼
구불구불한 한계령
모든 길이 하나로 모이진 않는다
저 눈부신 초록의 유혹일까
수다로 풀어지는 삶의 문양들
그만하면 잘 지나온 거라며
나무들이 보내는 미소
우리들 사이에 잠들었던 바람
울산바위 틈새를 빠져나와
오월 햇살에 안긴다

파란 꿈꾸자 친구야

― 최봉희

달빛 옷 걸치고
행복 만나러 가는 길
달밤이 쓰다듬어 가득히 내린
별 바람을 느껴봐

만지면 터질 것 같은
푸른 그리움 곱게 물들여
배꽃 같은 고운 숨을 쉬면서
수줍게 들려주던 따스한 노랫소리
맘속에서 꿈틀대며
부드럽게 다가오는
햇빛 맑은 자연을 품어봐

꽃구름이 누워 있는
파란 꿈꾸자 친구야
물기 촉촉한 빛이 감싸주는
소소한 행복을 가져봐

눈

— 최성필

칠흑 같은 중년의 늪을 덮으려
함박눈이 동네에 하루 종일 하얗게 쌓인다

아득히 멀어져 간
에덴의 동산이 보인다
아른아른 그리운 날들이
하늘에서 쏟아진다

봉길아! 상룡아! 병희야!
눈 온다! 밖에 나와 놀자!

함성을 지르며 눈이 되어
골목으로
골목으로…

눈 온다
주름진 손으로 추억을 뭉친다
눈덩이는 커지는데
타향의 골목엔 아무도 없다

친구

— 최수경

사진 하나만 찍어주세요
등산 차림의 남자는 가방을 내려놓으며
뻔순이 아줌마들의 부탁을 흔쾌히 듣는다
깔깔대던 수다 끝이라
보기 좋습니다 한마디 선물도 던지며 간다

까마득한 옛날
빳빳하게 다림질한 하얀 깃
빛바랜 사진 속에 우리는 있었다
높고 낮은 모퉁이를 돌 때마다
어디쯤 가고 있는지 수시로 안부를 물었다

세월 따라 변해가는 모습
가까이서 볼 수 있다는 건 행운이지
운명의 틀은 쳇바퀴를 돌리고 돌려도
봄빛에 진달래꽃 흐드러진 산언덕에
인연의 굴레 속에 여전한
너와 나 지금도 옛날인 듯 따스하다

흔들리는 것들

뜨겁게 타오르던 꿈들 펼쳐 보지도 못하고
바닥으로 가라앉고 있다

어두운 말들이 깊게 파고들어 불안을 키워도
조금만 참아보라는 말 초침 소리처럼 흘러든다

서로의 일상을 환히 꿰던 단짝 친구
수화기 너머로 들려오는 목소리
보고 싶어 그 이름 꾹꾹 눌러 써본다

지구 반대편에 있어도
기억 속에 파랗게 피어나는 얼굴들
그리움은 깊어만 가고
함께 했던 고향의 향기가 선물처럼 밀려온다

힘들게 이루어낸 타국의 삶
보라색 페튜니아처럼 피어났어도
간절한 고향의 시간에 갇혀
여전히 흔들리는 이민 생활

아름다운 우정友情

최영희

우리는 한 고향 초등 동창이었다
남녀 합반 옆자리 친구였다 그는 남학생 나는 여학생
우리는 서로의 어려운 환경을 잘 아는 형제 같은 친구였다
서로를 위로하는,

이제 둘 다 희수를 바라보는 할머니, 할아버지
60여 년이 훌쩍 넘었지만
우리는 이제도 어린 그때 그 마음으로
서로를 보고 있다
그 친구는 모 대학 교수로 정년, 나는 늙은 시인으로
여기까지 온 우리지만
서로 다른 세상에서의 살아온 과정은, 과정
형제 같던 우정은 그대로 인가보다

남편 잃은 나에게 카톡으로 전화로
힘내라, 힘내라 응원이다
고향 가자, 고향 가자, 친구 만나러 고향 가자
고향 산천도 둘러보고 한 마음 풀고 오자
고마운, 어릴 적부터의 고향 친구의 우정이다.

그 느티나무 아래로 가자

최옥

그랬지, 그곳엔 세월 가도 바래지 않을
풀빛 추억이 지금도 뛰어다니고 있는 걸
가위, 바위, 보에 터지던 웃음소리
공기놀이에 지지 않던 해가 아직도 비추고 있는 걸
그랬지, 그 나무 아래서
먼 훗날 우리의 날들이 나무 그늘 밖의 저 햇살이길
소원하거나 꿈꾸지는 않았지만
오래도록 간직하고 싶은 추억을 두고 왔는 걸
한 방울 눈물없이 아름다웠던 내 여덟 살이 거기 있는 걸
다래끼집 몰래 지어두고 지켜볼 때
내 작은 몸을 온전히 숨겨주던,
내 전부를 기대고 섰던 나무 한 그루 거기 있는 걸
밤하늘에 토끼풀꽃 같은 별들이 만발해지면
그때 그 아이들 하얀 풀꽃 따다 만든 꽃다발
오늘 밤도 내 목에 걸어 주는 걸
유난히 날 좋아했던 첫사랑 그 아이의 커다란 눈이
아직도 날 바라보고 있는 걸
비 오고 바람 부는 날의 추억이 아니라
문득문득 일상의 갈피 속에서 마른 꽃잎처럼 떨어지고 있는 걸
그리워할 것도 기다릴 것도 없이
그저 생각나면 기별 없이도 모여들던 동무들
일상의 숨가쁜 날들 속에서 내가 잠시 앉았다 갈 수 있는
그래, 오늘은 그 느티나무 아래로 가자

발자국

최용수

메밀꽃 흐드러지게 핀 자드락길을
어깨 걸고 함께 넘었던 친구여
내 가슴 속에는 그때 추억이 오롯하게
피어 있다, 붉은 배롱나무꽃처럼

월남전에서 한쪽 다리 잃어버린 너는
상실의 고통에 온몸 뒹굴었고
나는 속절없이 가슴만 난타하는 동반자
두 개 수레바퀴처럼 마주 보며
무거운 짐 나눠 메고 자갈길 굴렀지

너를 태운 은하 열차가 떠날 때, 나는
한 떨기 코스모스처럼 흔들렸다
유년의 골목엔 고무신 자국 넷이었지만
눈길을 함께 걸으면 발자국은 둘뿐

돼지들

최정란

비밀이 든 자루를 메고 돼지가 친구들을 찾아간다
숲의 저녁은 고요하고 사건 사고는 은밀하다
돼지를 죽였어 몰래 돼지를 파묻어야 해 도와줘
후각이 영리한 돼지들은 안다 끔찍한 거짓말
이 냄새는 돼지 피가 아니라 사슴 피 냄새
틀리면 가짜친구, 이 문제는 친구를 의심하는 시험
생의 국면마다 꾸준히 시험에 들 운명의 돼지들
객관식이든 주관식이든, 시험이라면 익숙한 돼지들
돼지를 도와 돼지를 죽인 돼지를 눈감아주고
돼지의 진짜친구가 된다 출제자의 의도를 잘
파악했으므로, 돼지들, 사슴고기를 나누어 받는다
그건 범죄지, 은닉과 공범을 부추기는 시험은
싹 트는 숲을 망치지, 회초리와 오답의 교집합이
기른 어린 돼지가 달을 향해 꿀꿀거린다 교과서를
잘 배운 돼지들, 시간이 숲속학교를 쓸고 간 후
무리지어 고기를 뜯는다 입술과 뇌에 사슴고기
맛이 음각된 돼지들, 혀에서 혀로 밤이 흘러간다

물비늘, 빠져나간 자리

— 최진영

곁에 없는 사람은 쓸쓸함을 퍼올린다

토스터기에서 방금 튀어나온 2초의 탄성이
남자의 루틴을 토막 내고 홀로 조각난 빵을 구겨 넣게 한다
슬프지 않던 것들이 슬픔을 몰고 오는 아침
입안의 모래알과 혼자 있는 침묵이 깊다

8월의 상사화가 후두둑 떨어진다
끝날 것 같지 않던 계절
움푹 팬 창백함 속으로 마지막이 쌓여간다

그녀가 신던 슬리퍼, 같이 읽던 성경책, 옷장에 입고 왔던 옷가지
그것들을 붙잡고 남자가 운다

옆자리를 지키자던 서로의 다짐은 옹골졌지만 어디에도 닿지 못하고 물비늘, 빠져나간 자리, 그 먹먹함이 미끈거린다

남자는 젖은 종이상자가 되어간다

이심전심

― 최태랑

아내와 같이 걷는 호수공원 산책길
몸짓으로 마음을 읽는다
아무 말이 없다
생각이 깊다는 뜻이다

잡은 손을 푼다
이목이 부끄럽다는 뜻이다
벤치에 앉는다
그만 걷자는 뜻이다

운동화 끈을 매만진다
집에 가자는 뜻이다
뒤쳐져 온다
마뜩찮다는 뜻이다

뜬금없이 내일 출근해 한다
같이 있고 싶다는 뜻이다
아내가 마음속에 들어와 있다
같이 갈 날도 머지 않았다

오매불망

— 최향숙

사이사이
너 사이 나 사이 그리운 사이

보고보고 또 보아도
돌아서면 이내 또 보고 싶은

아직도 그 언덕 뛰놀던 뒷동산
그 골목 그 샘터 오솔길까지,

어스름 어두움에도
샛별을 보자고 보채이던

달콤하고 향기롭던 그 시절
굴렁쇠 돌리며 우리 곁을 맴돌던 머시매

검정 고무신에 동생을 업은 복 이의 미소
그 피 나래가 이슬 되어 솟구친다.

달을 마시는 저녁
— 잃어버린 친구를 추억하며

— **최혜숙**

나 좋다는 친구와 마주 앉아 소주를 마신다
맑은 술잔 속에서 비틀거리던 달도 이미 마신 지 오래
분위기에 취해 반쯤 넋이 나간 나는
말이 되는지 안 되는지도 모르는 소리를 주절거리며
찬 술잔을 입에 대고 홀짝거린다

눈이 반쯤 풀린 그는
암말 안 하고 소주만 들이붓고
나는 술잔을 만지작거리며
'목마는 주인을 버리고 그저 방울 소리만 울리며 가을
속으로 떠났다'*고 흥얼거린다

늘 눈이 젖어 있는 그는
금방이라도 울 것처럼 나를 본다
아니, 내 등 뒤에서 웃고 있는
가슴 큰 안젤리나 졸리를 본다

우리의 술잔은 자꾸 넘치고
우리의 우정은 자꾸 미끄러지고

---

* 박인환의 시 「목마와 숙녀」 중에서.

우애의 새벽

222

— 최화선

빚에 허덕이는 친구로부터 돈을 빌려달라는 전화를 받았다
어려운 부탁이었을 텐데, 여지없는 거절을 한 후에

우정에 대한
글을 쓰라는데
머리가 텅 빈 듯하여
우정이란 단어가 말할 수 없는 곤혹으로 오는데
언젠가 읽은 이 글이 생각난다

　계모 주부인은 왕상을 미워하여 몹시 가혹하게 다루었다. 그러나
왕상은 주부인을 매우 정성 들여 섬겼다. 집의 마당에 오얏나무 한
그루가 있었는데 열매가 매우 탐스러웠다. 계모는 항상 왕상에게
그것을 지키라고 했다. 때때로 한밤중 내내 비바람이 몰아치면 왕
상은 나무를 끌어안고 큰 소리로 울었다.*

　오얏나무와 왕상이 나누는 슬픔도 공감도
　나는 친구와 나누지 못하고
　열매도 잎도 헐벗은 내 초라한 일생의 나무만 바라볼 뿐
　우정은 관념 속에서만 아름답구나

---

* 김진영 「아침의 피아노」 중에서.

별리

― 하두자

발인 하루 전 구분은 명징해진다
자리를 떠나는 사람들과 남은 사람들
울고 있는 사람과 울지 않는 사람들
나무들은 콜록콜록 기침을 하고
11월이 무덤처럼 쓸쓸한데
차창 밖 단풍이 노을의 붉음이
뜨거운 목구멍을 가진 나를 감싼다

목메임이 울컥거리며 차고 넘친다
울음과 호명으로 연결되어 있다 해도
남아 있는 나는 떠나가는 너를 볼 수 없다
두 손을 내밀어 보면 너는 어제의 너일 수도 있고
내일의 너일 수 있는데 삼일 전 우리와
지금의 우리는 왜 이래 다른 걸까
이쪽으로 저쪽으로 분리된 우리는 정말 우리인 걸까

가을 속으로 떠나가는 너는 아름다운 여운 아니 영혼
영면 위로 붉은 단풍이 뜨겁게 추락한다
저녁이 가고
나 혼자 남겨진 밤이 파란처럼, 해일처럼 밀려온다

우애의 새벽   463

우정

— **하보경**

울었다
그는 울었다
어깨를 들썩이며
쿵쿵 울었다

일어나라고
같이 가자고
왜 그러고 있냐고

차 씽씽 달리는 도로에서
피투성이로 쓰러져 미동도 없는
친구의 몸을 코로 쿡쿡 박으며

꼬리를 말고
자꾸 울었다

내 친구 비상飛翔을 꿈꾸다

— 하수현

친구는 파일럿이 되고 싶어 한다 독수리 날개로 날고 싶은 그는 질긴 꿈을 창공으로 쏘아 올리지 못해 늘 아프다

여름비 오던 날, 친구는 오토바이와 한 몸이 돼 달려가다 마주 오던 자동차와도 한 몸으로 엉기며 처음으로 창공을 날아오른다 날아오른 일이나, 날다가 지상으로 내려온 일은 놀라운 일이다 그는 활주로도 아닌 곳에서 이륙과 착륙을 거의 동시에 하게 된 일로 결국 다리 하나를 창공으로 영영 날려 보낸다

주인에게 끝내 돌아오지 않은, 다리에 대한 슬픔이 또렷했음에도 친구는 웬일인지 이전보다 더 창공을 날고 싶어 한다 이미 창공을 한 번 날아 본 놀라운 기억 때문일까, 아니면 이젠 이루기엔 멀어져 버린 꿈이 그리움처럼 뼛속 깊이깊이 남기 때문일까

다리 하나 없어도 푸르른 비상을 꿈꾸는 친구, 남은 다리 하나만으로 창공을 휙휙 잘도 날아다니는, 친구의 기적을 내 지금도 기다린다

오래된 친구들

— 하순명

고향 어귀 느티나무 같구나
햇볕 잘 드는 장독대 항아리 속
몇 년 제 맛 간직한 된장처럼
정 익은 냄새 폴폴 나는 가시내들

누군가의 한마디에도
앉은자리 들썩들썩 푸짐한 웃음소리
"오매 그랬다냐?"
누가 뭐래도 무안 안 타고
까르륵 웃음보 터지는
지금도 영락없는 전라도 가시내들

아직도 큰 애기 같은 귀덕이
내년이면 손자가 고등학생 된다는 현숙이
무릎 아프다 하면서도 맨 먼저 오는 근자

그 시절 풍향동 벚꽃 길 무등산 갈대밭 어디쯤
묻어놓은 이야기
제각기 한 소절씩 풀어내면

까페 창 너머 앙상한 나목들 빈 가지에
우리들의 이야기가 꽃으로 매달린다.

하늘나라 우정탑

— 하정열

허허벌판을 떠도는 하늘나라 식구들도
때론 안부를 묻고 가끔은 눈빛을 보내며
영겁의 다함 없은 우정을 나눈다지, 그래!

견우와 직녀는 오작교에서 만나
수수억 년 변치 않을 애틋한 그리움으로
어둠을 밝히고 밀어를 속삭인다지

별들도 외로우면 은하강에 돛단배를 띄워
속살을 드러내며 진솔한 은어를 나눈다지

우리은하와 안드로메다은하는
사랑의 속도로 서로 다가서서
먼 후일 한지붕 한가족으로
허물없는 체온을 나눌 수 있다고 하지

우주만물들은 샘솟는 샛별사랑 모아모아
천지개벽에도 무너지지 않을
하늘나라 우정탑을 쌓아가고 있다지, 아마?

우애의 새벽 467

친구여

하지영

꿈은 하늘에서 잠자고
추억은 구름 따라 흐르고
친구여 모습은 어딜 갔나
그리운 친구여

옛일 생각이 날 때마다
우리 잃어버린 정 찾아
친구여 꿈속에서 만날까
조용히 눈을 감네

슬픔도 기쁨도 외로움도 함께 했지
부푼 꿈을 안고 내일을 다짐하던
우리 굳센 약속 어디에

꿈은 하늘에서 잠자고
추억은 구름 따라 흐르고
친구여 모습은 어딜 갔나
그리운 친구여

이런 친구

하청호

그날은 비가 왔다
혼자 집으로 돌아가는 길
우산도 없이 길을 나섰다
마음도 후줄근히 젖어 내리는데
누가 처진 내 어깨를 툭 쳤다
친구였다
친구는 쓰고 오던 자기의 우산을
비 오는 하늘로 휙 던져버렸다
나와 친구는 비를 맞으며
아무 말 없이 걸었다
찬 빗물이 얼굴을 타고 흘러내렸다
우리는 마주 보며 씩 웃었다
비는 더욱 세차게 내렸다.

술래잡기

— 한경

콩콩 뛰는 가슴으로
숨소리 죽이며
아무리 기다려도
술래는 찾으러 오지 않았다

제풀에 지쳐
짚단에서 살며시 나와 보니
친구들은 다 집으로 돌아가고
어둑한 골목에
내 작은 그림자뿐이었다

그 막막한 두려움이
활처럼 꽂힌 유년
땅거미 지는 골목은
여전히 가슴 저리다

가끔 친구가 사라진
텅 빈 골목에 울지도 못하고
홀로 서 있는 나를 만난다

친구야 너, 지금 어디 있니?

그대의 끼니가 아름답기를

— 한분순

정좌해 명상하는
잘 헹군 밥공기
달처럼 내어 주며
포만을 나른다
달그락 올리는 기도
품 넉넉히
밝은 몸

은하수로 꽃 씻어서
묵은 허무 닦는다
헤아리는 신비 속에
같이 걷는 늘 선한 밤
나의 벗
우주가 모두
너에게 다정해

연인의 동상

— 한상완

섣달 그믐 눈 세상 보름달은
숲 위에 휘영청 높이 솟아올라
하얀 밤 밝게 비추이고
엄동의 겨울밤 몽촌토성 넓은 공원
텅 빈 눈밭은 사위 트여
도시의 불빛이 넘실대는데
언덕 위 벤치엔 한 쌍의 연인
동상인 양 하나 되어 미동도 없이
앉아 있네
하나 되어 동상인 양

그림보다 고운 모습 천상의 세계 이루어
침묵하는 영원하고 정밀한 시간
오~ 아름다운 겨울 연인들, 겨울 연인들
오~ 아름다운 겨울 연인들, 겨울 연인들

고향 친구

한상호

고슬고슬한 추억을
우정이란 엿기름으로 뽀얗게 삭혀
뭉근한 세월에 잘 저으며 고아
물엿과 갱엿 중간 어디쯤에서
끈적하게 식혀 놓은
달근한
조청 덩어리

우애의 새벽

불현듯 생각나는 친구에게

— 한성근

저녁노을 물들어 가는 서쪽 하늘로
자리 옮겨다 놓은 무심한 해 망연히 바라보다가
내 마음 저 쓸쓸한 곳에서
다정스레 웃음 짓고 있는 친구들의 모습을
명상에 든 듯 불현듯 떠올려 보며
지금껏 세상 지나치면서 필요한 것들이야 많았었지만
그중에서도 정작 없어서는 안 될
가장 으뜸인 것이 무엇이었을까 생각해 본다
심성 고운 친구들과 마주한다는 것은
먼 곳까지 환히 비쳐 줄 등불을 가진 것과 같아
마지막엔 널브러진 후회 풀어줘야 한다고
언제 어디서나 말 한마디 참따랗게 건넬 수 있는
두터운 친구 두세 명쯤 있단 사실만으로
기나긴 세월의 원동력이 될 터인데
예상하지 못한 시험에 든 역경 속에서도
제자리를 찾으려 터울거린 사람들에겐
오랫동안 우정을 기어코 서로가 유지한다면
얼마나 보배로운 일인지 새삼스러우니 알게 되리라

밤비로 지나간다

— 한성희

너는 밤이 되기 위해 밤새도록 우는구나
어둠에 무너지고 휩쓸리면서
너는 밤을 풀어헤쳐 놓는구나

나는 그날 밤 내내 나에게서
도망가면서 흩어지면서 너를 찾았지
이런 밤은 악몽을 즐기다가
애써 빗줄기를 피하지도 않는구나

너는 밤새도록 바람처럼 우는구나
네가 나에게 건네주는 등 뒤의 얘기들
너는 무언가 말하고 나는 눈치채지 못해도
너는 구름이면서 빗방울을 따르고
나는 밤이면서 어둠을 찾아 헤맸구나

우리는 밤새도록 어깨를 들썩이며
물길 닿는 대로 흩어지면서
단 한 번뿐인 무성한 잎사귀로 우는구나
젖은 불우들의 울음을 토해내면서

친구, 보고 싶다

— 한소운

키질이 서툴러
밥상 위에 신문지 깔고
밤 이슥도록 콩을 고른다
단단하고 잘 여문 것들만
쭉정이, 벌레 먹은 것, 미처 다 여물지 못한 것
버려야 한다
골라내고 또 골라내도
정작 골라내지 못한 쭉정이 마음
부끄러워라
가을걷이 끝낸 빈 들판 같은
허허로움
마당가에 내려서면
산촌 새악시 눈물 같은 별이 총총
밤 꼬박 새워도 좋을 것 같은
가을밤

내 안의 타인

— 한영미

링거 줄이 오른 팔목을 감고 걸쳐 있다
순순히 몸 안으로 들어오는 기척,
누군가 내밀한 나의 문을 밀고 들어선다

내일과 오늘이 다시 만날 수 없듯이
나는 나를 앓고 있다
미세 혈관을 타고 곳곳에 기억이 번진다

어떤 피는 서정이 되기도 했고
어떤 서사는 아직도 내 몸을 떠돌고 있다

이제껏 지탱해온 뼈처럼
스스로 살아왔다고 생각했는데,
어느 틈에 불현듯
누군가가 되어

출구도 없는 코마에서 흘러 다니고 있다

한 번도 만난 적 없습니다만

한윤희

　저기, 오래된 집이 연한 보랏빛 꽃잎을 흔들며 가까이 옵니다 구 둔역으로 오르는 길이었습니다 경사가 심한 하얀 길을 오를 때마다 당신을 기억합니다 몇백 년 전에 스쳐 지나간 얼굴, 당신은 지금 토 분이 놓인 창가에 앉아 글을 쓰고 계신가요 앞마당 한쪽 구석에 수 레국화를 심고 계신가요 당신도 아시다시피 나도 구석을 좋아합니 다 구석에서는 밑도 끝도 없이 낱말이 샘솟지요 구석은 늘 환하고 향긋하죠, 색들은 유난히 신비롭고

　당신은 어둠 속에 혼자 앉아 있습니다 어설프게 이어붙인 나무 의자에 걸터앉아 터무니없는 노래를 부릅니다 세상이 귀를 열지 않 아도 구석에서 솟아오르는 관객들, 노래가 끝나도 일어나지 않는 관객들, 무대와 객석 사이 뜨겁게 달아오르는 오케스트라 피트

　당신, 한 번도 본 적 없습니다만 우린 오래된 사이입니다

맨발 구두에게

흙먼지 뒤집어쓴 채 닳아 코 깨진 신발장의

구두 한 켤레

차마 마음에서 버리지 못한다

마음속의 다른 길 허공을 걷는 나인 것만 같아서

낡은 구두 한 켤레로 돌아온 골목

만 리 밖을 보려 떼어놓던 내 붉은 발자국들

녹슨 철문 밖에 내놓지 못한다

맨발 구두는 내 혼이 묻은 살점 같아서

생일날

— 한창옥

꽃무늬 원피스의 나와 체크무늬의 동생
주름진 목 언저리는 서로 감추고
테이블에 마주 앉아 점심을 먹는다

우리들의 산실을 더듬거리며
마주할 수 없는 쓸쓸한 외식

들리지 않는 목소리 입안으로 밀어 넣는다

화장대에 올라가 노래하던
뺨이 발그레한 동생의 어린 날이 보인다
멈추지 않는 시간이 고맙다

새우튀김을 담아오는 입맛은
아직도 서로를 느낀다

누구 주지 말고 매일 챙겨 먹어!
내 손에 쥐어주는
비타민 병에 동생의 핏줄이 따뜻하다

수련

— 함기석

연못이 귀를 꺼내 놓고 엿듣고 있다

달님이 맨발로 살금살금
물 위를 걷는 소리

물고기가 살살 간질인다
달님 발바닥

달님이 웃는다 물결이 동글동글 퍼지고

물결 따라 떠가는 나뭇잎
나뭇잎을 붙잡는 개미

연못이 가만히 엿듣고 있다
달님이랑 물고기랑 나뭇잎이

물에 빠진 개미를 물가로 데려다주는 소리

동행

— 허영자

네가 떨고 있으니
나도 따라 추워지고

네가 울고 있으니
나도 따라 눈물이 나고

너 이제 먼 길 떠나니
나도 따라 가고 싶다.

끝없이 두 갈래로 갈라지는 길들이 있는 정원·3

— 허정애

흐린 가등이 앞서가는 사람들을 낯선 사물처럼 비췄다. 차량이 뜸한 몇 개의 횡단보도를 건너 가파르고 좁은 돌계단을 올랐다. 언덕 위 조명을 받은 마차시 성당이 승천의 기세로 어둠을 밀어내고 있었다. 그는 기꺼이 갔을까, 불현듯 한韓을 생각했다. '참으로 순수하고 흐트러짐 없던 사람' 누군가의 애도 글에 눈을 떼지 못했다. 삶과 죽음의 경계에서 보인다는 환경環景, 그는 무엇으로 있었을까. 내면에 축조한 삶의 근거가 사라졌다는 것, 한 세계에 대한 감각을 다시는 기대할 수 없다는 것, 고야의 '검은 그림들' 같은 환영에 자책의 그늘이 얼마나 깊었을까. 멀리 도나우 강물 위로 교각의 불빛이 점멸했다. 별빛과 풀벌레 소리가 분간되지 않았다. 관광지의 야경이 잠들 줄 몰랐다.

사람은 무엇으로 사는가. 밤바람처럼 몸을 숨긴 기억들이 불온하다.

그때 그 말을 했다면 달라졌을까

— 허진아

없는 사람이 옵니다 한 잔의 차로
티라무스 한 조각으로

나를 부르는 붙박이 소리 돌아보면
없는 사람으로 가득하고

그 때 그 말을 했다면 여기 있을까
자꾸 없는 시간을 만들고

버스는 없는 사람으로 만원이고
같이 걸으면 없는 사람만 있어
발목 없이 걷게 되는데

전지된 가로수는 다 울어버린 얼굴
겨우 참고 있는

없는 사람이 옵니다 몸도 없이
뛰는 심장으로

보고 싶은 친구들은

— 허형만

보고 싶은 친구들은 모두 남녘에 있고
오늘도 나는
말없이 소나무 숲속에 앉아 있네
어제의 바람은 어딘가로 떠나고
촉촉한 물기만 남아 떠도는 곳
간혹 산책 나온 사람들 몇이
가랑잎처럼 곁은 떠나가지만
아무도 말을 걸지 않네
보고 싶은 친구들은 모두 남녘에 있고
오늘도 나는
바다 냄새가 밀려오는 쪽으로 전력 질주하는
갓 태어난 새끼 거북이처럼 마음은
쉼 없이 남녘으로 내달리네

소묘素描

─ 홍경나

 제일 친하다고 생각했던 그이였다 61년 신축생 나이가 같고 고향이 같고 함께 붓던 삼 년짜리 적금을 털어 스페인과 동유럽 여행도 같이했다 모딜리아니와 베르나르 뷔페를 좋아하고 빅토리아풍의 엔틱을 모으는 취미까지 같은 그이였다 코로나19로 그이를 못 본지 한참 만에 가진 브런치 자리 뜬금없이 그이가 "경나 씬 영우 씨와 제일 친하지 않았어요?"

 …몇 번을 고쳐 쓴 글씨 위에 박박 그은 화이트수정테이프처럼 애먼 그리움이 뭉개졌다 빙그르르 중력이 개구멍만 해지더니 삐뚜루미 낯짝을 숨겼다 샐샐 물색없이 엉너리를 떨던 오늘치 부침도 까막잡기 어떤 대답을 할까 어떤 대답을 해줄까 애면글면이던 내가 통째로 사라졌다… 에그 베네딕트를 앞에 놓고, 물큰 치미는 시큼한 홀랜다이즈소스 냄새 때문인지 똑 떨어진 입맛 때문인지, 배부른 강아지 시래기 다루듯 한참을 깨지락댔다 엉이야벙이야 그이의 물음을 못 들은 척 고개를 드는데 그이와 눈이 마주쳤다

 히물쩍 웃으며 멀찌감치 놓인 커피잔을 당겨 다 식어빠진 커피를 한 입 마시는데 꿀꺽, 커피 넘기는 소리가 꼭 무단히 울린 화재경보음 같았다

입술을 깨물다

— 홍경흠

민물매운탕이 일미일 때

진눈깨비 아래서
권커니 잣거니 술만 들이켜는데
가슴을 뜨겁게 달군 다짐
각을 세우다 손사래 치면

남남

진눈깨비 뒤엔 태양이 빛나고 있어
다시 나는 너였다가 너는 나였다가
너 때문이다
부음까지 외면하기로 하면서

원수

빈 깡통 걷어차고 헛웃음 친다

내 친구

— 홍보영

나를 제일 좋아하는 친구
나만 보면. 웃고 달려오는 친구. 어느. 날
친구의 그늘진 얼굴
암이라고. 수술해야 한다고

친구가. 하소연 구구절절
억울함 구구절절. 두려움 속에. 마구 뱃어내는 말들을

그저 고개를 끄덕이며
들어주었지. 나도 친구의
아픔. 슬픔 떨림을 같이 공감하며
낫는다고 우리나라가 의술이 최고라고.
친구의 뺨에 흐르는 눈물을 닦아주며
그날 이후
난새벽 일어나 촛불을 켜고 하느님께. 내 친구 깨끗하게 완쾌해
주십사.
날마다 눈물로 기도했지

죽을 때까지 같이 갈. 나의 친구. 빠른 완쾌를 빌며
홍보영 씀

우분투Ubuntu

홍사성

사하라 사막 남쪽 아프리카 반투족을 찾아간
백인 인류학자가
어린이들을 모아놓고 게임을 했습니다

저 바구니에 맛있는 과자가 있다
제일 빨리 달려가는 사람에게 상으로 주겠다

그런데 아이들은 아무도 뛰어가지 않았습니다
서로 손잡고 천천히 걸어가더니
과자를 꺼내 나누어 먹는 것이었습니다

인류학자가 궁금해 하자 키 큰 아이가 말했습니다
다른 아이들이 다 슬플 텐데
어떻게 나만 좋을 수가 있겠어요

아이들은 합창하듯 외쳤습니다
우분투!(친구가 있기에 내가 있어요)

너에게 가는 길

— 홍성란

물처럼만 흐른다면
이르지 못할 길 없으리

빙 돌아가더라도 막아서 넘치더라도

장쾌壯快히
나 아닌 나에게 폭포처럼 닿으리.

향내 한 점
― 먼저 떠난 그대를 생각하며

홍신선

그렇다. 어찌 피었다 지는 한낱 풀꽃뿐이겠는가,

누군가 살아서

평생 한세월 앉았다 떠난 자리에도

따시한 향내 한토막은 감돌 마련인 것을.

아픔의 거리

— 홍윤표

거리에 서면 아는 사람을 만난다
만나면 주고받는 말, 우정 속에 안부를 묻고
안부 속에서 병 자랑이 자라지요
부모와 아내 신랑 아님, 자식 얘기와 안부에
병病자랑은 말하라 했지, 부끄러워 말고
때론 걱정 때문에 감추지만 그러다
시기를 놓쳐버리면 가족까지 잃는다

아픔의 거리에서 질병은 숨기지 말고
아픔을 나누워 생명을 구하는 일이 주요하지
아픔은 속히 발견해 치료하는 우정友情에서
병은 나눌수록 약해지는 순간의 변화
건강을 가꾸고 나눔은 사랑이요
너와 나의 우정이지요

건강한 가정과 건강한 세상을 가꿈은 의사라지요

수양버들

황경순

도시 변두리 외딴 집 지키던
키다리 수양버들

봄이면 연둣빛 희망을
여름이면 거대한 초록 그늘을
가을이면 황금빛 눈맞춤을
눈꽃 피는 겨울이면 앙상한 가지도, 추위도 잊게 해주었지

학교에서 돌아오면 빈 집의 정적을 깨고 반갑게 가방을 받아주고
복작거리는 동생들 피해 나오면 언제나 웃어주던 그 나무가
작은 개울과 함께 놀며 풀 뜯어 먹이던 오동통한 토끼는 사라지고
하얀 털만 버드나무 가지에 걸려 한없이 울 때도
걱정 말라고 토닥이며 잎을 반짝였지

이 봄, 누가 심지도 않았는데
언제나 슬픔을 삭혀주던 그 나무가
농장 빈터에
다시 또 그렇게 나부끼네

소나무 친구

— 황미라

   산책길에서 만난 소나무에 하얀 눈 소복하다 나는 바람과 앞서거니 뒤서거니 걷다가, 무심결에 꺾어질 듯 늘어진 솔가지를 건드렸다 순간 눈이 사방으로 흩어지며 솔가지가 탄력 있게 위로 올라간다
얼마나 무거웠으면…

   늘어진 솔가지 같은 노인이 휘청휘청 걸어간다 코가 땅에 닿을 듯 굽은 등 위에 수북한 생의 눈,
   이 버거움이 누군가에겐 간절한 그리움 아니던가

   밤새도록 눈이 내리고
   앓다가 죽은 친구가 꿈속을 다녀갔다

약속

— 황상순

반달 옆으로 비행기가 날아가며
달아, 안녕
반짝반짝 인사를 건넵니다

응, 너도 안녕
반달도 얼른 손을 흔듭니다

먼 나라지만 얼른 다녀올게
조심히 갔다 와, 기다리고 있을게

구름이 심술궂게 훼방을 놓아도
반달은 눈도 깜박이지 않고
친구가 돌아오기를 내내 기다립니다

며칠 후 다시 만날 때면
보름달 얼굴로 환히 반길 거예요

칭구야

— 황인동

니가
소주 한 빙 들고
어무이 미[墓]에 댕기오는 꿈을 꿨다며
꿈 이바구 하디

그뒤 우찌된 일로
벌씨러 열흘째 , 내가 보낸 안부는 삼키뿌고
컴컴한 적막만 돌리 보내노

그래가
날이 수타 지나 가뿌니까
내 생각 머리에는
자꾸 소독 내미가 나네

빙瓶 들고 갔다 카디
빙病 들었는 건 아이가
이 종낵아 !
퍼뜩 이바구 쫌 해보래이

혹시라도 빙病 걸릯다면
치료 잘 받고
얼렁 시부지기 일어나
니 잘 묵는
정구지 찌짐 묵으러 가재이
기다리꾸마

시인의 막걸리

— 황형철

누룩을 빚듯 매일같이 뭔가에 애를 쏟아도
번번이 어긋나기 일쑤인데
여태껏 맛본 적 없는 고두밥도 궁금하고
술이 익었나 안 익었나
나라면 기다림이 정말 무료했을 것이네
밑술이 묵고 덧술은 쌓이며 곰팡이 하나도 맛을 내는데
그늘 드리운 날은 저물고
그간 보글보글 시인의 숨이 올랐을 테니
슬근슬쩍 날아갈까 뚜껑 열 수가 없네
이만한 술을 밥처럼 가깝게 두었으면
단단히 근육도 붙고 과거를 쳤더라면 급제라도 했겠지
술김에 무모한 용기도 내어보듯
저 언덕만 넘으면 어떤 무구 같은 게 있지 않을까
술이라면 좀체 입을 안 대는 나지만
바쁜 일 좀 접고 얼근하게 얼굴 붉혀서라도
어느 명주 부럽지 않은 이 막걸리 한 병이
내게 오기까지 깊고 높은 그 시간을 건너야겠네
벌써 무담시 설레네

프랑스시인협회
2023 시 콩쿠르 수상 작품

Société des Poètes Français
Concours de Poésie 2023

번역 황의조
홍익대 초빙교수

Touffue la forêt

Jeannine DION-GUÉRIN

Las d'interroger les futaies
des hautes forêts, les rimes
aspirent plus sobrement

à se délester des rages
orages et vaines vanités
des temps qui se consument.

Refermer le cahier des charges.

Tant de trous d'eau
ont infiltré ses pages

tant d'oripeaux têtus
tant de messages malvenus

Les mots ne se veulent plus
ni victimes ni otages

In « *Et que la Joie demeure* », Éditinter Poésie, 2020

우거져 엉킨 그 숲[1]

자닌 디옹-게랭[2]

참천參天의 숲 빽빽이 들어선 나무들과 문답하기를 체념하고,
각 운들은
보다 간결하기를 갈망하느니

시간을 탕진하는
망언들의 뇌우雷雨와 헛된 허영들을 덜어내기를.
그리고 창작 비망록은 덮어버리기를. 너무 많은 물구덩이들이
페이지들 사이에 균열을 만들었고

너무 많은 완고한 허울들과
너무 많은 불청不請의 메시지들

단어들은 더 이상
희생자도 인질도 되기를 원하지 않는다

---

1 시집 『그리고 기쁨이 머물기를Et que la Joie demeure』 수록작. (에디팅테출판사, 2020)

2 자닌 디옹-게랭 : 1933년 출생. 배우, 강연자, 라디오 방송 진행자로 활동. 인간과 자연 그리고 평화와 같은 테마를 강렬하면서도 깊이 있는 시적 언어로 구사. 레오폴 세다르 상고르와 기유빅을 좋아하며, 울리포Oulipo와 소설가 조르주 페렉의 영향을 받았다고 한다. 프랑스시인협회의 대상 시상은 2017년부터 심사위원단뿐만 아니라 공화국 대통령에게 작가와 작품을 소개하는 영예와 함께 이루어진다.

Au battant de la cloche

Jeannine DION-GUÉRIN

« Avec le mot « prairie » / J'ai vécu bien des aventures » (Guillevic)

Au battant de la cloche

Frappe tes matines d'airain

Poète

Afin que ta parole

Se console des pôles

Écartelés du monde

...

Chaque matin

Le soleil renaissant

Ne plaint pas sa peine

Son sang fouille et prospecte

La mine des mots

Le poussier est infime

Pour qui veut creuser

Métal céleste en fusion

Limaille

Qui nous électrise

Et nous fêle

Ton cuivre s'allonge
Élargissant nos âmes timorées

In *«Les Sabots de Bois Verts»,* ouvrage en hommage au poète GUILLEVIC, Éditinter, 2008

종의 추를 흔들어[3]

자닌 디옹-게랭

≪'초원'이라는 단어로/나는 수많은 모험을 겪었다.≫ *(기유빅)*

종의 추錘를 흔들어
그대 청동靑銅의 새벽 기도를 두드려 단련하라
시인이여

그대의 언어가
사방으로 찢어진 이 세상에서
위로를 찾도록

…

매일 아침
다시 태어나는 태양은
자신의 고통을 탄식하지 않으니

그의 피는 말[言]의 갱도를
파헤치고 탐사한다

녹아내린 천상의 금속을
찾아 파고 들어가는 자에게
먼지는 미미한 것

떨어져 나오는 쇳밥은

---

3 원 텍스트에 제목이 없어 첫 행 「종의 추를 흔들어Au battant de la cloche」를 대신 사용했다.
 시인 기유빅을 위한 헌정 시집 『초록 나무로 만든 나막신Les Sabots de Bois Verts』 수록작.
 (에디팅테출판사, 2008)

우리를 전율케 하고
또한 마음에 균열을 일으키네

구리로 된 그대 언어는 길게 퍼져 나가며
소심한 우리 영혼의 공간을 확장한다

Fourmi Ouvrière

Jeannine DION-GUÉRIN

À l'heure où ciseau poignarde
où poignard hache et découpe

où les communiqués du matin
s'égarent déclamatoires

Humain fais-toi oublier
Néglige les propos bavards
des débats contemporains.

À la mesure de la fourmi
réparant obstinément
l'abri communautaire

résous l'unique question
que méritent tes yeux :

comment sauver des mots
la soif de merveilleux ?

In « *Silence à Haute Voix* », Éditinter, 2023

일개미[4]

자닌 디옹-게랭

끌로 단도처럼 찌르고
단도로 썰고 잘라내는 시간에[5]

아침 공식 뉴스들은
과장된 어투로 핵심을 벗어난다

인간이여, 사람들이 그대를 잊어버리게 하라
시류에 영합하는 논란들의
수다스러운 해설에 괘념치 말라.

개미답게
공동체의 안식처를
고쳐 세우는 일에만 몰두하며

그대 눈에 그럴 만한 가치가 있는
그 문제만을 해결하라 –

어떻게 하면 언어로부터 경이로움에 대한 목마름을
지켜낼 수 있을까?

---

4 시집 『높은 목소리를 내는 침묵Silence à Haute Voix』 수록작. (에디팅테출판사, 2023)

5 첫 연의 느닷없는 이미지는 어떤 현실적 상황을 지시할까요? 언론 검열의 시간? 혹은 창작의 과정?

L'autre Famille
(Sonnet Marotique)

Philippe MARÉCHAL

À mon papa, professeur d'école émérite

C'est un petit village, en terroir agricole
Où je perçois encor, souvenirs récurrents,
Les murs de notre classe aux parpaings apparents,
Les cris sourds de la craie et les odeurs de colle.

Ta façon d'enseigner faisait aimer l'école !
Pourtant il me fallait partager mes parents,
Accepter malgré moi de les voir différents,
Dire « Maître » à mon père – absurde protocole !...

Mais un jour j'ai compris que ce lieu séculier
Était pour toi, papa, comme un second foyer
Qui changeait nos rapports dès qu'on passait la grille :

Chaque élève d'hier est un peu ton enfant
Et ce m'est un honneur, en ce jour triomphant,
D'avoir aussi compté en cette autre famille

In *«Sonnets Intimes»* (inédit)

또 다른 가족[6]

(마로풍 14행시)[7]

필리프 마레샬[8]

은퇴한 초등학교 교사이신 나의 아버지께

이곳은 작은 농촌 마을,
난 새록새록 떠오르는 추억들을 여전히 느끼고 있지요.
콘크리트 블록이 그대로 드러나 있는 교실의 벽들,
칠판을 두드리는 둔탁한 분필 소리와 공작 시간의 풀 냄새.

아빠가 가르치는 방식은 학교를 사랑하게 만들었지요!
하지만 나는 부모님을 다른 아이들과 공유해야만 했고,
내키지 않았지만 달리 대해야 한다는 점을 받아들여야 했어요,
아빠를 "선생님"이라고 불러야 하는 터무니없는 규칙이라니요!

하지만 어느 날 나는 깨달았죠
이 학교라는 데가 아빠 당신께는 또 하나의 보금자리였다는 걸요,
그 문을 지나 들어서면 우리의 관계가 변한다는 것을요.

---

6 미발표 시집 『사사로운 14행시들Sonnets Intimes』 수록작.

7 소네트 혹은 소네sonnet(프랑스식 발음)는 14행으로 - 2개의 4행연과 2개의 3행연으로 이루어진 서구의 전통 정형시. 각 행은 보통 10음절 혹은 12음절로 구성되며 일정한 패턴의 각운을 형성한다. '마로풍'이란 16세기 프랑스 시인 클레망 마로Clément Marot가, 기본형인 이탈리아 소네트의 운율을 독창적으로 변형한 것을 말한다. 여기서는 14행을 맞추어 옮기는 일 외에 행의 음절 수나 운율 등 다른 형식적 요소들의 구조를 번역하는 것은 고려되지 않았다. 참고로 시의 형식은 19세기 말 이후 자유시가 전면적인 대세가 되었지만, 우리 시대에도 전통 정형시는 유지되고 있으며 현대적 감각으로 쇄신되기도 하고 새로 만들어지기도 한다. 프랑스에는 전통 정형시와 우리 시대에 새로 만들어진 정형시들을 위한 경시대회가 많이 있다. https://www.gil-poesie.fr/ver_formesmod.php 참조.

8 필리프 마레샬: 프랑스 동부 프랑슈-콩테 지방 쥐라 산맥에 있는 작은 마을 퐁타를리에 거주.

어제의 학생 하나하나가 얼마만큼은 아버지의 자식이지요
자랑스러운 오늘, 이 또 다른 가족의 일원이었던 것이
저에겐 영광입니다.

Semper est Hora Sperandis
(Il est toujours l'Heure d'espérer)

Philippe MARÉCHAL

Je cherche une compagne à la fois douce et tendre
Dont l'amour me serait comme un nouveau départ ;
Et mon cœur alangui ne vit que de l'attendre :
Je sais que cette femme existe quelque part.

Aucun souffle pourtant ne vient gonfler mes voiles,
Comme si le destin se riait de mon sort...
Je demande ma route à toutes les étoiles,
Avec l'espoir secret de voguer à bon port.

Qu'importe si ma nef s'égare dans la houle !
Les échecs et le doute ont renforcé ma foi,
Et chaque jour passé, chaque heure qui s'écoule,
Chaque seconde, enfin, me rapproche de toi...

In *«Mon Jardin Secret»* (inédit)

희망은 언제나 있다[9]

필리프 마레샬

나는 온유하고도 다정한 반려자를 찾고 있으니,
그녀의 사랑은 내게 새로운 출발이 될 것입니다.
지금 지쳐 쇠약한 내 가슴은 오로지 그녀에 대한 기다림만으로 뛰
고 있어요,
난 알고 있습니다. 어딘가에 그 여인이 실재한다는 것을.

하지만 어떤 바람도 내 돛을 부풀게 하지 않으니,
마치 운명이 내 처지를 비웃는 듯합니다.
나는 모든 별들에게 나의 항로를 물어봅니다.
무사히 항구에 도달하리라는 남모르는 나만의 희망과 함께.

내 배가 거친 파도 속에서 길을 잃는다 한들 그것이 무슨 상관입니까!
온갖 좌절들과 의심이 나의 믿음을 더욱 강하게 만들었지요,
그리고 하루하루가 지나가고, 시간이 차례로 흘러가면서,
마침내 매 순간순간이, 나를 당신에게 더 가까이 이끌어줍니다…

---

9 미발표 시집 『나의 비밀 정원Mon Jardin Secret』 수록작.

Dans mon Jardin Secret

Charlotte RITA (PICHON)

Dans mon jardin secret étincellent des fleurs
Que j'arrose parfois de mes larmes amères
Au creux de mes amours, souvenirs et chimères,
La corbeille d'argent se pare de douleurs.

Dans mon jardin secret chaque myosotis
S'ouvre et n'efface pas, sur le bleu des pétales,
La mémoire du temps pour des feux de Bengale,
Qu'elle soit de l'Iliade ou celle de Thétis.

Dans mon jardin secret aux notes de corail
Rose, s'épanouit ce premier clair de lune
Avant de disparaître en éclair d'infortune
Quand pleure ton sourire à l'ombre du sérail.

Dans mon jardin secret où se cache l'espoir,
Le vert de ton regard éclaire le feuillage
Tapi sous le berceau de ton monde volage
Oublieux de mon cœur, gardien de songes noirs.

Dans mon jardin secret tout le jour j'entretiens
Des parterres fleuris qui couvrent les secondes
Repeintes mille fois pour une toile blonde
Où dorment les couleurs d'instants qui sont les miens.

In *«La Vérité au Cœur de l'Homme»*, Éditions Les Poètes Français, 2023

나의 비밀 정원에는[10]

샤를로트-리타 (피숑)[11]

나의 비밀 정원에는 꽃들이 찬란하지요,
나는 종종 쓰라린 눈물로 그것들에게 물을 줍니다.
나의 사랑들, 추억들 그리고 환상들로 채워진 그 깊은 곳에,
고통의 흔적들이 은 바구니를[12] 장식하고 있습니다.

나의 비밀 정원에는 온갖 물망초들이 저마다 피어나,
그 꽃잎들의 푸른 빛 위에서, 시간의 기억을 못내 지우지 못합니다.
오래도록 스러지는 불꽃들의 여운인 듯,
일리아드의 신화일까요, 테티스의 바다일까요.

산호색 음표들이 붙은 나의 비밀 정원에는
첫 달빛이, 분홍색으로 활짝 피어났다가
어느새 불운의 번갯불 속으로 사라지지요.
그때 그대 미소는 하렘의 그늘에서 울음이 됩니다.

나의 비밀 정원에는 희망이 숨어 있죠,
그대 초록빛 시선이 우거진 나뭇잎 새를 밝히고 있습니다.
하지만 변덕스러운 그대 세상의 요람 아래 은거하며
내 마음을 외면하는 그대는 암울한 몽상의 수호자.

---

10 시집 『인간의 마음 속 진실La Vérité au Cœur de l'Homme』 수록작 (프랑스시인협회 출판, 2023).

11 샤를로트-리타 (피숑): 1951년 파리 출생. 배우, 극작가, 연출가, 시인. 17세에 연극 경력 시작. '샤를로트-리타'라는 필명으로 활동을 시작하여 다수의 문학상 수상.

12 '은 바구니corbeille d'argent'는 바구니가 아니라 꽃 이름. 그 흰색 꽃들의 군락이 은으로 만들어진 바구니와 닮아서 '은바구니꽃'이라고 함. 한국어로는 눈꽃, 서양말냉이, 이베리스라고 부름.

나의 비밀 정원에서 나는 하루 종일
꽃이 만발한 화단을 가꿉니다.
거기엔 한 폭의 황금빛 그림을 위하여 수도 없이 다시 그린 매 순간
들이 가려져 있죠,
오롯이 나만의 것인 찰나들의 색깔들이 잠들어 있는 그 그림을 위
하여.

Folie Créative

Jean-Marie CAILLOU

Hors des profonds remous, quand fuse une pensée,
Par les mots de l'ivresse, un langage incertain
Du tréfonds jaillissant, reflets de travertin,
Vient du creux de la nuit d'une force insensée.

De la création, la rigueur cadencée,
A rompu son amarre au courant libertin,
Dérive au long des flots su plus secret fortin
Pour heurter, dans des cris, la rive assonancée.

De l'écume, une gerbe éclate aux noirs récifs
Et vient perler d'azur les embruns récessifs
Grisant le bel espoir d'une houle éclatante.

Dans les vents instructeurs, loin du calme abyssal
Où le temps disparaît dans une obscure attente,
Le poète émotif sera le fou vassal.

In *«Délyre»*, (inédit)

창작의 광기[13]

장-마리 카이유[14]

심해의 와류를 벗어나, 하나의 생각이 솟구칠 때,
만취의 어휘들로, 알아들을 수 없는 어떤 언어가,
석순石筍의 반영들인 듯, 바닥을 뒤집으며 분출하여,
미친 듯이 강렬한 힘으로 깊은 어둠의 한가운데서 나타난다.

창조의 율동적 준엄함은
제멋대로의 해류에서 이미 닻줄을 끊어버리고,
물결을 따라 가장 비밀스러운 요새로 표류하다
소란스러운 소리들이 조화로운 울림을 만들어내는 해변에 부딪친다.

거대한 포말의 물기둥이 검은 암초에 부딪혀 산산히 터져 오르다,
물러서는 물보라를 푸르게 물들여 진주로 장식하며,
눈부신 너울의 아름다운 희망을 도취시킨다.

시간이 어두운 기다림 속에 사라지는 심해의 고요함에서
멀리 떨어져 나와, 가르침을 주는 바람의 흔들림 속에서,
감성의 시인은 필경 충성스런 광기의 가신家臣이 될 것이다.

---

13 미발표 시집 『섬망Délyre, 譫妄』 수록작.

14 장-마리 카이유: 신고전시Poème néoclassique 「추억Souvenir」 등 발표.

Le Temps s'est arrêté
(Maillet)

Robert FAUCHER

Le temps s'est arrêté quand je vous ai connue...
Depuis, je n'ai plus d'âge et crois en l'Éternel...
J'aime m'abandonner, léger, sans retenue
Au plaisir de goûter votre instinct maternel.

Je ne veux plus compter vos mois et vos années :
Le temps s'est arrêté quand je vous ai connue...
Quel bonheur de jouir de grâces surannées,
À la fraîcheur si pure et jamais contenue.

Les cheveux blanchissants et la barbe chenue
Laissent mal augurer des lendemains joyeux.
Le temps s'est arrêté quand je vous ai connue,
Ma jeunesse revit, mon présent est soyeux.

Mon cœur est débordant d'allégresse et d'amour
Devant tous vos trésors, ma princesse ingénue.
C'est toujours, avec vous, comme au tout premier jour :
Le temps s'est arrêté quand je vous ai connue...

In « *Ces Mots qui racontent* » (Inédit)

시간이 멈추었습니다[15]

(마이예)[16]

로베르 포셰[17]

시간이 멈추었습니다, 당신을 알게 된 그때…
그때부터 나는 나이를 잊고 영원을 믿게 되었죠…
가벼운 마음으로, 아무런 망설임 없이,
나는 당신의 모성 본능을 누리는 즐거움에 기꺼이 나를 맡기고 싶
습니다.

당신이 몇 달을 살았는지 몇 해를 살았는지 더 이상 세고 싶지 않아요.
시간이 멈추었습니다, 당신을 알게 된 그때…
해묵은 우아함을 누리는 그 행복이 얼마나 큰지요,
그토록 순수하고 결코 구김살 지지 않는 그 신선함이란.

머리카락의 색이 바래고 턱수염이 하얘져
즐거운 내일을 기약하기 어렵지만,
시간이 멈추었습니다, 당신을 알게 된 그때,
내 젊음은 다시 살아나고, 지금 내 삶은 비단결처럼 윤기가 돕니다.

---

15 미출간 시집 『이야기를 들려주는 이 말들Ces Mots qui racontent』 수록작.

16 시의 형식은 19세기 말 이후 자유시가 전면적인 대세가 되었지만, 우리 시대에도 전
통 정형시는 유지되고 있으며, 현대적 감각으로 쇄신되기도 하고, 심지어 새로 만들어
지기도 한다. 마이예Maillet라는 형식은 음악가이며 작가인 장 마이예Jean Maillet(1947~)
에 의해 고안되었다. 4행 연 4개로 구성되며, 5개의 각운이 사용되지만 음절 수에 대
한 제약은 없다. 첫 연의 첫 행이 각각 두 번째 연의 두 번째 행, 세 번째 연의 세 번째
행, 네 번째 연의 네 번째 행에서 반복된다. (이 시에서는 '시간이 멈추었습니다, 당신
을 알게 된 그때…')

17 로베르 포셰: 남동부 아르데슈 생-토메 거주. 여러 시 경시대회 신고전시(네오클라
식 – 전통 형식을 개량한 정형시) 분야에서 수상 경력.

순박한 나의 공주님, 하나도 빠짐없이 고귀한 당신의 자태 앞에서,
내 마음은 환희와 사랑으로 넘칩니다.
당신과 함께 있으면, 늘, 처음 만났던 그날과 같습니다.
시간이 멈추었습니다, 당신을 알게 된 그때…

Mare Nostrum

Yves MUR

Émerveillé, l'enfant regarde la tempête
Repeindre l'infini d'immenses arcs-en-ciel ;
Mais sous cette beauté séduisant le poète
Insidieux se cache un récif criminel...

Angoissé, chaque soir, le mousse attend son père.
Il sait comment l'écueil peut briser un hauban ;
Mais le fils d'un pêcheur jamais ne désespère,
Tant que n'apparaît pas, sur la grève, un caban !

Alors, malgré ses peurs, les yeux emplis de rage,
Il écoute l'enfer et scrute l'horizon,
Où, comme un vieil esquif, victime d'un naufrage,
Un chalutier devient, du marin, la prison.

Il devine surtout, des barbares abysses,
Les cantiques surgis dans ce grand maelström,
Des matelots perdus aux champs des sacrifices
Qu'exigera toujours notre Mare-Nostrum !

In « *Voyage... Voyage...* », (inédit)

우리들의 바다[18]

이브 뮈르[19]

홀린 듯 감동에 젖어 아이는 바라보네,
무한을 거대한 무지개로 다시 그려내는 폭풍의 광경을.
그러나 시인을 매혹하는 그 아름다움은
치명적인 암초를 은밀히 숨기고 있으니…

우리 어린 미래의 선원은 저녁마다, 애태우며, 아버지를 기다리네.
아이는 어떻게 암초가 돛 지지줄을 끊어버릴 수 있는지 잘 알고 있지.
그러나 어부의 아들은 결코 절망하지 않으니,
어부의 외투가 모래톱에 떠밀려 와 나타나지만 않는다면!

그렇게, 두려움을 이겨내며, 분노에 찬 시선으로,
아이는 지옥 같은 풍랑 소리를 들으며 수평선을 응시하네.
거기, 난파의 제물이 될 듯한 낡은 쪽배,
어선 한 척이 수부의 감옥이 되고 있는 그곳을.

그럼에도 아이는 뚜렷이 알아듣는다네, 야만적인 심연에서 일어난
그 거대한 소용돌이를 뚫고 솟아나오는 찬양의 노래를.
우리들의 바다가 영원히 요구할 희생의
터전에서 헤메이는 선원들이 부르는 그 노래를!

---

18 미출간 시집 『여행… 여행…Voyage…Voyage…』 수록작. 제목 '마레 노스트룸'은 라틴어 'Mare Nostrum', 프랑스어 'Notre Mer', 즉 '우리들의 바다'라는 뜻. 로마제국이 지중해를 가리킬 때 사용했던 표현이라고 한다.

19 이브 뮈르: 1947년 남프랑스 옥시타니 지방 에로 출신. 지중해, 포도밭, 올리브 나무 등 고향 지역의 풍광에서 깊이 영감을 얻어 작품 활동. 현재 나르본의 남부 옥시타니 지방 문학과 예술 협회Lettres et Arts Septimaniens 회장.

Étoile Naine Bleue

Nicole COPPEY

Une étoile naine bleu m'a frôlé le visage. Je l'ai sentie mollement
tranchante...

étonnamment, elle n'est pas étrangère à moi

sa faible mais rassurante luminosité bleu m'ouvre le chemin du lac bleu
où hirondelles et papillons bleus volètent gaiement

Je crois qu'elle éclaire le buisson d'ombres bleues

où fleurissent des bégonias aux feuilles bleues...

Un nuage passe,

bleu nuit, hanté par la caravane bleu du temps bleu

J'ouvre les yeux et les referme

Bleu

In « *Lune, Soleil de l'Âme* », L'Harmattan (F), AGA (I), 2022

푸르고 작은 별[20]

니콜 코페[21]

푸르고 작은별 하나가 내 얼굴을 스쳐 지나갔습니다.
나는 그것이 부드럽지만 날카롭다고 느꼈습니다…
놀랍게도, 그것은 내게 낯설지 않습니다
그 연약하지만 위안을 주는 푸른 빛은 나에게
푸른 제비와 나비들이 즐겁게 바람을 타는
푸른 호수로 가는 길을 펼쳐줍니다
나는 그것이 푸른 잎사귀들이 달린 베고니아가 만발한 푸른
그림자의 덤불을 밝힌다고 믿습니다…

구름 하나가 지나갑니다.
푸른 밤입니다. 푸른 시간의 푸른 행렬이 끊임없이 나타났다간
사라지고, 사라졌다간 나타납니다.

나는 눈을 뜨고 다시 감는다
푸르름

---

20 시집 『영혼의 태양, 달Lune, Soleil de l'Âme』 수록작. (라르마탕출판사, 2022).

21 니콜 코페: 1962년 스위스 출생. 예술가, 시인. 시와 영상, 음악, 그리고 춤 등의 예술 매체를 융합한 다차원적 구성을 통해 우주적, 영적 경험을 탐구. 시집 『영혼의 태양, 달Lune, Soleil de l'Âme』 등.

Pantoum pour mon Amour

Yvan-Didier BARBIAT

Aujourd'hui, je suis vieux et toi, presque une vieille...
Nous resterons unis jusqu'au bout de la nuit.
Pour toi, mon pauvre cœur sera toujours en veille
À nous deux nous ferons s'envoler notre ennui.

Nous resterons unis jusqu'au bout de la nuit ;
Notre vie, un bonheur au pays des merveilles !
À nous deux nous ferons s'envoler notre ennui.
Des mots doux danseront autour de nos oreilles.

Notre vie, un bonheur au pays des merveilles !
Moi, je suis ton soutien ; toi, mon plus grand appui.
Des mots doux danseront autour de nos oreilles...
Nous serons les plus forts sous le temps qui s'enfuit.

Moi, je suis ton soutien ; toi, mon plus grand appui :
Qu'elle est grande, en nous deux, la force qui sommeille !
Nous serons les plus forts sous le temps qui s'enfuit.
Aujourd'hui, je suis vieux et toi, presque une vieille !

In « *Des Chansons et des Rimes* », Nombre7 Éditions, mars 2023

사랑하는 그대를 위한 팡툼[22]

이방-디디에 바르비아[23]

이제 나는 늙었고, 그대도 거의 할멈이지만…
우리는 밤이 다할 때까지 함께할 거요.
그댈 위해서라면, 가진 건 없어도 마음으론 뭐든 할 준비 끝,
우리 둘이 함께라면 지루함일랑 날려버릴 거요.

우리는 밤이 다할 때까지 함께할 거요.
그렇게 우리 여생은 기적의 나라에서 다시 찾는 축복!
우리 둘이 함께라면 지루함일랑 날려버릴 거요.
달콤한 말들이 우리 귀를 맴돌며 춤을 출 거요.

그렇게 우리 여생은 기적의 나라에서 다시 찾는 축복!
나는 그대의 열렬한 응원부대, 그대는 나의 가장 든든한 버팀목.
달콤한 말들이 우리 귀를 감싸며 춤출 거요…
사라져가는 시간 아래서 우리는 그 무엇보다 강해질 거요.

나는 그대의 열렬한 응원부대, 그대는 나의 가장 든든한 버팀목.
그 얼마나 큰가! 우리 둘 안에 잠재된 힘은!
사라져가는 시간 아래서 우리는 그 무엇보다 강해질 거요.
이제 나는 늙었고, 그대도 거의 할멈이지만…

---

22 시집 『노래와 운율Des Chansons et des Rimes』 수록작. (농브르세트 출판사, 2023). '팡툼 pantoum'은 말레이시아의 전통 시 형식인 '판툰pantun'에서 유래되어, 빅토르 위고, 테오 도르 방빌, 테오필 고티에, 보들레르 등의 19세기 프랑스 시인들이 응용했다. 이 시 형 식은 각 연의 두 번째와 네 번째 행이 다음 연의 첫 번째와 세 번째 행으로 반복되는 구조를 가진다. 번역은 그것을 존중하고자 했다.

23 이방-디디에 바르비아: 부르고뉴의 욘 지방에서 17세부터 시와 노래 공연을 기획하 기 시작. 서정적인 톤으로 인간의 관계와 내면의 고요함, 자연의 아름다움을 탐구하며 한편 유머와 창의성을 통해 독자에게 일상의 작은 순간들 속에서 시적 의미를 찾도록 유도하려는 시적 경향을 보여준다.

Le Bonheur passe comme un Rêve
(Rondel)

Marcel TOUZEAU

Le bonheur passe comme un rêve
Il ne peut être retenu.
À peine l'instant survenu,
Il s'enfuit déjà sur la grève !

Le flot qui s'agite sans trêve
L'emporte en pays inconnu.
Le bonheur passe comme un rêve
Il ne peut être retenu.

À vive allure dans la drève,
Il revient d'un pas soutenu.
D'un effluve-amour contenu,
S'exhalant d'une saute brève
Le bonheur passe comme un rêve !

In « *Sensibilités* », (Inédit)

행복은 꿈결처럼 흘러가네

(Rondel 롱델*)*[24]

마르셀 투조[25]

행복은 꿈결처럼 흘러가네
우린 그걸 붙잡을 수 없지.
설령 그 순간이 오더라도,
이미 모랫벌 속으로 사라져버리는 것을!

쉬임없이 출렁이는 파도는
그것을 알 수 없는 나라로 실어 간다네.
행복은 꿈결처럼 흘러가네
우린 그걸 붙잡을 수 없지.

가로수 길을 줄달음질쳐 가다간
차분한 걸음으로 그것은 다시 돌아오네.
갇혀 있던 사랑의 향기처럼,
한순간의 도약으로퍼져 나와
행복은 꿈결처럼 흘러가네!

---

24 롱델Rondel은 주로 14세기에서 16세기 사이에 프랑스에서 유행한 시 형식으로, 대표작은 샤를 도를레앙의 「봄」이다. 롱델은 보통 8음절 시구 13행으로, 후렴이 있는 세 개의 연으로 나뉜다.

25 중서부 푸아티에 지방 방데 출신. 다양한 경시 대회의 고전시, 신고전시 분야에서 여러 차례 수상. 인간과 자연의 다양한 특성들을 전통시 형식으로 노래함. 미출간 시집 『감수성』 수록작.

Le Vers Blanc de la Poétesse Libérée

(Seconde partie - Néoclassique)

Philippe PICHON

La première règle est de plaire

et je tiens à m'y conformer

en guidant ma plume à parfaire

un vers subtil et bien tourné.

On aura beau dire et beau faire,

le seul secret, en vérité,

c'est lier, pour nous satisfaire,

la musique avec la beauté.

Mon Dieu, vous m'avez mis sur terre

pour témoigner votre bonté,

en recueillant, dans ma grammaire,

les mots que vous m'avez donnés.

Je me souviens de Baudelaire,

des sonnets qu'il a ciselés

et de ses strophes exemplaires

qui ne demandent qu'à hurler.

Il nous montre ce qu'il faut faire :

ne pas cesser de travailler

afin d'inciter l'éphémère

à conquérir l'éternité.

In *« Entre deux Échos de VIllon »... « Et dix Absinthes de Verlaine »*, Siloë Éditions, 2022

해방된 여성 시인의 무운시無韻詩[26]

(두 번째 부분 – 오클래식)[27]

필리프 피숑

첫 번째 규칙은 기쁨을 주는 것이니

나는 이에 부응하고자 하며

나의 펜을 잘 이끌어

미묘하고도 잘 다듬어진 시를

완성할 것입니다.

아무리 말하고 행해도 헛수고뿐일 수 있으니,

우리 스스로를 만족시킬 수 있는,

진정, 유일한 비밀은,

음악을 아름다움에 연결하는 것입니다.

하느님이시여, 당신의 선함을 증언하기 위해,

나를 이 세상에 태어나게 하였으니

나의 작시법 속에 당신이 주신 말들을 거두어들일 것입니다.

나는 보들레르를 다시 떠올립니다.

그가 탁마한 십사행시들과

오로지 부르짖기만을 요청하는

만고의 귀감이 될 그의 시절詩節들을.

그는 우리가 무엇을 해야 하는지를 보여줍니다 –

덧없는 것이라도

---

26 시집 『비용의 메아리 사이에서Entre deux Échos de Villon』와 『그리고 베를렌의 열 잔의 압생트Et dix Absinthes de Verlaine』 수록작. (실로에출판사, 2022). 시 경시대회에서 '신고전시' 부문은 종종 전통 고전시와 비교하여, 운율과 운의 규칙에 크게 융통성을 부여한 분야를 가리킨다. https://www.gil-poesie.fr/ver_formesmod.php 참조.

27 필리프 피숑: 1969년 파리 동부 노장-쉬르-마른 출생. 시 이외에도 다양한 장르의 책들을 출간한 작가이며, 전직 경찰관이라는 특이한 경력의 소유자. 그는 경찰 데이터베이스인 STIC의 불법적인 사용과 불규칙성을 폭로한 내부 고발자로도 유명하다. 그의 작품은 인간의 내면 감정과 사회적 문제를 테마로 삼고 있다.

영원을 쟁취할 수 있음을 격려하기 위하여
결코 글쓰기를 멈추지 않는 것.

Dans le Lent Vagabondage des Oiseaux (Extrait) –

Christian BOESSWILLWALD

Chercher dans le lent vagabondage des oiseaux un signe de l'été qui s'annonce, sentir l'haleine de la terre et le parfum des fleurs, de la saison chaude, des vins et des rires, des amis et des lunes ensoleillées dans les nuits vertes et chantantes... Difficile de dire combien le Temps nous aimera, combien il sera aimable avec nous, laissant le corps sans ecchymoses et l'âme toujours avec ses souvenances... Demain jamais ne nous appartiendra ; c'est juste le hasard qui est le Maître...

Être le chemin de la Poésie n'indique, ni la direction, ni la distance, ni la manière ; c'est juste une façon d'imaginer la pensée et de réfléchir sur la parole, sur les mors, ne jamais oublier l'incroyable d'être unique, comme si dans un rêve il y avait tant de solitude que la vie serait seule capable de nous offrir la foule et le bruit, mais chacun choisit son exil...

Reprendre les écrits comme un tricot du temps que l'on aurait abandonné pour quelques besognes ; il ne s'est rien passé et pourtant bien des choses nous ont mis à mal et à bien. La Vie est ainsi faite de ces petites mailles d'heures qui nous font un bel habit d'amour et de tendresse...

Écrire les soleils, les lunes, les étoiles, les ciels, les océans, les sables et les neiges que la mémoire porte, tout ce qui fait cette Vie, ne reste plus qu'à s'endormir dans les marges et les poèmes... Inventer dans un coin du miroir le visage que l'on aurait aimé porter, espérer le parfait calque, comme si, adulte, nous pouvions supposer remettre le masque doux de notre enfance...

.../...

In « *Les Mots sont des Îles* – Tome VII », Les Amis de Thalie, 2023

새들의 느린 유랑 속에서[28]

크리스티앙 보스빌발드[29]

새들의 느린 유랑 속에서 다가오는 여름의 징후를 찾아보고, 대지의 숨결 그리고 꽃, 따뜻한 계절, 포도주와 웃음소리, 친구들과, 초록빛 노래하는 밤 속에서 햇빛처럼 찬란한 달빛 - 그 모든 것들의 향기를 느껴 보지만… 시간이 우리를 얼마나 사랑할지, 우리에게 얼마나 친절할지, 우리 몸에 멍자국을 남기지 않고 영혼이 변함없이 추억들을 간직할 수 있도록 내버려둘지 말하기는 어렵다… 내일은 결코 우리의 것이 아니며, 우연이 바로 그 소유주인 것을…

시의 행로는 방향이나, 거리나, 기법을 제시하지 않는다. 그것은 사유를 이미지로 형상화하고, 말과 단어들을 반추하는 그저 하나의 방식일 뿐이니, 그러나 믿기 힘들지라도 그 길이 유일하다는 사실을 결코 잊지 말 것. 이처럼, 꿈속에서의 그토록 큰 외로움에 우리는 대중과 떠들썩거림을 가져다주는 현실의 삶에만 안주할 듯하지만, 각자는 자신의 유배를 선택한다…

먹고사는 데 필요한 몇몇 일들로 인하여 잠시 내려두었던 시간의 뜨개질처럼 다시 글을 쓰는 일. 아무 일도 일어나지 않았지만, 한편 돌이켜보면 많은 것들이 우리를 힘들게도 하고, 행복하게도 했지. 인생은 이렇게 시간의 작은 실타래로 짜여 우리에게 사랑과 애정의 아름다운 옷을 지어준다…

기억이 간직한 모든 순간들의 태양들, 달들, 별들, 하늘들, 바다들, 모래들과 눈[雪]들에 대하여 기록하기, 이 모든 것이 인생을 이루며,

---

28 시집 『단어들은 섬이다Les mots sont des îles』 (제 VII권) 수록작. (탈리의친구들출판사, 2023) 「시간에 대한 은유의 하나로서Comme une métaphore du temps」의 발췌.

29 크리스티앙 보스빌발드: 프랑스 서부 누벨 아키텐 지방 오트비엔의 몽트롤-세나르에 거주.

이제 여백과 시 속에서 잠들기만 하면 된다… 거울 한 귀퉁이에서 이렇게 생겼으면 했던 얼굴을 그려보고, 완벽한 복제본을 기대해보기, 그렇게, 우리는 어른이 되었지만, 어린 날의 순수한 가면을 다시 쓸 수 있지 않을까…

Un Petit Rien

Françoise KERLEAU, « SOAZ »

Indifférent à la blessure du monde,
Un moineau picore avec entrain,
Il pique, et repique, et il piaille la vie.
Un petit rien qui nous chavire.
Oui, l'étang est ridé ; mais il ne vieillit pas ;
Oui, l'écorce est burinée ; mais l'arbre vit encore.
Et les volets rouillés s'ouvrent toujours sur les prés verts.
Le cerisier a refleuri, pareil à celui de l'enfance.
Parfum de blanc, mêlé au linge dans le vent.

Douceur retrouvée d'un éclat de soi-même
Qui s'était égaré au cœur des inquiétudes.

Le moineau picore toujours avec entrain ;
Et il piaille ;
Et il chante la vie.
Un petit rien qui vient de tout changer.

In *« Le Bonheur jour à Cache-cache »,* (inédit)

아무것도 아닌 이 사소한 것[30]

프랑수아즈 케를로[31]

세상의 상처에 나 몰라라 하고,
참새 한 마리 신나게 모이를 쪼아대네요.
쪼고, 또 쪼고, 그리고는 삶을 찬양하듯 짹짹거리죠.
우리 마음을 뒤흔드는 아무것도 아닌 이 사소한 것.
그래요, 연못은 잔물결로 주름졌지만, 하나도 늙지 않고,
그래요, 나무 껍질엔 세파의 흔적이 짙지만, 나무는 여전히 살아 있
지요.
덧문은 녹슬었지만 여전히 푸른 들판을 향해 열리죠.
어린 시절의 그것과 다름없이 체리 나무엔 다시 꽃이 피었습니다.
바람에 나부끼는 빨래에 섞인 하얀 향기.

불안의 한가운데서 길을 잃었던
자신의 한 파편에서 다시 찾아낸 부드러움.

참새는 여전히 신나게 쪼아대고,
짹짹거리죠.
그리고 생명을 노래합니다.
세상의 모든 것을 지금 막 바꿔 놓은 아무것도 아닌 이 사소한 것.

---

30 미출간 시집 『행복은 숨바꼭질을 한다Le Bonheur joue à Cache-cache』 수록작.

31 프랑수아즈 케를로: 필명 수아즈SOAZ. 1949년 출생. 2013년 『수아즈의 일기Les carnets de Soaz』 출간. 추구하는 테마는 인간들의 상호 관계, 감정의 변화, 우연의 일치 등 삶의 미묘하고 복잡한 측면에 대한 관심과 탐구. 상 이름인 루시 들라뤼-마르드뤼스Lucie Delarue-Mardrus(1874~1945)는 20세기 전반부에 활동한 다재다능한 예술가. 시인, 소설가이며 조각가, 화가, 언론인으로 활동.

Saultain, 31 janvier 2022

Nicolas MINAIR

Réveil hivernal

Le bleu nuit s'éclaire d'un bleu qui se lève, lavé de la lumière de l'aube.

Le vent a l'air de poncer la toile du ciel.

L'horizon se colore d'une citronnade ; plus près se découpe la silhouette de l'église, comme un théâtre d'ombres.

Artres, 12 mai 2022

Près de l'étang où batifolent libellules, une caravane abandonnée, porte ouverte, attend le curieux qui jettera un coup d'œil, avant de se rendormir dans la tiédeur de mai.

Non loi, caché par une haie, palette de bois en guise de porte, un terrain vague semble avoir accueilli une troupe d'artistes.

Témoins, ces tréteaux qui ne produisent plus que des acteurs invisibles, de vieux accessoires de décor posés çà et là, dont un miroir où se reflète le ciel bleu, une mouche sur la joue.

Deux chaises causent encore ; une en osier attend son tour, gardant son rôle de matriarche.

Des palettes dessinent un escalier donnant sur une parcelle céréalière : le champ est libre !

Enfin, la scène, cachée par une bâche, fait la joie du vent qui répète son monologue avec, en contrepoint, le coucou qui commente.

In « *Traversées* », Le Lys Bleu Editions, 2023

솔탱, 2022년 1월 31일[32]

니콜라 미네르[33]

겨울 기상起床
깊은 밤의 어두운 푸름이, 솟아나는 또다른 푸름으로 환해지며, 여명으로 씻기운다.
바람은 하늘의 캔버스를 사포로 문지르는 듯하다.
지평선은 레모네이드색으로 물들고, 더 가까이 교회의 실루엣이 뚜렷이 드러난다. 그림자 연극처럼.

아르트르, 2022년 5월 12일[34]

잠자리들이 가벼이 떠다니는 연못 가까이, 캠핑카 한 대가 문이 열린 채 버려져 있다. 호기심에 눈길이라도 한번 던져줄 행인이라도 있을까 기다리다, 5월의 따사로움 속에 다시 잠든다.

그리 멀지 않은 곳에, 문 대신 나무 판자로 대충 세워놓은 울타리 뒤로 빈 공터가 숨어 있다. 유랑 예술인들이 거기서 공연이라도 했을까.

흔적들이 남아 있다 – 더 이상 배우들이 보이지 않는 가설 무대와, 여기저기 흩어진 낡은 소품들, 그중 푸른 하늘을 반사하고 있는 거울의 뺨에 파리 한 마리 앉아 있다.

의자 두 개는 여전히 대화를 주고받는 모습인데, 여족장의 역할을

---

32 시집 『여정Traversées』 수록작 (푸른백합출판사, 2023). 솔탱은 프랑스 북서부 벨기에 국경과 인접한 오-드-프랑스 지방, 노르에 속한 작은 전원 마을.

33 니콜라 미네르: 30대. 교사. 시집 『그 강들을 응시하는 눈Les yeux rivés sur elles』 출간. 그의 작품들은 프랑스 북서부 지역의 풍경과 자연을 배경으로 일상적이지만 감동적인 순간들을 표현함. 또한 이 시인은 교사로서 피카르 지방의 방언 수업을 통해 언어 보존의 중요성을 강조하며 지역 문화 진흥에 기여하고 있다.

34 아르트르는 솔탱에 인접한 작은 마을.

맡은[35] 버드나무 의자는 제 차례를 기다리고 있다.

　계단처럼 층층이 쌓아놓은 나무판자들은 곡물밭 쪽으로 이어지는데, 아 그 확 트인 들판이라니!

　마지막으로, 천막으로 덮인 무대에선 바람에 펄럭이며 환희의 독백이 이어지고, 뻐꾸기의 해설이 화음을 만든다.

---

35 족장, 가장을 뜻하는 patriarche와 대립하는 표현 matriarche − 여자 족장, 여자 가장.
　버드나무 의자(une en osier)와 무슨 관계가 있는지는 불분명함.

L'Olivier

Elena FERNANDEZ-MIRANDA

Oh mon doux rêve si radieux et fugace
Ma vie et mon espoir sont déchirés
Tu m'appelles chaque nuit
« Aide-moi ! »
Et je ne bouge pas, attirée par des illusions vaines.

Le matin n'arrive pas
La nuit semble éternelle
Plus jamais, plus jamais tu ne seras près de moi
La foudre a calciné le rêve de ma vie ;
Ce rêve si fugace, radieux et délicat.

Tu as été pour moi la brise fraîche
L'île verte dans la mer, mon arc-en-ciel
La fleur de mon jardin et ma guirlande
Petit oiseau qui vole, ange sans peines
Et sans toi ma vie lentement s'éteint.

De toi, il ne me reste que l'olivier grec
Que tu as planté, fragile et délicate branche ;
Elle est un arbre aujourd'hui.
Et avec lui tu refleuris en moi chaque matin
Mon fils.

In *« 15 Poèmes Tristes, 15 Chansons Gaies »*, 2023

올리브나무[36]

엘레나 페르난데즈-미란다[37]

오, 그토록 찬란하면서도 덧없이 사라져버릴 나의 달콤한 꿈,
나의 삶과 희망은 찢겨졌네
"도와줘!"
매일 밤 너는 나를 부르지만
헛된 환영들에 이끌려 나는 움직이지 못하네.

아침은 오지 않고
밤은 영원할 것만 같아
다시는, 다시는 넌 내 곁에 함께 머무르지 않으리니
벼락이 내 삶의 꿈을 까맣게 태워버렸네.
그토록 눈부시고도 섬세하였으나, 덧없이 사라져버릴 그 꿈을.

너는 내게 신선한 바닷바람이었고
바다 위의 초록빛 섬, 나의 무지개
내 정원의 꽃이며 나의 화환
날아다니는 작은 새, 고통 없는 천사였지
너 없이 내 삶은 점점 꺼져가네.

---

36 시집 『15개의 슬픈 시, 15개의 즐거운 노래15 Poèmes Tristes, 15 Chansons Gaies』 수록작 (프랑스시인협회, 프랑스 시인 총서, 2023).

37 엘레나 페르난데즈-미란다: 법학및 프랑스,영어, 이탈리아 문헌학 학사이며 또한 번역학 석사이다. 유럽 사법재판소에서 근무했고, 유럽연합 집행위원회 번역국 국장을 역임했다. 시상식에서 필립 쿠르텔Philippe Courtel은 그녀가 지향하는 "아직 도달하지 못한 경이로운 꿈, 사랑이 시간에 의해 부서지지 않는 그 꿈이", "그저 한순간 지나가는 관습과 유행의 반대편에서, 유한과 무한의 놀라운 만남을 껴안는다"라고 말했다. 상 이름인 마르슬린 데보르드-발모르Marceline Desbordes-Valmore(1786~1859)는 19세기 프랑스의 낭만주의 여성 시인이자 배우.

네가 내게 남긴 건 네가 심었던
그리스 올리브나무의 연약하고 섬세한 가지뿐,
하지만 오늘 그것은 한 그루의 나무로 온전히 자랐났으니.
그와 함께 넌 내 마음속에서 매일 아침 다시 피어나는구나
나의 아들아.

L'Enveloppe de la Destinée

Annick GAUTHERON

Dans ce réceptacle artistiquement décoré

À l'image de l'habitation de tes géniteurs,

De cette fenêtre sombre, très ordinaire,

De leur immeuble sans caractère,

De celle peu banale, balayée par les vents,

D'une demeure d'un autre temps,

Boîte aux lettres réglementaire

Ou improvisée, sans destinataire,

Quelle est celle qui contiendra « Ta précieuse »,

Ton enveloppe fade ou délicieuse,

Dépositaire de ta destinée, héroïque ou laborieuse ?

Ose

Ose l'ouvrir entièrement, en apprécier chaque instant.

Ose t'enivrer de son parfum ésotérique,

T'aventurer dans un monde mystique

Pour ajuster les accords de ton instrument.

Ose, parfois, en bouleverser l'ordre établi,

Suivre des chemins de traverse,

Peut-être jusqu'à l'oubli...

Ose, prendre ta destinée, dans le creux de ta main,

Pour affronter Ton lendemain...

In « *La Magie d'Ose* » (inédit)

운명의 봉투[38]

아닉 고트롱[39]

그대 부모들이 살던 집 모양 그대로,
특징 없는 아파트 건물의
아주 평범한, 그 암울한 창문과,
과거 다른 어떤 시대 어떤 저택의
바람에 씻긴, 범상치 않은 창문으로,
예술적으로 장식된 수납함 −
규정대로거나 아니면 임시방편으로 설치된,
수신자 없는 그 우편함 속에,
어떤 봉투가 '그대의 소중한'이란 문귀를 담은 그대의 봉투일까?
매력적이거나 무미건조할 봉투,
영웅적으로 살 거나 아니면 힘겹게 살아가야 할 운명의 보관자로서.

용기를 내어

용기를 내어 그것을 완전히 열어, 그 순간순간을 음미하라.
주저없이 그 은밀한 향기에 취하여,
신비의 세계로 모험을 떠나,
그대 악기를 조율하라.
가끔은, 기존의 질서를 뒤흔들어,
감히 미지의 길을 모색하라,
어쩌면 기억에서 사라질 때까지⋯
용기를 내어, 그대 운명을 손바닥에 쥐고,
그대의 내일과 맞서라.

---

38 미출간 시집 『용기의 마법La Magie d'Ose』 수록작.

39 아닉 고트롱: 시인이며 동시에 아동 도서 작가로 활동. 아동 도서 10권과 시집 2권 출
간. 시와 그림을 결합하여 자연과 인간의 감정을 조화롭게 표현.

La Mort de la Chenille

Suzanne SECRET

Quand la chenille, un jour vit sa physionomie
Défaite, son teint gris, son profil anormal,
Elle appela sa sœur : « *Une étrange anémie*
Me dévore le corps, je me sens au plus mal !

J'ai contracté, c'est sûr, l'affreuse épidémie
Qui frappe, en ce moment, notre monde animal :
Je vous quitte à jamais ! Adieu, ma pauvre amie ! »

Et poussant un dernier soupir, s'est endormie
D'un sommeil plus profond que le sommeil hiémal
Dans la froide rigidité d'une momie.

*****

Longtemps la sœur pleura, sans voir, au firmament
Un être léger, tout charmant,
Ouvrir son aile blanche et rose...

Le monde n'est que mouvement ;
Mais si nous oublions que l'apparence ment,
Si nous craignons le changement,
Verrons-nous la métamorphose ?

In « *Fables de la Verte Feuille* », Le Livre en Papier, Suzanne Secret, 2022

애벌레의 죽음[40]

쉬잔 스크레[41]

어느 날 애벌레가 제 모습이 망가진 것을 보았다
얼굴은 창백하고 옆모습은 이상했다.
그래서 누이를 불러 말했다 : ≪알 수 없는 빈혈이
내 몸을 갉아먹고 있어, 상태가 최악이야!

끔찍한 전염병에 걸린게 확실해,
그게 지금 우리 동물 세계를 덮치고 있어.
난 이제 영원히 너희 곁을 떠날 거야! 잘 있어, 내 가엾은 친구야!≫

그리고 애벌레는 마지막 한숨을 내쉬며
미이라 같이 차갑게 굳어
겨울잠보다 더 깊은 잠에 빠졌어.

　　　　******

누이는 오랫동안 울었어. 우느라
하늘에서 매력으로 충만한, 가벼운 한 존재가
흰색과 분홍색 날개를 펼치는 것을 보지 못했어…

세상은 변할 뿐이야.
만약 겉모습이 우리를 속인다는 걸 잊는다면,
우리가 변화를 두려워한다면,
참된 생명의 변신을 볼 수 있을까?

---

40 식물과 동물들을 중심으로 한 우화들로 구성되어 있으며, 유머와 자연을 결합한 시집
　『초록 잎의 우화Fables de la Verte Feuille』 수록작. (종이책출판사, 2022).

41 쉬잔 스크레: 프랑스 북부와 인접한 벨기어 왈롱 지방 뤼미이 출신. 자연에 대한 깊은
　애정을 가지고 고향 인근의 전통적인 전원 마을들에 대한 향수를 표현.

La Clef

Lysiane KESTMANN

J'avais perdu la clef
    de ton cœur et du mien
    et pourtant en posant la main
    sur mon propre cœur,
    j'aurais dû savoir,
    qu'elle était là sous mes doigts

    Toi, tu le savais,
    qu'en refusant de m'aimer moi-même,
    je me refusais d'être aimée,
    pour ce que je suis vraiment.

Tu es ma flamme jumelle,
    et mon amour pour toi
    était déjà en moi depuis toujours.

Mais il fallait trouver l'étincelle,
    de notre âme cachée en nous.

Cessons d'être si durs avec nous-mêmes :
    le voyage de l'amour
    commence ici,
    dans l'harmonie et la vérité.

In « *L'Étincelle Secrète* – Arcanes Hermétiques de l'Amour », (inédit)

열쇠[42]

리지안 케스트만[43]

나는 잃어버렸었어,
　　　　네 마음과 내 마음의 열쇠를
　　　　하지만 내 손을 나 자신의 가슴 위에 얹었을 때,
　　　　나는 알아차렸어야 했지,
　　　　그 열쇠가 내 손가락들 바로 아래에 있다는 것을
　　　　너는 알고 있었지,
　　　　나 스스로가 나 자신을 사랑하지 않으면서,
　　　　진정한 내 모습으로 사랑받는 것을
　　　　스스로 거부하고 있었다는 것을.

너는 나의 쌍둥이 불꽃,
　　　　그리고 너에 대한 나의 사랑은
　　　　변함없이 내 안에 이미 있었어.

하지만 우리 안에 숨겨진 영혼의
　　　　불씨를 찾아야 했어.

더 이상은 우리들의 본 모습에게 너무 가혹하지 말자.
　　　　거기서
　　　　사랑의 여행은 시작되지,
　　　　조화와 진실 속에서.

---

42 미출간 시집 『비밀의 불꽃 – 사랑의 신비로운 비의L'Étincelle Secrète – Arcanes Hermétiques de l'Amour』 수록작.

43 리지안 케스트만: 벨기에 왈롱 지방의 작은 마을 에르클린 출신. 상 이름 로즈몽드 제 라르Rosamonde Gérard(1866~1953)는 프랑스의 여성 시인이자 작가로, 유명한 희곡 「시 라노 드 베르주락」의 작가 에드몽 로스탕Edmond Rostand의 부인.

Amour Éternel

(Sonnet)

Jean-Baptiste BESNARD

Demeurons donc ici, sous la voûte des cieux.,
Quand le soleil paraît, que le vent nous caresse,
Pour vivre des moments d'agréable paresse,
Contemplant, du regard, un vol silencieux.

Nous savourons, ensemble, un fruit délicieux
Que je cueille sur l'arbre et t'offre avec tendresse...
Et nous passons le temps dans la joie et l'ivresse !
Tu m'écoutes parler d'un air malicieux.

Nous foulons lentement le sable de la grève,
Main dans la main, unis dans le merveilleux rêve
De vivre la ferveur d'un amour éternel.

Dans le soir qui descend, la plage minuscule
Disparaît sous la mer, au flot sempiternel ;
Nous partons, enlacés par ce beau crépuscule.

In *« Les Versets du Temps et de l'Espace »,* (inédit)

영원한 사랑[44]

(14행시)

장-밥티스트 베나르[45]

이제 우리 여기 머물자, 탁 트인 둥그런 하늘 아래,
태양이 떠오르고, 바람이 우리를 어루만지니,
기분 좋은 나태함의 순간들을 즐기자,
멀리 소리없이 날아가는 새떼를 바라보며.

우리 함께 맛있는 과일을 음미하자,
그것은 내가 나무에서 손수 따, 정을 듬뿍 담아 네게 건넨 것이니…
우리가 보내는 시간은 기쁨과 도취로 충만하네!
너는 장난스러운 표정으로 내 이야기를 듣고 있지.

우리는 서로 손을 꼭잡고, 모래사장을 느리게 걸으며,
영원한 사랑의 열정으로 생생한
기적 같은 꿈속에 하나가 된다네.

서서히 내려앉는 저녁 어둠 속에, 자그마한 해변은
마냥 밀려오는 파도 아래 사라지고,
우리는 이 아름다운 황혼에 휩싸여 떠난다.

---

44 미출간 시집 『시간과 공간의 시절詩節들Les Versets du Temps et de l'Espace』 수록작.

45 장-밥티스트 베나르: 1933년 파리 서쪽 이블린 콩플랑-생-토노린에서 출생. 14세부터 시작 수업. 2002년 이후 여러 문학상을 수상. 시간과 공간 속에서 변하는 자연에 대한 탐구와 깊은 애정을 표현.

Sur l'île ce Matin

Anne-Sophie BOUTRY

Sur l'île, ce matin, l'oiseau enchante le feuillage d'une musique bleutée. La brise soulève une robe, la vie respire de nos pieds à la cime, le grillon parle à sa façon, l'herbe sèche espère reverdir, la terre qui la porte craquèle déjà. Un lézard se prélasse sur un rocher, une vague clapote tout près.

Un visage émerge, souvenir d'une ronde aux mains enlacées. Un bateau s'éloigne, une parole bruisse dans la crique, la nature s'exclame, le soleil jaillit, l'horizon s'étire à notre insu.

À midi, un rire troue le silence. Que nous offre la journée ? Que lui offrons-nous ? La cloche d'une chapelle résonne d'une voix frêle, l'air vibre. À quelques pas, une maison baigne dans une ombre claire. Des racines invisibles touchent notre avenir, le présent devient possible.

L'éphémère serait-il éternel?

In « *Tisser Racine* » (Inédit)

오늘 아침 섬에서는[46]

안-소피 부트리[47]

오늘 아침, 섬에서는, 새가 파랗게 물든 음악으로 나뭇잎을 매혹한다. 부드러운 해풍에 치마가 날리고, 생명은 우리 발끝에서부터 머리 꼭대기까지 숨쉬며, 귀뚜라미는 저만의 방식으로 의사 표현을 한다. 마른 풀은 못내 제 푸르름을 다시 찾기를 바라니, 그것을 덮은 흙엔 이미 틈새가 벌어진다. 도마뱀 한 마리가 바위 위에서 느긋이 햇볕을 즐기고, 파도는 아주 가까이서 철썩거린다.

얼굴 하나가 떠오른다, 서로 손을 맞잡고 추던 원무圓舞의 기억과 함께. 배 한척이 멀리 떠나가고, 내포內浦에선 누군가의 뜻모를 말소리가 울려퍼진다. 자연은 탄성을 내지르고, 태양이 솟구치며, 어느 사이엔가 수평선이 활짝 펼쳐진다.

정오가 되자, 알 수 없는 웃음소리가 침묵을 깨뜨린다. 오늘 한나절은 우리에게 무엇을 선사할까? 우리들은 또 무엇을 선사할까? 교회 종소리가 희미하게 울려퍼지며, 대기가 떨린다. 멀지 않은 곳에 집 한 채가 밝은 그늘 속에 잠겨 있다. 보이지 않는 뿌리들이 우리의 미래에 닿아 있고, 현재가 가능해진다.

덧없는 것이 영원할 수 있을까?

---

46 미출간 시집 『뿌리를 엮다Tisser Racine』 수록작.

47 안-소피 부트리: 시인이며 조각가. 필적학, 필적 치료, 모르포심리학(얼굴 형태 분석을 통한 심리학)의 전문가로 활동. https://artliance.fr 참조.

Les Couleurs de la Vie
(Maillet)

Marie-Christine GUIDON

J'ai chanté maintes fois les couleurs de la vie
Sans jamais désarmer au plus gris de mes jours,
Cachant le désarroi sous ma mine ravie
Et forçant le destin, en souriant toujours.

En dépit des efforts, par mes peines, suivie,
J'ai chanté maintes fois les couleurs de la vie
En songeant à demain, au mépris des tourments...
Toujours rester debout contre les éléments !

La tempête, parfois, de rage inassouvie
A tenté, mais en vain, d'imposer son bâillon...
J'ai chanté maintes fois les couleurs de la vie
Pour conjurer le sort et son noir bataillon.

Et, sous le joug des ans, je conserve l'envie ;
Ma palette de feu aux éclats de soleil
Nourrit les battements de mon cœur en éveil :
J'ai chanté maintes fois les couleurs de la vie

In « *Lignes de Crépuscule* », inédit

생명의 색깔들

마리-크리스틴 기동[48]

(마이예) [49]

나는 생명의 색깔들을 수없이 노래하였네
내 생애 가장 암울했던 시절에도 결코 굴복하지 않고,
낭패감을 숨기며, 반가운 표정으로
늘 미소 지으며 운명의 벽을 돌파하였네.

　　　　　　　　·

노력에도 불구하고, 고통은 따라다녔지만,
나는 생명의 색깔들을 수없이 노래하였네
내일을 꿈꾸었고, 모진 시련에 의연하였지…
언제나 가혹한 환경들에 맞서 꿋꿋이 서 있을 것을!

때로는, 달랠 길 없는 광기의 폭풍이
나의 입에 재갈을 물리려 했지만 헛된 일이었지…
나는 생명의 색깔들을 수없이 노래하였네
그렇게 운명과 어둠의 군대를 쫓아버렸네.

---

48 마리-크리스틴 기동: 시인, 문학평론가. 몽골과 유목 문화에 깊은 관심과 함께 관련 책 『유목소녀 오드발과 돌의 길Odval et le chemin de pierres』, 그리고 『유목의 시Poésie nomade』 출간. 프랑스 독자들에게 몽골의 문화를 소개하는 데 기여. 자연과 사진을 결합한 예술적 작업으로 유명함. 미출간 시집 『황혼의 문장들Lignes de Crépuscule』 수록작. 상 이름 안나 드 노아이유Anna de Noailles(1876~1933)는 20세기 초 벨 에포크Belle époque로 불리는 평화 시절 파리 시민들의 열광적 사랑을 받았던 여성 시인. 프랑스 낭만파 최후의 여류 시인으로 평가.

49 마이예Maillet라는 형식은 신고전주의 장르에 속하는 정형시 형식(앞서 쉴리 프뤼돔 상을 수상한 로베르 포셰의 주석 참조). 4행 연 4개로 구성되며, 5개의 각운이 사용되지만 음절 수에 대한 제약은 없다. 첫 연의 첫 행이 각각 두 번째 연의 두 번째 행, 세 번째 연의 세 번째 행, 네 번째 연의 네 번째 행에서 반복된다. (이 시에서는 이탤릭 체로 된 '나는 생명의 색깔들을 수없이 노래하였네')

세월의 멍에를 지고도, 내게는 여전히 열망이 있으니,
태양빛의 휘황함으로 충만한 내 불의 팔레트는
깨어 있는 내 심장 박동의 든든한 양식이라네.
나는 생명의 색깔들을 수없이 노래하였네

L'Annonce ou l'Angelot du Vitrail

Didier BOUROTTE

La Vierge qui sommeille aux portes de l'église
Accueille les enfants qu'exalte ce beau jour ;
Ils prennent maintenant le doux fleuve d'amour
Où l'ombre et le soleil se mêlent à la brise...

Un ciboire étincelle... et paraît l'âme sœur...
Le doux Christ murmurant vers le ciel, en prière,
Forme dessus l'autel une gerbe de pierre
Et la belle épousée illumine le chœur...

Elle écoute, rêveuse, une antique parole,
Tandis que la rosace où l'archange sourit
Allume, sur sa robe, une aube qui fleurit...
La nef est un berceau où germe le symbole...

Et priant, comme hier, dans l'ombre du camail,*
Prononçant sagement la phrase rituelle,
La jeune fiancée a vu, sous la prédelle,**
Rire dans le soleil l'angelot du vitrail.

In « *Dans l'Ombre des Lumières* » (inédit)

---

* courte pèlerine des ecclésiastiques

** partie inférieure d'un tableau d'autel, d'un retable

청첩장 혹은 스테인드글라스 속 아기 천사[52]

디디에 부로트[53]

성당 문 앞에 고요히 잠들어 있는 성모 마리아가
이 좋은 날에 마음이 들뜬 신랑 신부를 맞이합니다.
두 사람은 이제 달콤한 사랑의 강에 그들을 의탁하니
그곳에선 그늘과 햇빛이 산들바람과 조화를 이룰지라…

성합聖盒은 눈부시게 반짝이고… 영혼의 반려자가 모습을 드러내며…
하늘을 향해 속삭이며 기도하는 온유한 우리 주 예수께서는
제단 위쪽에 견고한 돌의 꽃다발 형상으로 피어나니
이윽고 새 신부의 아름다운 자태가 제단 주변을 환하게 밝힙니다…

꿈꾸듯, 그녀가 혼약에 대한 옛 말씀을 새겨듣는 동안,
대천사가 미소 짓는 장미창에선
활짝 피어나는 새벽의 빛이 들어와 그녀의 드레스를 비춥니다…
이곳 본당은 믿음의 싹이 트는 요람이니…

바로 어제인 듯 신성한 사제의 망토 그늘 품에서[54],
순종의 기도로 혼약의 말씀을 되새길 때,
어린 신부는 보았습니다. 제단 장식화 아래로[55],
스테인드글라스 속 아기 천사가 은총의 햇살을 받으며 소리내어 웃
고 있는 걸.

---

52 미출간 시집 『빛의 그림자 속에서Dans l'Ombre des Lumières』 수록작.

53 디디에 부로트: 시를 단순히 종이에 쓸 뿐만 아니라 금속 공예로도 작업하는 예
술가. 고고학, 특히 그리스와 이집트 고대 문명에 관심을 가지고 있으며, 또한 초
심리학에 대한 각별한 취향이 있음. http://artetpoesie.over-blog.com/pages/Didier-
bourotte-7295387.html 참조.

54 원주: 성직자들이 입는 짧은 망토, 카마유camail.

55 원주: 성당 제단 장식화 아래 부분, 프레델prédelle.

Écris-moi, amour...

Sorin CERIN

Écris-moi, amour,
en appuyant le front de la lumière divine
sur les ténèbres de mon être
dans lequel tu peux trouver
mon étrange subconscient
qui se cache de nous
au travers des recoins d'un univers
où, jusqu'à présent,
jamais je n'ai réussi à atteindre
- étant arrêté par les illusions de la vie et de la mort -
les levers de soleil sans fin
des solitudes
de moi-même.

Écris-moi, mon amour,
conte l'adresse effacée par la douleur,
les mots créés par un Dieu
    qui m'a taillé des vêtements épais d'absurdité,
la chaleur de la fin du monde,
les vains espoirs
    parmi les vagues desquels
    je nage encore maintenant
       croyant que j'arrimerai
       quelque part, un jour,
    à ce rivage de bonheur
    où je pourrai te rencontrer.

In « Âme », Editura Etnous, Brasov, 2023

내 사랑, 내게 편지를 써줘…[56]

소랭 스랭[57]

내게 편지를 써줘, 사랑하는 그대,
신성한 빛의 이마를 내 존재의 어둠에 기대면
넌 내 낯선 잠재의식을 찾을 수 있어
그건 알 수 없는 어떤 우주의 가장 깊은 구석들을 지나
우리가 모르게 숨어 있지.
거기서 난 아직 단 한번도 도달한 적이 없어
 –삶과 죽음의 환상들에 사로잡혀–
나 자신의
고독들의
끝없는 일출들에.

나에게 편지를 써줘, 내 사랑,
고통으로 지워진 주소에 대하여 이야기해줘,
내게 부조리라는 두터운 옷을 지어 입힌
신이 창조한 단어들에 대하여,
세상 종말의 열기에 대하여,
그 부질없는 희망들에 대하여
    그것들의 파도 속에서
    나는 아직도 헤메고 있어

---

56 시집 『영혼Âme』(에디투라 에트누스출판사, 2023) 수록작. 자크 프레베르 상 수
   상. 소랭 스랭(Sorin Cerin, 루마니아어로는 소린 체린). 필명은 소린 호도로게아Sorin
   Hodorogea. 1963년 루마니아 바이아 마레에서 출생. 철학자, 시인, 에세이스트. 실존주
   의를 독창적으로 재구성한 '코액셜리즘Coaxialisme'의 창시자.

57 소랭 스랭: Sorin Cerin(루마니아어로는 소린 체린). 필명은 소린 호도로게아Sorin
   Hodorogea. 1963년 루마니아 바이아 마레에서 출생. 철학자, 시인, 에세이스트. 실존주
   의를 독창적으로 재구성한 '코액셜리즘Coaxialisme'의 창시자.

언젠가, 어디에선가,
행복의 피안에 닿기를
그곳에서 너를 만날 수 있을 거라
믿으며.

La Prochaine Guerre

Jean MORAISIN

Programmant la prochaine, ils ont déjà compté
Ce qu'elle coûtera, jusqu'aux derniers centimes.
Ils ont évalué le nombre des victimes.
Pour la paix, les vainqueurs préparent leur traité !

C'est que pour le salut de notre Humanité,
Les puissants aux grands cœurs sont les plus légitimes
À nous sacrifier aux caprices ultimes
De leur soif d'un pouvoir qu'ils ont tous convoité.

« Nous sommes trop nombreux sur notre *vieille Terre*
Et ce qu'il nous faudrait, c'est une bonne guerre !
Car enfin, tôt ou tard, nous allons tous mourir ! »

Si l'homme porte en lui le gène héréditaire
De la bêtise humaine et voudrait nous pourrir
L'existence, il nous faut refuser de nous taire.

In « *Écopoésie* », Éditions Flammes Vives, 2023

이다음 전쟁[58]

장 모래쟁[59]

이다음 전쟁을 계획하며, 그들은 이미 계산해두었지
비용이 얼마나 들지, 마지막 한푼까지도.
그들은 희생자의 수를 산정해두었어.
평화를 위한다며, 승자들은 그들의 조약을 준비 중이야!

말인즉슨, 우리 인류의 구원을 위해서라면,
이 통 큰 권력자들은 가장 합법적으로
자신들의 궁극적인 변덕에 우리 모두를 희생시킬 수 있을 거야.
그들 모두가 갈망했던 권력에 대한 갈증으로.

≪*우리의 낡은 지구엔 사람이 너무 많아*
그러니 우리에겐 명분 있는 전쟁이 필요해!
어차피 우린 모두 죽을 테니까!≫

만약 인간이 어리석음이라는 유전자를 타고났다면
그래서 인간 존재 자체를 망치고자 한다면,
우리는 결단코 침묵해서는 안 된다.

---

58 시집 『에코포에지』 수록작. (플람비브출판사, 2023).

59 장 모래쟁: 상 이름 자크 라파엘-레그Jacques RAPHAËL-LEYGUES(1913~1994)는 외교관
이자 정치인. 프랑스 시인협회 회장을 지냈고, 특히 음유시인들의 서정시를 부흥하고
지속시키기 위해 1323년 툴루즈에 설립된 전통의 학술 단체 '꽃놀이학술원Académie des
jeux floraux' 원장을 역임했다. 장 모래쟁 시인은 1953년 프랑스 북부 노르-파-드-칼레
지방의 두애에서 출생, 그 지방의 경찰 수사관이었다고 한다. 34세에 시에 입문했다.

Flore   Chapitre 1

Philippe COURTEL

Je trouvai le portrait de Flore dans mon grenier, sous un linceul de poussière, au fond d'une vieille malle livrée à la surveillance assidue d'énormes araignées... D'emblée, je tombai amoureux de Flore... Je la dénommai Flore en songeant à la beauté dénudée de ces fleurs sauvages sur lesquelles l'enfant se confie, faute d'épaule où déposer son chagrin. Elle avait des lèvres douces créées pour embrasser, des yeux d'enfant émerveillés par les premiers pas d'un agneau à peine sorti du ventre de sa maman, une chevelure tressée par les papillons nouveau-nés des fondrières...

Du fond du cadre, Flore, impassible, me regardait vivre tristement. Flore m'aimait depuis toujours. J'acquis vite la certitude qu'elle me suppliait que je la fasse sortir de son cadre cerclé de buis dur, qui se révéla vite pour elle la plus atroce des prisons. Je la percevais comme une glycine vivante baignant dans le pourpre dont la pâleur infinie s'infiltrait dans l'ocre grillagé d'un jour naissant d'automne...

Elle voulait que je lui ouvre les volets rouillés de son portrait, lustre la neige de sa silhouette obscurcie par la poussière, puis partager avec moi ses larmes de mouette sans vagues où se poser. En vérité, Flore voulait fuir le cachot des condamnés à mort, s'enfuir avec moi sur l'aile de son désir de liberté à claire-voie.

Flore, les yeux rougis, me demanda alors pardon sans que je sache ce qu'elle voulait me signifier véritablement...

In « *Flore* », Éditions Maïa, Corlet Imprimeur, 2023

플로르의 초상화[60] 제1장

필립 쿠르텔[61]

나는 다락방에서 플로르의 초상화를 발견했는데, 그건 먼지 속에 파묻힌 채로, 커다란 거미들이 엄중히 지키고 있는 낡은 짐가방 속에 있었지… 나는 한눈에 플로르에게 반해버렸어… 나는 그녀에게 플로르란 이름을 붙여주었는데, 의지할 품 없는 어린아이가 자신의 슬픔을 대신 털어놓는다는 들꽃의 꾸밈없는 아름다움을 생각했기 때문이야. 그녀의 입술은 맞대어보고 싶은 생생한 부드러움으로 빚어졌고, 눈은 에미 배에서 갓 나온 애기 양의 첫걸음에 경탄하는 어린아이의 것과 같았으며, 머리카락은 늪 지대에서 새로 태어난 나비들이 땋아 놓은 듯했어…

액자 깊은 곳에서, 플로르는 슬프게 살아가는 나를 무표정하게 바라보고 있었지. 플로르는 언제나 나를 사랑해 왔어. 나는 그녀가 단단한 회양목 테두리의 액자에서 자기를 꺼내달라고 내게 간청하고 있음을 지체 없이 확신했는데, 액자가 그녀에게 가장 끔찍한 감옥임이 금세 드러났기 때문이야. 나는 그녀가 어떤 자줏빛 속에 잠겨 살고 있는 등나무 같다고 느끼고 있었어, 그 한없는 창백함이 창살에 찢어진 가을 새벽의 황토빛과 섞여 있는 그런 자줏빛 속에…

그녀는 원하고 있었어. 내가 초상화의 녹슨 덧문을 열어주기를, 먼지 때문에 흐릿해진 실루엣의 눈처럼 흰 자태가 다시 빛나게 닦아줄 것을, 그리고 쉴 만한 파도조차 없는 갈매기의 눈물을 나와 함께 나누기를. 플로르는 정말 진심으로 사형수의 독방을 탈출하여, 빛과 공기가 드나드는 자유를 향한 열망의 날개를 달고 나와 함께 도망치고 싶

---

60 시집 『플로르Flore』 수록작. (마이아출판사, 2023).

61 필립 쿠르텔: 1952년, 파리 서쪽 이블린의 생-제르맹-앙-레에서 출생. 현재는 파리 북쪽 발두아즈의 비니에 거주. 현대사 석사. 루앙 원격 교육본부CNED에서 현대사 담당. 현대적인 시 형식과 전통적인 요소를 결합하여, 삶의 복합성과 인간의 깊은 감정을 테마로 한 작품들을 쓴다.

어했어.

　플로르는, 눈시울이 붉어진 채, 내게 용서를 구했지만, 나는 그녀가 내게 진정으로 무엇을 의미하고자 하는지 알 수 없었어…

Ne ferme pas l'horizon à l'étranger

Yves-Patrick AUGUSTIN

Ne ferme pas l'horizon à l'étranger.
Ne détruis pas la passerelle
Qui relie son espoir à la terre.

L'étranger,
C'est cet autre en toi que tu ne connais pas,
Qui vient d'ailleurs
Et qui ébranle en ton âme toute quiétude ;
Une présence intemporelle,
Une terre inconnue
Dont l'aube peut surprendre.

Ne ferme pas ton cœur à l'étranger :
Il est dans l'aujourd'hui
Ce que demain tu seras
Car nous sommes tous des nomades
Sur la voie des étoiles.

In « *Une Colombe pour l'Éternité* », (inédit)

이방인에게 수평선을 닫지 마라[62]

이브-파트릭 오귀스탱[63]

이방인에게 수평선을 닫지 마라.
그의 희망을 대지에 연결하는
그 연약한 다리를 파괴하지 마라.

이방인,
그는 네가 모르고 있는 네 안의 또 다른 존재이니,
그는 다른 곳에서 와
네 영혼 속의 모든 평온을 뒤흔든다.
시간에 얽매이지 않는 존재,
낯선 땅,
그 새벽은 놀라움을 줄 수 있다.

이방인에게 네 마음을 닫지 마라.
그의 오늘이
너의 내일이 될 수도 있음이니
우리는 모두
별들의 행로를 가는
유목민이기 때문이다.

---

62 부재하는 제목을 첫 행으로 대신했음. 미출간 시집 『영원을 위한 비둘기Une Colombe pour l'Éternité』 수록작.

63 이브-파트릭 오귀스탱: 1968년 아이티, 포르토 프랭스에서 출생. 시인, 작가. 2003년에 캐나다에 정착. 내면 세계의 침묵, 향수, 온화함 등을 탐구한다. 상 이름 클로드 루아Claude ROY(1915~1997)는 시인, 소설가, 언론인으로서 문학과 정치에 깊이 관여했으며, 레지스탕스 운동에도 참여했다. 인간의 감정, 사회적 문제, 그리고 철학적 성찰을 다룬 작품들을 썼으며, 대표 시집은 『자명한Clair comme le jour』(1943)이다.

Notre Jardin

Félix LABETOULE (Alain GAILLARD)

Notre jardin est le lieu intime de nos peines, de nos joies et de notre repos dans la paix des plantes. Il est aussi un centre d'où partent nos rêves comme ces cercles qui semblent s'éloigner du point d'impact d'une pierre jetée dans un lac.

Sur les premières marches de la nuit, à l'écart des confrontations du jour, notre jardin devient le lieu propice aux envolées poétiques de l'âme.

Quand passe le Silence

Midi en été : la lumière frappe à toutes les portes et ruisselle sur les façades. Par des fenêtres encore ouvertes s'échappent dans les rues de bonnes odeurs de friture. Des éclats de voix et des paroles domestiques accompagnent ces moments sacrés sur l'autel de la cuisinière. Puis, les odeurs se retirent, les voix se calment, les bruits s'estompent. Le silence arrive et passe dans chaque rue, chaque maison, chaque personne. Le monde s'est endormi.

C'est le moment du contemplatif, à l'écoute d'un ailleurs où attendent peut-être les premiers mots d'un poème.

In « *Les Escapades du Cœur* », Auto-édition Alain Gaillard, 2023

우리의 정원[64]

펠릭스 라브툴[65]

우리의 정원은 고통과 기쁨 그리고 초목들의 평화 속에서 누리는 휴식이 함께 있는 내밀한 공간이다. 또한 우리의 정원은, 돌 하나를 호수에 던졌을 때, 원형의 파문들이 일어나 퍼져 나가게 하는 그 중돌 지점처럼, 우리의 꿈들이 출발하는 중심이기도 하다.

밤의 첫 계단들을 밟고 올라가며, 낮의 온갖 대립에서 벗어나, 우리의 정원은 영혼의 시적 비상을 격려하는 장소가 된다.

침묵이 지나갈 때

여름 정오. 빛은 모든 문들을 두드리며, 건물들의 전면前面을 타고 흐른다. 여전히 열려 있는 창문을 통해 튀김 요리의 맛좋은 냄새가 거리로 빠져나간다. 왁자지껄한 목소리들과 집 안의 대화가 부엌 제단에서 펼쳐지는 신성한 순간들을 함께한다. 이윽고, 냄새가 사라지고, 목소리들은 잠잠해지며, 소음은 희미해진다. 침묵이 찾아와, 거리마다, 집마다, 사람마다 스며든다. 세상이 잠들었다.

마침내 명상의 시간. 어떤 다른 곳의 소리에 귀를 기울인다. 그곳은 아마도 시를 시작하는 첫 단어들이 기다리고 있는 곳이다.

---

64 시집 『마음의 도피Les Escapades du Cœur』 수록작. (알랭 가이야르출판사, 2023)

65 펠릭스 라브툴: 본명 알랭 가이야르Alain Gaillar. 1946년생. 푸아티에대학에서 법학사, 디종대학에서 음악학 과정 이수. 남서부 누벨 아키텐 지방의 샤랑트 디냑에 거주. 한 신문은 그의 수상을 보도하면서 '샤랑트 지방의 음유시인, 펠릭스 라브툴'이란 제목을 달았다.

Couchant

Sylviane MÉJEAN

Chant des vagues et du vent
Lumineuse farandole
Sur les crêtes.
Bercé dans les replis de soie
Par un souffle de velours,
L'horizon se pare
Des ors du couchant.
Effleurement du temps qui passe
Dans le déclin du jour.
Sur la mer irisée,
Les draperies du soir
S'ouvrent en ondulations de feu.
Traînées d'étoiles au fond des yeux
Partance vers des lieux mystérieux.

In *« Regards »,* Éditions CoolLibri, Toulouse, 2023

저녁 노을[66]

실비안 메장[67]

파도와 바람의 노래
파도의 능선 위로
빛나는 파랑돌 원무圓舞[68].
비단 주름들 속에서
비로드같이 부드러운 숨결에 흔들리며,
수평선은
저녁노을의 금빛으로 장식된다.
하루의 끝자락으로
넘어가는 시간의
스침.
무지갯빛 바다 위에,
석양의 커튼이
불꽃의 일렁임으로 펼쳐진다.
이윽고 별들이 나타나 눈 속 깊은 곳까지 스며든다.
신비의 세계로 출항出航.

---

66 시집 『시선Regards』 수록작. (쿨리브리출판사, 툴루즈, 2023)

67 실비안 메장: 마르세유에 거주. 수학 교수. 일상적인 주제에서 영감을 받아 시를 쓴다.
삶의 경험과 감정을 섬세하게 표현. 자연, 특히 바다의 아름다움을 반영한 작품들이
많다.

68 파랑돌: 프랑스 남부 프로방스 지방의 전통 원무곡. 장엄하고 활기찬 느낌을 준다. 비
제의 「아를의 여인」 제2 모음곡 끝에 나오는 파랑돌의 느낌을 참조할 수 있다.

Concert Nocturne

Marie-Anne TRÉMEAU-BÖHM

La brise chuchote.
Le jour commence à décliner.

Puis soudain,
d'un formidable coassement
un crapaud annonce
l'ouverture de son concert nocturne.

Des milliers d'étoiles frémissantes
jaillissent alors de l'ombre

pour

l'écouter.

Et pourtant

L'horizon rosit,
Le soleil va poindre.
Pas une feuille ne bouge,
Pas un oiseau ne chante.

Nature encore endormie.

Et pourtant
le silence
me
parle

In « *Et Pourtant* », Éditions de L'Écritoire du Poète, Thiais, 2001

야간 연주회[69]

마리-안 트레모-빔[70]

산들바람이 속삭인다.
날이 저물기 시작한다.

그러다 문득,
두꺼비 한 마리
장중한 울음소리로
자신의 야간 연주회 개막을 알린다.

수줍게 반짝이는 수천 개의 별들이
그때 어둠 속에서 홀연히 나타나

그 소리에

귀를 기울인다.

그런데도

지평선이 장밋빛으로 물들며,
태양은 막 떠오르려 한다.
나뭇잎 하나도 흔들리지 않고,
새 한 마리도 지저귀지 않는다.

---

69 시집 『그런데도Et Pourtant』 수록작. (시인의서재출판사, 티에, 2001)

70 마리-안 트레모-빔: 1948년생. 예술사가, 시인. 주로 미술·건축·문학 분야의 번역가
   로 활동.

자연은 아직 잠들어 있다.

그런데도
침묵은
내게
말을 걸어온다.

Boire la Lumière à la Source

(Extraits)

Parme CERISET

Dans le lit des rivières et dans les oasis

et sur les océans, en parure fougueuse

qui s'éclaire au couchant de nuances d'or fin,

dans le nid douillet de tous les embryons,

dans la bouche brûlante de tous les assoiffés,

l'eau vit,

l'eau scintille,

elle distille

sa joie irisée.

******

Le jour reviendra dans les vagues de l'aube,

il flambera de tous ses rubis,

onde rougie, traversant la mer

et les forêts, à perte de nuit...

Comme au temps de l'éternité,

les étoiles règneront sur les ténèbres

dans une immortelle étreinte

avec la Vie.

In « *Boire la Lumière à la Source* », Éditions du Cygne, Paris, 2023

샘에서 빛을 마시다[71]

(발췌)

파름 세리제[72]

모든
 강들의 침상과 오아시스에서
그리고 대양에서,
 섬세한 황금색조의 석양빛에서 쏟아지는 격렬한 생명의 의상을 갖
춰 입고,
 모든 배아胚芽들의 아늑한 둥지에서,
 모든 목마른 자들의 타는 입에서,
 물은 살아 있으며,
 물은 반짝이며,
 물은 무지갯빛 기쁨을
방울방울 서서히 퍼뜨린다.

******

새벽의 파도 속에서 낮은 다시 돌아올 것이며,
자신의 모든 홍옥紅玉을 태워, 타오르리라,
붉게 물든 물결이 되어, 바다와
숲을 가로질러, 끝없는 밤의 세계에 도달할 것이다…

---

71 시집『샘에서 빛을 마시다Boire la Lumière à la Source』수록작. (백조출판사, 파리, 2023).

72 파름 세리제: 1979년생. 여성 시인, 소설가, 문학비평가로 활동. 베르코르 자연공원 인
   근에 거주. 리옹과 베르코르 사이에서 거주. 2008년 폐 이식 수술을 받고 제2의 삶 시
   작. 그녀는 시를 '무의미와 죽음에 저항하는 행위'로, '희망의 전사가 부르는 자유의
   노래'로 간주한다고 함. 상 이름 자크 비에스빌Jacques Viesvil(1933~)은 벨기에 출신 시
   인 자크 델포르트Jacques Delporte의 필명. 2015년 프랑스시인협회 명예회원.

영원의 시간처럼,
별들이 어둠을 지배할 것이다
생명과의
불멸의 포옹 속에서.

Le Voyage Inaccompli
(Sonnet)

Louise GUERSAN

Qui donc a visité tant l'Eden que l'Enfer
Et s'en est retourné pénétré de sagesse ?
Qui du monde est épris de toute la richesse
Pour avoir parcouru la terre puis la mer ?

Tout comme un voyageur qui affronte l'éclair
Ou comme un grand marin tout empli de hardiesse
Ô combien j'aimerais vaincre enfin ma faiblesse,
Poursuivre mon chemin d'une poigne de fer.

Je voudrais tant braver un océan sauvage,
Voler comme un oiseau, là-haut, dans les nuages,
Vaincre les éléments sous la voûte des cieux.

Mais l'on ne voit jamais que son petit village,
Et rarement l'on suit un tout autre sillage
Que celui qu'ont tracé fièrement nos aïeux.

In « *Un Violon dans la Nuit* » (inédit)

미완未完의 여행[73]

루이즈 게르상[74]

(14행시)

에덴과 지옥을 다 방문하고
지혜로 충만하여 돌아왔던 이가 과연 누구이던가?
이 세상의 온갖 풍요로움에 사로잡혀
대지와 바다를 빠짐없이 돌아다녔던 이가 누구이던가?

번개와 맞서 싸우는 여행자처럼
혹은 대범함으로 가득 찬 위대한 항해인처럼
오, 나 또한 얼마나 내 나약함을 극복하기를 원하며,
강철 같은 의지로 나만의 길을 추구하기를 갈망하는가.

그토록 나는 거친 바다와 감연히 맞서고,
구름 속, 저 높은 세상을 새처럼 날아다니며,
광대하고 둥근 하늘을 지배하는 자연의 힘들을 정복하고 싶다네.

하지만 우리는 오로지 자신들이 살아가는 작은 마을에만 머물며,
선조들이 당당히 개척한 자취만을 그대로 따라갈 뿐,
새로운 미지의 길을 추구하는 선구자는 찾아 보기 힘드네.

---

73 미발표 시집 『밤의 바이올린Un Violon dans la Nuit』 수록작.

74 루이즈 게르상: 콩쿠르 POETIKA 등 다수의 시 콩쿠르에 참여히면서 활발히 작품 활
  동 중.

Seul l'Instant

Carolyne CANNELLA

Mourir
un jeu obscur, illusoire

Longue la traversée
de tous les chemins

Roses, ronces, épines
et rosée sur le gazon

Une seule goutte aspire
à rejoindre l'océan

Un siècle n'est qu'un jour
le corps, une seconde

La mort, un souffle
et tout se renouvelle

Seul l'instant s'étoile
sur l'envol du temps

In « *L'Instant s'étoile sur l'Envol du Temps*», Éditions Unicité, 2023

오직 순간만이[75]

카롤린 카넬라[76]

죽는다는 건
모호한, 환각의 유희

모든 길들의
기나긴 여정

장미, 나무딸기, 가시들
그리고 잔디에 맺힌 이슬

단 한 방울만이
바다와 다시 만나기를 갈망하지

한 세기는 그저 하루일 뿐
우리 육신도 찰나이며

죽음 또한 한 줄기 지나가는 바람결인 것을
그리고 모든 것이 다시 새로와지지

시간은 날아가버리고
오직 순간만이 별이 되어 빛난다

---

75 시집 『시간은 날아가버리고 순간은 별이 되어 빛난다 L'Instant s'étoile sur l'Envol du Temps』
   (위니시테출판사, 2023) 수록작.

76 시인, 번역가, 음악가, 루트와 기타 연주가. 출판사의 추천사에 의하면 그녀의 시집은
   '시간을 초월한 빛의 여행으로 초대하는 서곡'으로서, '침묵이 고개를 숙이는 바람의
   악보를 따라 펼쳐지는 루트의 멜로디와 같다'라고 한다.

Ombre

Gérard DHESSE

À l'abri du vent
Les nuages blancs
Tissent la dentelle

Le soleil féconde
La robe fleurie
Le rouge et le vert

La douceur de l'air
Légère, emmaillote
L'enfant assoupi

L'oiseau capricieux
Enrichit le Ciel
L'ombrelle sourit

Sur les quatre murs
Ailes de géant
Une ombre surgit

In « *Grosse Tête* », Auto-édition, 2023

그림자[77]

제라르 데스[78]

바람이 잠든 곳에서
흰 구름들은
레이스를 짭니다

태양은
꽃이 만발한 초원을
빨강색과 초록색으로 넘치도록 물들입니다

가벼운 대기의 부드러움은
선잠이 든 아이를
감싸 안아줍니다

이쪽저쪽 제멋대로 노니는 새에겐
하늘이 좁아 보이고
작은 양산은 미소를 짓습니다

네 개의 벽 위에
그림자 하나가
거인의 날개인 듯 불쑥 솟구칩니다

---

77 시집 『큰 머리Grosse Tête』 수록작. (자가출판사, 2023).

78 제라르 데스: 1947년 오 드 프랑스 지방, 파-드-칼래의 작은 마을 뇌-레-민 출생. 고
향과 지역 문화를 소재로 하여, 특히 광산 지역과 그 지역 사람들의 삶을 깊은 애정을
가지고 시적으로 승화시킨다.

2024 한국시인협회 사화집

우애의 새벽

1판 1쇄 | 2024년 12월 13일 발행

지 은 이 | 김수복 외
엮 은 이 | 사단법인 한국시인협회
책임편집 | 이채민
교   정 | 장수라·조희·최진영
주   소 | 03131 서울특별시 종로구 율곡로6길 36, 1006호 (운니동, 월드오피스텔)
전   화 | (02) 764-4596
팩   스 | (02) 764-5006
홈페이지 | www.koreapoet.org
이 메 일 | kpoem21@hanmail.net

펴 낸 이 | 홍영철
펴 낸 곳 | 홍영사
주   소 | 03150 서울시 종로구 우정국로 45-11, 4층 (동산빌딩)
전   화 | (02)736-1218
이 메 일 | hongyocu@hanmail.net
등록번호 | 제300-2004-135호

ⓒ (사)한국시인협회, 2024

ISBN 978 89-92700-34-4 03810
값 22,000원